Aileen O'Grian

Rowan – Bewährung als Magier
Fantasyroman

Aileen O'Grian

Was wäre wenn? - Fantasy als Spiel mit den
Möglichkeiten
Seit Jahren schreibe ich aus Spaß am Phantasieren
Märchen, Fantasy und Science-Fiction und habe diverse
Kurzgeschichten in Anthologien und
Literaturzeitschriften veröffentlicht.
Den Magier Rowan mag ich so gern, dass ich mir
vorgenommen habe, eine Romanreihe zu schreiben.
Leseproben von mir gibt es auf meinem Blog:
http://aileenogrian.overblog.com

Rowan – Bewährung als Magier

Fantasyroman von Aileen O'Grian

Bibliografische Information der Deutschen Nationalbibliothek:
Die Deutsche Nationalbibliothek verzeichnet diese Publikation in der
Deutschen Nationalbibliografie; detaillierte bibliografische Daten sind
im Internet über http://dnb.dnb.de abrufbar.

Impressum
Aileen O'Grian
Herstellung und Verlag: BoD – Books on Demand, Norderstedt
ISBN 9783752602272

Rowan – Bewährung als Magier

Laute Rufe und rumpelnde Fuhrwerke auf der Straße weckten Rowan. Der salzige Meeresgeruch, der ihn in den letzten Monaten steAts begleitet hatte, fehlte. Vorsichtig schlug er seine Augen auf. Obwohl die Sonne schon hoch am Himmel stand und er eigentlich immer bei Sonnenaufgang wach war, brauchte er eine Weile, um sich zu besinnen. Er war tatsächlich endlich beim Obermagier Zwandir im Sumpfland angekommen! Dort, wohin sein Großvater Bunduar, der berühmte Magiermeister des Magierreichs, ihn schon zu Beginn seiner Wanderung vor acht Jahren hingeschickt haben wollte. Doch es war anders gekommen. Der junge Rowan hatte seine Lehrzeit bei anderen Lehrherren beginnen müssen, da er seine Gefährten, den Königssohn Ottgar und Mardok, den Enkel des königlichen Waffenmeisters Peruan, auf Wunsch König Wilhars begleiten sollte. Dann hatte er jedes Mal fliehen müssen, bevor seine Lehre abgeschlossen war und seine Meister ihn weiterschickten. Besonders enttäuschend war aber, dass zwei der von seinem Großvater ausgewählten Magier nicht mehr lebten und ihre Nachfolger nicht halb so viel Wissen wie ihre Vorgänger besaßen. Allzu viel hatte er von diesen nicht lernen können. Dafür hatte er bei einigen begabten Hexen gelernt, denen er unterwegs begegnete, und sich bei Bauern, Fischern, Köhlern und Handwerkern verdingt. Wer konnte schon wissen, wozu das einst gut sein würde.

„Ausgeschlafen?", fragte Zwandir lächelnd und blickte von seinem Arbeitstisch auf, an dem er mit seinen knotigen Fingern mühsam schrieb. Seine wachen braunen Augen schauten Rowan aus dem faltendurchfurchten Gesicht freundlich an. Schulterlange schneeweiße Haare umrahmten das bartlose Antlitz. Obwohl er klein und hager war, besaß er eine große Ausstrahlungskraft.

„Ich fühle mich zerschlagen und der Raum scheint zu schwanken", meinte Rowan und rieb sich seinen Arm. Die kaum verheilte Wunde, die ihm ein Echsenkrieger zugefügt hatte, schmerzte noch immer.

„Das ist nicht verwunderlich, du hast anderthalb Tage geschlafen", erklärte Zwandir.

„Was? So lange?" Hastig sprang Rowan vom Lager hoch und strich sich seine kinnlangen dunkelblonden Haare aus dem Gesicht.

„Du brauchtest den Schlaf, die letzten Monate waren anstrengend und deine Wunden bereiten dir noch immer Schmerzen. Lass sie mich ansehen", beruhigte Zwandir ihn und legte seine Schreibfeder zur Seite.

Rowan zog sein Untergewand aus und Zwandir begutachtete die Narben, vorsichtig fuhr er mit den Fingern darüber.

„Du hast Glück gehabt, dass dich der Fischer Bann rechtzeitig gefunden hat und wusste, wie er die Vergiftung durch die Waffen behandeln musste", meinte er ernst.

„Ich weiß", erwiderte Rowan. Dann grinste er und versuchte, Näheres aus dem Magier herauszubekommen: „Dabei ist Bann nur ein einfacher Fischer, nicht wahr?"

Doch Zwandir ging nicht darauf ein. Er schmunzelte, sagte aber nichts. Stattdessen nahm er eine Schüssel vom Bord an der Wand, füllte Brei aus dem Kessel, der über dem Feuer hing, hinein und stellte sie auf dem Tisch. „Lass es dir schmecken."

Rowan setzte sich auf die Bank, die an der Wand stand, und löffelte hungrig den süßen Brei.

„Lursbrei, das Getreide gedeiht im Wasser. Die Kinder lieben ihn. Ich zeige dir in den nächsten Tagen, wo es wächst. Heute stelle ich dich erst einmal König Matrin vor."

Rowan schaute auf sein fadenscheiniges Oberkleid. So sollte er sich dem König zeigen?

„Zuerst badest du, dann behandle ich deine Wunden und schaue, ob ich passende Kleidung für dich finde", bestimmte Zwandir. Obwohl seine Stimme leise war, klang er sehr befehlsgewohnt.

Rowan nickte zustimmend; Zwandirs Plan entsprach seinen Wünschen.

Nachdem er mit dem Essen fertig war, brachte der alte Magiermeister ihn zum Fluss. In einem Brack, einem durch Überflutung entstandenen See, badeten dicht am Ufer nackte Männer und Frauen. Rowan blieb überrascht hinter seinem Meister stehen. Er hatte noch nie erlebt, dass Menschen so unbekümmert mit ihrer Nacktheit umgegangen waren. Doch als Heiler waren ihm unbekleidete Menschen natürlich nicht fremd. Ihm fiel auf, dass die Badenden alle dunkelhaarig waren und eine olivfarbene Haut besaßen. Als Zwandir ihm Seife reichte, zog er sich aus und stieg ins Wasser. Er wunderte sich über die angenehme Wärme des Sees, da es Winter war. Aber das Wetter insgesamt war angenehm warm, da das Sumpfland erheblich südlicher lag als die Länder, in denen Rowan die letzten Jahre gelebt hatte. Auch auf Burg Wanroe, dem Königssitz des Magierreichs, war es wesentlich kälter gewesen.

Nachdem Rowan ausgiebig gebadet hatte, musste er in seine alte, verschlissene Kleidung schlüpfen.

„Jetzt besorgen wir dir erst einmal ein neues Gewand", erklärte Zwandir und führte seinen Schützling in die Schneidergasse. Die Wege bestanden aus Holzbohlen und die Häuser standen auf Pfählen. Um die Hütte zu betreten, mussten sie zwei Stufen hochsteigen.

„In der Regenzeit wird Hilschand häufig überschwemmt", erklärte Zwandir auf Rowans fragenden Blick.

Der Schneider trat von einem großen Tisch, der an der gegenüberliegenden Wand vor zwei Fenstern stand und mit Stoffen bedeckt war, heran.

„Meister Zwandir, seid gegrüßt! Wie kann ich Euch helfen?", fragte er höflich.

„Mein neuer Schüler benötigt ordentliche Kleidung, habt Ihr etwas Passendes?"

Der Schneider musterte Rowan, dann nickte er. „Ihr habt Glück, der junge Schmied sollte frisch eingekleidet zu einem anderen Meister gehen. Einige Teile habe ich bereits fertiggestellt. Da er aber erst einmal ins Landesinnere gereist ist, habe ich Zeit, neue Sachen für ihn zu nähen. Und Euer Schützling hat eine ähnliche Figur." Er eilte durch den Raum, stellte eine Leiter an eine Luke und kletterte auf den offenen Dachboden. Nach einer Weile kam er mit zwei

Unterkleidern, zwei Obergewändern, einer Hose und einem Umhang zurück.

„Hervorragend", lobte Zwandir und Rowan probierte die Kleidung sogleich an. Obwohl er in den letzten Jahren gewachsen und etwas größer als die meisten Sumpfländer war, war sie ihm etwas zu lang, aber der Schneider versprach, sie sofort zu kürzen und mit einem Boten zu schicken.

„Er benötigt erst einmal ein Unterkleid, ein Obergewand und den Umhang, mit dem Rest kannst du dir Zeit lassen", erklärte Zwandir.

Der Schneider versprach, das Gewünschte noch im Laufe des Tages zu schicken. Anschließend gingen Zwandir und Rowan in die Schuhmachergasse.

„Deine Stiefel sind tadellos, sie werden dir noch lange Zeit gute Dienste leisten. Aber im Sumpfland benötigst du Sandalen und kein Schuhwerk wie im Gebirge." Zwandir zwinkerte Rowan zu.

Rowan nickte erleichtert. Die Stiefel waren ihm längst lästig geworden, sie waren hier viel zu warm.

Auch beim Schuster hatten sie Erfolg. Er besaß ein Paar Sandalen, die jemand nicht abgeholt hatte und die er schon seit einiger Zeit verkaufen wollte. Sie waren Rowan etwas zu weit, aber der Schuhmacher kürzte sofort die Riemen. Anschließend schlüpfte Rowan hinein und band sie zu.

Daheim untersuchte der Magier Rowan. Die Wunden waren zwar verheilt, schmerzten aber noch und waren geschwollen, deshalb suchte Zwandir eine Heilsalbe heraus und verteilte sie auf den Narben. Dann kramte der Magier in einer großen Kiste herum, bis er ein altes, aber sauberes und heiles Obergewand fand. „Zieh das erst einmal an, dann zeige ich dir die Stadt."

Schnell schlüpfte Rowan in das Kleidungsstück und schaute Zwandir erwartungsvoll an. Der lächelte. „Hilschand ist eine große Stadt, viel größer als Wanroes Unterstadt, selbst als eure Hafenstadt Sesstae."

Rowan nickte bestätigend. Die größten Orte, die er kennengelernt hatte, waren Sesstae und Lindstae in Cajan gewesen. Im Landesinneren seiner Heimat gab es hauptsächlich kleine Dörfer, selbst wenn sie zu den Königsburgen gehörten.

Während sie durch die Gassen wanderten, erklärte Zwandir Rowan alles, was er wissen musste. „Hier ist der Brunnen, aus dem wir unser Trinkwasser holen. Das Brack taugt nur zum Baden, es ist selbst im Winter angenehm warm, das hast du ja bereits am eigenen Leib erfahren. Aber über die gesamte Stadt verteilt gibt es tiefe, mit Mauern eingefasste Brunnen, die saubereres Trinkwasser enthalten, sodass unsere Einwohner vor Krankheiten geschützt sind. Im Sumpfland darfst du niemals Wasser aus Flüssen und Seen trinken, da sie Würmer und Ungeziefer enthalten. Aber wir haben in allen größeren Orten geheime Trinkwasserstellen gebaut, damit unsere Bevölkerung gesund bleibt."

Sie liefen weiter, vorbei an der Schmiede-, Fischer- und Händlergasse. Selbst den Königspalast sahen sie aus der Ferne. „Sobald du deine Kleidung erhalten hast, suchen wir König Matrin auf", versprach Zwandir.

„Warum wohnt König Matrin nicht in einer Burg?", fragte Rowan erstaunt.

„Die Stadt liegt mitten im Sumpf und ist von einem breiten Stadtgraben umgeben; dadurch ist sie vor Feinden geschützt. Eine Burgmauer hingegen ist viel zu schwer für den Sumpfboden, auf dem wir uns befinden, aber der Palast befindet sich in der ehemaligen hölzernen Burg. Du kannst den alten Burgwall noch erkennen, wenn du genau hinschaust", erläuterte Zwandir.

Rowan nickte. „Ach, deshalb ist auch alles andere aus Holz gebaut." Er erinnerte sich, dass sein Großvater, Obermagier Bunduar, ihm von Städten, die auf Pfählen errichtet worden waren, erzählt hatte.

„Steine sind selten im Sumpfland. Wenn du einmal ein Steingebäude findest, wurden die Baumaterialien mit Schiffen von weither gebracht."

Mittlerweile hatten sie den Hafen erreicht. Fischerboote und Segelschiffe aus fernen Ländern entluden ihre Waren. Auf dem Markt davor roch es nach fremden Gewürzen, Obst und Meeresfrüchten. Rowan ließ seinen Blick umherwandern und erstarrte. Direkt am Kai lag ein nordisches Schiff. Er kniff die Augen zusammen. Tatsächlich. An Bord bewegten sich bunt gekleidete Männer aus der nordischen Inselwelt. Selbst auf die Entfernung spürte er die Grausamkeit, die sie ausstrahlten. War er in Gefahr? Sein Puls raste und seine Muskeln spannten sich an. Konnte er Zwandir vertrauen? Oder war das eine Falle?

Noch bevor er sich zu Zwandir umdrehen konnte, legte der ihm beruhigend eine Hand auf die Schulter. „Sie sind keine Verbündeten. Wir hätten sie in der Flussmündung abfangen und sie an der Weiterfahrt hindern können, aber es ist von Vorteil, wenn wir sie kennenlernen. Je besser man seine Feinde kennt, desto erfolgversprechender kann man sich gegen sie wehren."

Rowan atmete tief aus und entspannte sich. Zwandir hatte recht, auch wenn er einen Augenblick an der Loyalität der Sumpfländer gezweifelt hatte.

„Du musst lernen, deine Gefühle besser zu beherrschen", tadelte der alte Magier ihn. Gleich darauf lächelte er und nahm seinen Worten die Schärfe.

Rowan nickte. „Leider ist meine Ausbildung nicht so verlaufen, wie mein Großvater Bunduar es sich gewünscht hatte."

„Die Göttin weiß, warum sie unseren Weg so und nicht anders gestaltet."

Rowan nickte. Er musste sich wirklich noch vieles aneignen und vor allem geduldiger werden.

„Als Allererstes muss ich Sumpfländisch lernen", stelle Rowan fest, als zwei Jungen ihm etwas zuriefen und lachend an ihm vorbeiliefen. Er hatte zwar längst damit angefangen, hatte unterwegs jeden, der jemals im Sumpfland gelebt hatte, um Unterrichtsstunden gebeten und sich während seiner Genesungszeit viel mit Bann unterhalten. Der Fischer, der Rowan vor den Echsenkriegern gerettet und bei dem er eine Weile Unterschlupf gefunden hatte, war zwar kein redseliger Mensch, aber er hatte ihn vieles gelehrt, unter anderem auch die einheimische Sprache – trotzdem verstand Rowan die Kinder nicht.

„Es gibt verschiedene Dialekte. Die Sumpfländer, die an der Küste leben, sprechen eine Mischung aus Magianisch und Sumpfländisch, daher hat dir Bann die sumpfländische Hochsprache nicht beibringen können."

Rowan verzog sein Gesicht zu einer Grimasse. „Ich habe in den letzten Jahren so viele Sprachen gelernt und jetzt dachte ich, ich könnte wenigstens schon etwas Sumpfländisch – aber das war ein Irrtum."

Zwandir lachte und klopfte ihm auf die Schulter. „Du wirst nicht lange brauchen, bis du dich hier heimisch fühlst."

Rowan lächelte und nickte gedankenverloren. Er ahnte, dass er mit Zwandir gut zurechtkommen würde. Schon jetzt fühlte er sich bei diesem Magiermeister wohl. Er verstand, warum sein Großvater ihn zuerst zu Zwandir schicken wollte. Dann wäre er mit seiner Magierausbildung sicher schon viel weiter. Er spürte schon lange, dass ihm nicht viel Zeit blieb, um sich zu vervollkommnen. Schließlich riss er sich zusammen und hörte mit den Grübeleien auf. Jetzt war er hier, würde alles nachholen, was er bisher verpasst hatte und eines Tages ebenfalls ein hervorragender Magiermeister werden.

Auf dem Rückweg zu Zwandirs Hütte führte er seinen Meister an allen wichtigen Orten der Stadt vorbei, an den Brunnen, an den Markplätzen, am Königspalast, denn der alte Mann wollte prüfen, ob er alles behalten hatte.

Als sie Zwandirs Hütte erreichten, hatte der Schneider die geänderten Gewänder bereits geliefert und auf den großen Tisch gelegt. Rowan zog sie sogleich an.

Zwandir nickte ihm anerkennend zu. „So kann ich dich König Matrin vorstellen."

2.

Nach einer kleinen Erfrischung führte Zwandir Rowan zum nahen Palast. Es war ein buntes, reich verziertes Gebäude aus Holz, das auf einem kleinen Hügel stand. Am großen Tor mit geschnitzten Tierfiguren gab es keine Palastwache. Trotzdem fühlte sich Rowan beobachtet. Er ließ es auf sich beruhen, weil er nicht gleich am ersten Tag neugierig erscheinen wollte. Sicher würde er eines Tages dahinterkommen.

Sie stiegen eine breite Treppe in der Mitte der Eingangshalle hoch und liefen durch einen langen Gang. An dessen Ende befand sich eine doppelflügelige Tür, die mit bunten Ornamenten bemalt war. Hier klopfte Zwandir an, öffnete selbst und trat ein. Rowan folgte ihm. Der Magier verneigte sich tief vor einem Mann, der als Einziger auf einem gedrechselten Sessel saß, während die anderen Anwesenden vor ihm standen. Rowan folgte Zwandirs Beispiel. Empfing König Matrin seine Untergebenen immer auf dem Thron? König Wilhar in der Heimat besaß überhaupt keinen Königsstuhl. Fast jeder konnte ihn jederzeit ansprechen, während Matrin unnahbar wirkte und anscheinend Audienzen gewährte. Rowan fühlte sich beklommen bei diesem Machtschauspiel.

„Eure Majestät, ich möchte Euch meinen neuen Lehrling Rowan vorstellen", erklärte Zwandir unterwürfig.

„Ich habe schon von seiner Ankunft erfahren", nickte Matrin gnädig. „Ich wünsche ihm einen guten Aufenthalt bei uns." Dann blickte er Rowan direkt in die Augen. „Übe fleißig. Es ist eine hohe Auszeichnung, im Sumpfland zu lernen."

Rowan verneigte sich. „Ich bin für diese Gunst sehr dankbar, Eure Majestät", sprach er leise und schaute zu Boden. Trotzdem hatte er zwei Nordmänner in der Runde wahrgenommen. Er zwang sich, gelassen zu atmen und seinen Puls ruhig zu halten. Auch wenn der Geruch der Feinde ihm Übelkeit verursachte und ihre Anwesenheit ihn beunruhigte. Was wollten die Nordmänner im Sumpfland? War er hier wirklich sicher? Warum verhielt sich der König so kühl? Sein Großvater hatte ganz andere Dinge vom Sumpfland erzählt, von Offenheit und Herzlichkeit. Gab es erneut Spannungen zwischen den beiden Ländern? Er spürte eine beruhigende Hand auf seiner Schulter, obwohl er wusste, dass Zwandir ihn hier nicht körperlich berühren würde. Warte ab, beobachte und lerne, ermunterte ihn sein Meister durch seine Gedanken.

„König Matrin, darf denn jeder unbedeutende Untertan oder Fremde eine Unterredung mit wichtigen Gesandten unterbrechen?", giftete der größere der beiden Fremden. Er trug einen mit vielen bunten Metallplättchen verzierter Umhang. Rowan schaute ihn unter fast geschlossenen Lidern an. Sein Gesicht besaß keine glatte Haut wie die der Sumpfländer oder der Magianer, sondern war von feinen hellen Schuppen überzogen und seine Pupillen waren senkrechte Schlitze. Der zweite Nordmann schien älter zu sein, aber einen niedrigeren Rang zu bekleiden, denn sein Gewand wies nur eiserne Verzierungen auf.

„Meine Untertanen dürfen mich am Vormittag und Nachmittag aufsuchen, das ist ein seit alters her verbürgtes Recht im Sumpfland. Aber jetzt habt Ihr Zeit, mir Euer Anliegen vorzubringen." König Matrin lächelte die Fremden verbindlich an.

„Wir möchten mit Euch Handelsbeziehungen aufbauen. Wir sind Fischer, außerdem besitzen wir erhebliche Erzvorkommen, mehr als wir selbst benötigen, und wünschen eine Handelsniederlassung in dieser Stadt aufzubauen."

Rowan hatte das Gefühl, dass der Kerl vor Wichtigkeit bald platzen würde. Die Selbstsicherheit der erfolgreichen Eroberer, vermutete er.

„Was können wir Euch im Gegenzug verkaufen? Wir sind ein armes Volk und leben hauptsächlich vom Fischfang und von den Sumpfpflanzen, die in der Natur wachsen und die wir sammeln", bedauerte Matrin, er hob dabei die Schultern mit nach oben geöffneten Händen.

„Ihr habt große Wissenschaftler, wir würden gern einige begabte junge Männer von uns an Eure Schulen schicken." Jetzt klang der Nordmann freundlicher, fast schmeichelnd.

König Matrin nickte. „Lernen ist immer gut. Ihr beherrscht unsere Sprache hervorragend, obwohl Ihr noch nie im Land wart."

„Wir bemühen uns immer, die Sprache unserer Gastgeber zu lernen." Der Diplomat verbeugte sich geschmeidig.

„Wo habt Ihr sie gelernt? Gibt es bei Euch Schulen, in denen Fremdsprachen unterrichtet werden?" König Matrin wandte seine ganze Aufmerksamkeit dem Gesandten zu.

„Ja, aber auch Knappen an fernen Höfen und Händler in fremden Häfen lernen sie, wenn sie Sumpfländern begegnen."

„Euer Lerneifer ist achtenswert", lobte König Matrin.

„Wir würden uns gern in der Stadt umschauen. Heute Morgen brachten Eure Palastwachen uns gleich zu Euch, als wir in der Stadt spazieren gingen." Es klang wie ein Vorwurf.

„Bei uns ist es üblich, die Gäste zuerst offiziell zu begrüßen", erklärte Matrin freundlich. „Ich werde Euch einen Führer mitgeben, damit Ihr die Stadt kennenlernt und Euch nicht in einem Graben oder Sumpfloch in Gefahr bringt."

16

„Euer Sohn wäre eine angemessene Begleitung. Wir sind schließlich Bruder und Cousin unseres Königs Wromlux." Sein Dünkel ließ Rowan einen Schauer über den Rücken laufen, trotzdem hatte er sich soweit in der Gewalt, dass seine Gesichtszüge unbeweglich blieben.

„König Wromlux schickt für eine erste Begegnung gleich seinen Bruder? Wir fühlen uns geehrt", erklärte Matrin mit einem Lächeln.

„König Wromlux weiß, wie wichtig das Sumpfland ist, und ehrt Euch entsprechend. Wir wünschen, dass Ihr es ihm gleichtut."

Erneut störte Rowan die Selbstherrlichkeit des Mannes. Er wirkte, als wäre er schon Herr des Sumpflands. Wahrscheinlich meinten diese Wesen, dass die Sumpfländer unerfahrene Hinterwäldler wären, die sie leicht überrumpeln konnten.

„Ich bedaure, meine Söhne weilen zur Ausbildung in der Ferne." König Matrin ließ seinen Blick über die Anwesenden gleiten, dann winkte er einen jungen Mann heran. „Roschur, mein weitgereister Neffe, wird Euch herumführen. Wenn es Euch recht ist, wird er gleichzeitig unseren neuen Freund mit der Stadt bekannt machen. Er ist nämlich erst seit kurzem bei uns und ich sehe ihn heute zum ersten Mal." Er nickte Rowan gnädig zu.

Rowan überlief es heiß und kalt. Mit diesen unheimlichen Fremden wollte er möglichst nichts zu tun haben. Aber der König verfolgte sicher einen klugen Plan, deshalb nickte er demütig und murmelte: „Ich wäre erfreut, wenn ich an der Stadtführung teilnehmen dürfte."

„Nur wenn du deine Feinde gut kennst, kannst du sie besiegen", hörte er in Gedanken Zwandir sagen.

Rowan verzog keine Miene und ließ sich diese heimliche Mitteilung nicht anmerken.

Die Fremden musterten ihn herablassend. Dabei spürte er, dass sie genau wussten, wer er war. Sie wussten, dass er Bunduars Enkel und der Neffe des magianischen Königs war und dass die Drachen ihn mehrmals angegriffen hatten. Aber alle spielten ein Spiel, jeder mit einem anderen Hintergedanken. Hoffentlich war Roschur erfahren und konnte die Fremden in Schach halten. Doch dann fing er einen Blick von Zwandir auf. Der Magiermeister würde über sie wachen. Er senkte schnell seine Augenlider, um sich nicht zu verraten. Zwandir hatte recht, er musste wirklich noch viel lernen – vor allem seine Gefühle im Zaum halten.

„Wenn Ihr Euch heute noch umschauen wollt, müsst Ihr bald losgehen, sonst wird es zu dunkel. Die Dämmerung dauert bei uns nicht lange", erklärte Matrin und entließ damit die Besucher.

Roschur ging zur Tür und hielt sie für die Gäste auf, dann folgte er ihnen. Erst als sie den Palast verließen, übernahm er die Führung und schritt voran. Am Stadtgraben hielt er kurz an. „Hilschand ist von keiner Mauer umgeben, da der Untergrund das Gewicht nicht tragen würde. Doch bisher ist es noch niemandem gelungen, den Sumpf um die Stadt zu durchdringen und sie anzugreifen."

Rowan verschloss seine Gedanken vor den Fremden so gut er konnte. Vorhin hatte ihm Zwandir in der Nähe ihres Standorts einen Damm gezeigt, der durch den Sumpf führte. Jetzt war der Weg nicht mehr zu sehen. Roschur musste die Kunst beherrschen, die Gedanken der Gegner zu beeinflussen. Hatte Bunduar diese Fähigkeit im Sumpfland gelernt? Wieder einmal vermisste Rowan seinen Großvater schmerzlich. Wie viel hätte dieser ihm noch beibringen können, wenn Rowan in Wanroe geblieben wäre!

„Führen denn keine Wege hindurch?", fragte der Diplomat mit den grauen Schuppen. Rowan nahm an, dass die Farbe durch das Alter entstand, ähnlich wie die ergrauten Haare bei Menschen.

Roschur schüttelte den Kopf. „Nein, wir können nur über den Fluss erreicht werden. Unseren Händlern und Bauern wäre es lieber, wenn es mehr Wege gäbe."

Zu seinem Erstaunen nahm Rowan die Gedanken der Fremden wahr. Sie freuten sich, dass die Sumpfländer bei einem Überfall in der Falle sitzen würden, da es keinen Ausweg gab.

„Im Magierreich gibt es viele Zugänge zu den Burgen", sagte der jüngere Nordmann zu Rowan.

„Wir haben Moore, Berge und flaches Land, keine weitreichenden Sümpfe, die undurchdringlich sind", erwiderte Rowan höflich.

„Und wie kommt ihr durch die Moore?", hakte der Gesandte nach.

Rowan, der sich im Stillen darüber amüsierte, dass der Nordmann ihn wie ein Kind behandelte, indem er ihn duzte, zuckte die Achseln. „Wir umgehen sie. Sie sind nicht so groß."

„Aber euer Moorheiligtum befindet sich mitten im Moor." Obwohl die Bemerkung belanglos klang, bemerkte Rowan, wie der Mann ihn belauerte.

„Den Weg kennen nur die Priester", erklärte Rowan. Es gelang ihm, überzeugend zu wirken. „Ich bin schon als Kind zur Ausbildung zu anderen Meistern gesandt worden."

„Woher nehmt Ihr Euer Trinkwasser?", fragte der graugesichtige Nordmann Roschur.

„Hier ist überall Wasser. Ihr solltet es aber abkochen, da es für Fremde ungesund ist", warnte er.

Während er sprach, näherte sich eine stattliche Frau dem Stadtgraben, füllte einen Krug daraus, erhob sich, setzte das Gefäß auf den Kopf und schritt hoch aufgerichtet an ihnen vorbei und verschwand in einer engen Gasse.

An einer mit Bohlen befestigten Stelle saßen Frauen und wuschen Wäsche. Alles wirkte sehr bescheiden. Viel ärmlicher als am Vormittag.

Die Gruppe lief am Stadtgraben entlang. An einer schmalen Stelle des Grabens blieben die Gesandten stehen. Der Ältere kniff die Augen zusammen und musterte das gegenüberliegende Ufer, dann gab er seinem Begleiter einen Wink. Der trat ein paar Schritte zurück, nahm Anlauf und schnellte hoch. Er sprang erstaunlich weit. Bequem erreichte er das Ufer. Rowan staunte, zum einen darüber, wie schmal der Graben hier war, zum anderen, wie weit die Fremden springen konnten. Doch kaum hatte der Mann Boden unter den Füßen, sank er ein. Sofort ließ er sich auf allen vieren nieder, trotzdem sackte er immer weiter ein. Hektisch zog er ein Bein heraus, sank dadurch aber mit Armen und dem anderen Bein tiefer hinein.

„Bleibt ruhig, ich hole ein Seil", rief Roschur. Er eilte zu einem Haus und ließ sich ein Tau reichen. An der langen und geraden Gasse, die am Stadtgraben mündete, erkannte Rowan die Seilergasse. Die Gesandte war schon mit den Beinen und Armen eingesunken, krampfhaft hielt er den Kopf in die Höhe.

„Werfen reicht nicht", murmelte Roschur. Er gab Rowan ein Ende des Seils, band sich das andere um den Brustkorb, nahm Anlauf und sprang. Nicht ganz so elegant und weit wie der Nordmann, doch es reichte, um das gegenüberliegende Ufer zu erreichen. Vorsichtig robbte er sich zu dem Gesandten vor, griff in den Sumpf, suchte nach dem Oberkörper des Mannes und schob ihm das Tau um die Brust. Um den Strick zu verknoten, löste er das Ende, das ihn selbst sicherte.

Sobald der Knoten festgezogen war, griff der ältere Mann mit seiner Krallenhand nach Rowans Seilende, schob den jungen Magier zur Seite und begann zu ziehen. Durch das plötzliche Anspannen des Seils verlor Roschur das Gleichgewicht und stürzte, doch das störte den Diplomaten nicht. Er zog energisch und erreichte, dass sein Kamerad in Richtung Graben geschleift wurde.

Dadurch lag Roschur hilflos im Sumpf und sank ein. Rowan musste ihm helfen! Er überlegte nicht lange, sondern griff sofort nach dem Seil, tat so, als ob er mit anpacken wollte. Dabei stolperte er absichtlich, gerade in dem Augenblick, als der Nordmann sich von ihm abwandte. Um das Gleichgewicht wiederzuerlangen, griff er nach dem Arm des alten Mannes. Einen kurzen Moment hing das Seil durch. Lange genug, dass Roschur die Beine des Geretteten zu fassen bekam und sich an ihn hängte.

„Lasst uns gleichzeitig ziehen", empfahl Rowan bestimmt und zählte laut: „Eins, zwei, zieh, eins, zwei, zieh."

Der Fremde wehrte sich nicht mehr gegen seine Hilfe, wahrscheinlich, weil einige Nachbarn, unter anderem der kräftige Seiler, hinzugeeilt waren und ebenfalls im Gleichmaß zogen. Bald hatten sie die beiden ans Ufer geholt. Eine Frau brachte zwei Decken, die sie um die Schultern der Männer legte.

Roschur bedankte sich lächelnd für die Hilfe und wandte sich dann an die Fremden.

„Am besten bringe ich Euch zu Eurem Schiff zurück, damit Ihr Eure Kleidung wechseln könnt. Heute Abend findet zu Euren Ehren ein Festmahl statt. Männer von Matrins Garde holen Euch ab, damit kein Unglück passiert", erklärte Roschur.

„Gut", antwortete der ältere Mann und gab mit einem kurzen Kopfnicken seine Zustimmung. Beide Diplomaten verbeugten sich steif.

Während sie zum Hafen weitergingen, fragte der jüngere Fremde Rowan: „Wie wanderst du durch das Land?", dabei schaute er ihn seltsam durchdringend an.

Rowan zuckte die Achseln und entgegnete scheinbar unbedarft: „Ich studiere hier, warum sollte ich durchs Land reisen?" Er lauschte in sein Inneres, konnte aber die Gedanken der beiden Fremden nicht hören, sie beherrschten die Kunst des Gedankenabschirmens hervorragend. So blieb ihm nur sein Gefühl, um ihre Absichten zu erraten. Sicher wollten sie erfahren, ob und wo es gangbare Stege im Sumpfland gab.

Roschur führte seine Gäste durch ein Gassengewirr. Rowan verlor schon bald die Übersicht und war froh, dass der Sumpfländer ihn leitete. Je näher sie dem Hafen kamen, desto finsterer und bedrohlicher wirkten die Bewohner. Viele überragten die hochgewachsenen Nordmänner, die weit größer als Rowan waren, um einen Kopf. Breitschultrig versperrten sie die Wege und wichen nur zurück, wenn Roschur sie mit einer herrischen Handbewegung dazu aufforderte.

Übertrieben höflich bedankten sich die Gesandten, als sie den Anleger erreichten.

„Unsere Festlichkeiten finden stets unbewaffnet statt", erklärte Roschur und verabschiedete sich, ohne eine Antwort abzuwarten.

Er führte Rowan durch die engen Gassen des Hafenviertels zurück. Die Wege waren viel schmaler als am Vormittag, als Zwandir Rowan hindurchgeführt hatte. Sobald sie außer Sichtweite des Schiffes waren, wurden aus den großen, stämmigen und grimmigen Bewohnern wieder freundliche Sumpfländer, die Rowan anlächelten.

„Eine lehrreiche Stadtführung", entfuhr es Rowan.

Roschur lachte. „Ich dachte, dein Großvater hätte dir beigebracht, wie man anderen etwas nicht Vorhandenes vorgaukelt!"

Rowan schüttelte den Kopf. „Nein, wahrscheinlich war ich damals zu jung. Ich bin schon seit acht Jahren nicht mehr daheim gewesen. Ich wünschte, er hätte mich noch viel mehr gelehrt."

„Zwandir wird sich Mühe geben, dich das Versäumte nachholen zu lassen", tröstete Roschur.

„War der Sprung in den Sumpf nicht gefährlich?", erkundigte sich Rowan und schaute seinen neuen Freund neugierig an.

„Ja, aber so schnell werden die Nordmänner sich jetzt nicht mehr in den Sumpf wagen. Außerdem standen die Seiler in der Nähe, um einzugreifen."

„Ist der Graben wirklich so schmal?" Rowan konnte sich nicht erinnern, am Vormittag eine so enge Stelle, die man hätte überspringen können, gesehen zu haben.

Roschur lachte. „Nein, aber bei den Wäscherinnen ist eine kleine sumpfige Insel. Man versinkt dort auch nicht völlig. Aber um die Fremden abzuschrecken, war es eine gute Vorstellung, findest du nicht? Die haben halt keine Ahnung von Sümpfen oder Mooren."

3.

In den folgenden Tagen übte Rowan Sumpfländisch mit dem Nachbarjungen, der Zwandir bei der Haushaltsführung zur Hand ging. Der kleine Trian brachte Rowan Begriffe des täglichen Lebens, wie die Namen der Früchte und Backwaren, Kleidung und Haushaltsgegenstände, bei. Dazu lernte Rowan eine Reihe Schimpfwörter, da der Junge aus einer kinderreichen Hafenarbeiterfamilie stammte und sich häufig im Hafen bei den Seeleuten und Fischern herumtrieb.

Zwandir lehrte ihn die Zubereitung verschiedener Heilkräuter. Allerdings schien es dazu keine Heillieder zu geben.

„Mein Großvater hatte für jedes Leiden und für jede Medizin ein besonderes Lied", sagte Rowan, doch Zwandir lächelte nur und schwieg.

Auch die Kunst des Gedankenlesens unterrichtete er nicht. Dabei war Rowan brennend daran interessiert, denn sein Wissen war nur bruchstückhaft. Die Sumpfländer beherrschten diese Fähigkeit erheblich besser als die Mönche im Ostreich. Doch jedes Mal, wenn er Zwandir darauf ansprach, meinte der nur: „Du bist noch nicht so weit, gedulde dich."

Dabei hatte Rowan das Gefühl, keine Zeit mehr zu haben. Im Magierreich wurde die Lage immer bedrohlicher. Selbst so abgeschirmt, wie er momentan bei Zwandir lebte, erreichten ihn einige Meldungen. Wilhar hatte angeblich seine Königsburg Wanroe geräumt und war in den Süden ausgewichen; auch die Priester hatten das Moorheiligtum verlassen. Rowan hoffte, dass sein Großvater Bunduar und seine Mutter, die Seherin Salawin, mit Wilhar in den Süden geflüchtet waren. Doch er zweifelte daran, denn Bunduar würde das Felsenkloster und das Moorheiligtum bestimmt vor den dunklen Mächten der Nordmänner und Echsenkrieger schützen. Die Gefahr, dass ihr Einfluss größer würde, wenn sie diese heiligen Plätze eroberten und die gefangenen Geister der Unterwelt befreiten, war zu groß. Dann würde wahrscheinlich keiner mehr sie besiegen können.

Und wie sicher war das Sumpfland? Rowan hatte immer darauf vertraut, dass die Sumpfländer sich besonders gut mit den Geistern und den Elfen verstanden. Außerdem waren ihre Siedlungen im schwer durchdringbaren Sumpfgebiet geschützt. Doch nachdem er die unheimlichen Nordmänner bei König Matrin gesehen hatte, war er von der Abgeschirmtheit des Sumpflandes nicht mehr überzeugt. Immer wieder dachte Rowan über die merkwürdigen Krallenhände der Nordmänner nach. „Sind die Nordmänner auch Echsen?", fragte er schließlich Zwandir.

Der Magiermeister nickte. „Wir waren uns lange nicht sicher, aber jetzt, wo sie hier zu Besuch sind, ist es eindeutig. Sie sind mit den südlichen Echsenwesen verwandt. Selbst ihre Sprachen ähneln sich."

Eines Tages schickte Zwandir Rowan auf den Markt beim Hafen.

„Ein Schiff aus dem Süden ist eingetroffen. Es gibt frische Früchte und Wein. Schau dir die Waren an und entscheide, was wir heute und morgen essen."

Rowan hob seine Augenbrauen. „Aber wenn ich die Früchte nicht kenne, wie soll ich da etwas aussuchen?"

Zwandir grinste und zwinkerte ihm zu. „Ich lasse mich überraschen."

Rowan nahm einen großen Korb und lief zum Markt. Obwohl er seit der Stadtführung mit Roschur vor zehn Tagen sich nur im Haus oder auf dem Dach, wo sie die Heilpflanzen trockneten, aufgehalten hatte, fand er sich mühelos zurecht. Es war, wie er bei der Führung vermutet hatte: Roschur hatte die Gedanken seiner Schützlinge so beeinflusst, dass diese geglaubt hatten, ein unübersehbares Labyrinth aus schmalen, unwirtlichen Gassen zu betreten.

Er lief an den Brunnen vorbei, die ihm Zwandir gezeigt hatte. Schon bald erreichte er den Hafen. Das Schiff der Nordmänner lag nicht mehr vor Anker. Rowan grinste; deshalb durfte er also heute das Haus verlassen.

Vor dem Hafenbecken befand sich ein großer Platz, auf dem Fischer, Bauern und auch auswärtige Händler ihre Stände aufgebaut hatten. Es roch nach Meerestieren, Früchten und fremdländischen Gewürzen. Rowan schlenderte über den Markt und schaute sich alles genau an. Einige Nahrungsmittel kannte er inzwischen, da er sie in Zwandirs Küche gekostet hatte. Andere gab es auch im Magierreich, in Cajan oder Llyllia, wo er für seine Magierausbildung einige Zeit verbracht hatte.

Bei den Ständen der fremden Händler verweilte er länger. Er fragte nach einer großen roten Frucht. „Sie ist sehr gesund und nahrhaft", pries der Höker, ein Kleinhändler, sie an.

„Ist sie wohlschmeckend?"

„Wenn man sie richtig zubereitet, dann schon." Der Händler erklärte lang und breit, wie er sie kochen musste und welche Gewürze er dazu benötigte.

Rowan erschien das alles sehr umständlich und fragte nach den kleineren erdigen Knollen.

„Die kann man mit der roten Frucht mischen und zusammen kochen."

Da Rowan sich nicht entscheiden konnte, schaute er sich noch bei den anderen Marktständen um, doch zum Schluss kehrte er zu diesem Händler zurück und kaufte doch eine rote Frucht, allerdings suchte er sich die kleinste aus. Dazu ein paar der dunkeln Knollen und zwei Gewürze – die mussten reichen, entschied er. Notfalls fanden sich in Zwandirs Küche bestimmt Zutaten, mit denen er das Essen schmackhaft machen konnte.

Anschließend kaufte er zwei südländische Weine. Der Händler pries sie an und ließ ihn kosten. Rowan erschienen sie sehr süß. Bisher hatte er nur herbe Weine gekannt, aber er trank sie sowieso nur selten. Er entschied sich für den trockensten Wein, den der Händler anzubieten hatte, und einen halbtrockenen – beide waren viel süßer als jeder Wein, den er jemals getrunken hatte.

Schwer beladen machte er sich auf den Rückweg. Er konnte sich gut an dem Königspalast orientieren, der alles überragte.

Zwandir schaute kurz auf, als Rowan den Korb auspackte, sagte aber nichts. Während sich Rowan abquälte, die Frucht zu schälen und in Stücke zu schneiden, las der Magier in einem alten Buch. Ab und zu schaute er auf und schmunzelte. Obwohl Zwandir immer wegschaute, wenn Rowan zu ihm aufsah, wusste Rowan genau, dass der Meister ihn beobachtete. Und Rowan hatte das Gefühl, dass er sich über die Speisenwahl seines Schülers belustigte.

Endlich hatte Rowan alles in Zwandirs großen Kessel gegeben und das Feuer entzündet. Anschließend schälte er die dunklen Knollen und gab sie hinzu. Es folgten die Gewürze. Die Samen des einen musste er mörsern, die des anderen schälen und in kleine Stücke hacken. Während das Gericht kochte, überlegte er, wie lange Zwandir und er wohl an dem Inhalt des großen Kessels essen mussten.

„Vielleicht sollte ich ein paar Freunde einladen", schlug Zwandir vor.

Rowan schmunzelte. „Ich habe noch nie unbekannte Esswaren ohne Hilfe zubereitet, aber die anderen Dinge, die auf dem Markt angeboten wurden, erschienen mir noch gefährlicher."

Zwandir lachte laut. „Du hast dich nicht getraut, viel Geld auszugeben, das rechne ich dir hoch an. Aber diese rote Frucht ist eher ein Armeleuteessen."

„Magier sind arm, wenigstens in den meisten Ländern. Im Magierreich sind sie zwar geschätzt, aber sie leben enthaltsam, weil es ihrem Selbstverständnis entspricht", antwortete Rowan und grinste seinen Meister an.

Da Trian, der kleine Nachbarjunge, gerade die Hütte betrat, schickte Zwandir ihn fort, seine Eltern und ein paar andere Nachbarn zum Essen mitzubringen. „Wir müssen doch Rowan endlich vorstellen. Sie wissen schon so lange, dass er bei mir zu Gast ist und haben ihn noch nie zu Gesicht bekommen."

Rowan zweifelte zwar daran, denn die Nachbarn hatten ihn bestimmt in den ersten zwei Tagen ausgiebig beobachtet, aber er sagte nichts, sondern sorgte sich eher, was sie von ihm halten sollten, wenn er ihnen so ein armseliges Mahl vorsetzte, wie Zwandir behauptete.

Er kostete das Essen, es schmeckte tatsächlich ziemlich fade. Die beiden Gewürze waren wohl zu wenig gewesen. Also suchte er in Zwandirs Vorräten und gab weitere Kräuter, die Zwandir ihm bereitwillig reichte, hinzu.

„Nach meiner Erfahrung muss man bei diesen Früchten kräftig nachhelfen", erklärte der alte Magier und fuhr tröstend fort: „Aber das Gemüse ist tatsächlich gesund."

„Und ich dachte, im Süden ist alles süß und schmackhaft", klagte Rowan gespielt.

Zwandir lachte. „Nicht alles – das Essen der einfachen Leute ist wohl überall nicht besonders wohlschmeckend. Aber zum Glück gibt es genug Kräuter, um Abhilfe zu schaffen."

Als es am Abend dämmerte, trafen die ersten Gäste ein. Sie hießen Rowan herzlich willkommen. „Wir freuen uns, dass Zwandir wieder einen begabten Schüler hat und hoffen, dass du dich bei uns wohlfühlst", sagte Trians Vater.

Rowan freute sich über diesen freundlichen Empfang. Seine Sorge um die Zuverlässigkeit der Sumpfländer verflog. Die Nachbarn, einfache Leute, fragten ihn nach seiner Heimat und seinen Reisen aus. Sie waren wissbegierig und sogen alles auf, was er erzählte. Sie würdigten den Eintopf und da jeder zur Feier etwas zu essen mitgebracht hatte, gab es eine reichhaltige Auswahl an sumpfländischen Gerichten. Rowan musste von allem kosten. Er lobte die Speisen und erkundigte sich nach den Zutaten und der Zubereitung.

„Wenn wir noch ein paar Feiern ausrichten, kannst du Ottgar später als Koch dienen", spottete Zwandir gutmütig.

Rowan lachte, dann zuckte er mit den Achseln. „So ein großer Unterschied ist es doch gar nicht, ob ich Heilmittel oder Speisen zubereite. Mit beiden kann ich Krankheiten bringen oder vertreiben."

Die Umstehenden lachten. „Wie gut, dass Zwandir dir beim Kochen zugeschaut hat, sonst lägen wir morgen alle krank auf unseren Schlafplätzen", rief Trians Vater.

Rowan grinste. „So schlecht koche ich hoffentlich nicht." Fröhlich feierten sie bis spät in die Nacht. Einige Nachbarn hatten ihre Musikinstrumente mitgebracht und musizierten und alle sangen gemeinsam dazu.

*

Am folgenden Tag suchte der Magier mit Rowan erneut König Matrin auf. Diesmal trafen sie ihn im Burghof an. Rowan begriff, dass der König auch ohne Palastwachen in seiner unmittelbaren Nähe gut behütet war. Die übersinnlichen Fähigkeiten seiner Freunde schützen ihn. Deshalb hatte Rowan sich beim ersten Besuch im Palast auch so beobachtet gefühlt. Zwandir verbeugte sich, aber nicht so tief wie beim ersten Mal, während Rowan schon fast den Boden mit seinem Kopf berührte.

„Rowan, du musst nicht vor Ehrfurcht versinken", meinte Matrin und reichte Rowan die Hand. „Unser großes Hofprotokoll wird nur bei fremden Staatsgästen angewandt. Normalerweise bin ich ein Burgherr wie andere auch."

Rowan grinste. Die Schau hatte also nur den feindlichen Nordmännern gegolten. Er fühlte sich erleichtert.

Matrin nickte Rowan freundlich zu und erklärte: „König Wilhar hat mich vor langer Zeit gebeten, dich im ritterlichen Kampf unterweisen zu lassen. Das mache ich gern. Suche uns einfach auf, wann immer Zwandir dich entbehren kann. Meine Männer wissen Bescheid und werden sich um dich kümmern."

Rowan bedankte sich artig, bevor er sich nach Neuigkeiten aus dem Magierreich erkundigte. Schließlich gab es zwischen den Reichen verbündeter Herrscher immer Möglichkeiten, sich Nachrichten zukommen zu lassen, sei es durch Boten, sei es durch Brieftauben oder gar durch Gedankenübertragung. „Fischer Bann besaß leider keinerlei Informationen, aber ich möchte unbedingt wissen, wie es meinem Großvater, meiner Mutter, der Seherin Salawin, und König Wilhar geht."

„Du hast bestimmt gehört, dass Wilhar seinen Hof nach Landoe verlegt hat. Wenn es noch kritischer wird, zieht er nach Sauroe. Dort ist er ziemlich sicher."

„Aber Sauroe liegt südlich, und lieben die Echsen und Drachen nicht die Wärme?" Rowan runzelte seine Stirn.

König Matrin nickte. „Allerdings ist die Entfernung bis dorthin sehr groß. Auf ihren Schiffen erreichten die echsenartigen Seekrieger Norden und Westen eher, bis zum Süden sind sie zum Glück noch nicht vorgedrungen. Die Burgen südlich von Wanroe sind noch alle in Wilhars Hand."

„Und das Felsenkloster?", erkundigte sich Rowan besorgt.

„Dieses wichtige Kloster haben sie ebenfalls nicht erobert, obwohl sich dort keine Ritter aufhalten. Die Magie der Mönche reichte bisher aus." Matrin lächelte leicht. „Auch deinem Großvater und deiner Mutter geht es gut. Sie halten sich häufig im Moorheiligtum auf."

Rowan nickte erleichtert, obwohl er wusste, dass selbst das Heiligtum kein sicherer Ort mehr war. Viele der Priester lebten inzwischen auf der heiligen Insel, einer Priesterinsel im Fluss Napram. Sie befand sich schwer erreichbar im Sumpfland und wurde von König Matrin und seinen Leuten geschützt.

Rowan wäre es lieber gewesen, wenn seine Mutter ebenfalls mit den Priestern auf die heilige Insel gezogen wäre. Aber sicher wollte sie ihrem Vater bei dem Kampf gegen die dunklen Mächte beistehen. Eigentlich wäre es seine, Rowans, Aufgabe, sich an die Seite des Großvaters zu stellen und gemeinsam mit ihm gegen die Gegner zu kämpfen.

Als ob Matrin seine Gedanken gelesen hätte, meinte er: „Du wirst noch früh genug den Feinden aus dem Norden entgegentreten. Je mehr du gelernt hast, desto eher kannst du ihnen die Stirn bieten. Momentan wärst du ein zu leicht überwindbarer Gegner."

„Wer steht hinter den Kriegern aus dem Norden? Beherrscht ihr König Wromlux die Magie so gut? Seine Krieger sind schwer bezwingbar. Sie sind stark und sehr gewalttätig, außerdem können sie sich unsichtbar machen. Nur die Elfen konnten sie damals bei Wilhars Thronjubiläum wieder sichtbar machen", murmelte Rowan.

Seit Jahren grübelte er über den Grund der schnellen kriegerischen Erfolge der Feinde, ohne eine Antwort zu finden. Wiederholt tauchte Altus dabei vor seinem inneren Auge auf. Gemeinsam waren sie Schüler bei Meister Hildrun in Llyllia gewesen. Damals war Rowan noch ein Kind und hatte vor dem begabten Magierlehrling Angst gehabt, weil er so bedrohlich wirkte. Aber das konnte nicht sein, Rowan schüttelte den Kopf. In den wenigen Jahren konnte Altus nicht solche Macht erreicht haben und Anführer der Echsenkrieger geworden sein. Außerdem hatten die ersten Überfälle schon früher stattgefunden. Aber warum verband er Altus immer wieder mit diesen gefährlichen Feinden?

„Du hast recht. Es gibt ein paar abtrünnige Magier aus den mittleren Reichen", erklärte Zwandir.

Mittlere Reiche wurden im Sumpfland das Magierreich, Cajan und Llyllia genannt, die schon seit Urzeiten freundschaftlich verbunden waren. Im Osten vom Magierreich lag das Ostreich, zu dem das Magierreich enge verwandtschaftliche Beziehungen besaß, und im Süden das Südreich, mit dem es keinerlei Verbindungen pflegte. Vor vielen Generationen hatte es Überfälle der riesigen Würmer, Ungeheuer aus dem Süden, gegeben. Dabei trennten ein unüberwindbares steiles Gebirge und eine Wüste die beiden Länder. Das Sumpfland hingegen pflegte Handelsbeziehungen über das Meer zum Südreich, sodass Rowan erst hier die ersten Südländer gesehen hatte.

„Könnt Ihr sie nicht gemeinsam besiegen?" Rowan schaute Zwandir bittend an.

Zwandir schüttelte den Kopf. „Bunduar, Zonbuar, Hildrun und ich haben es schon vor langer Zeit gemeinsam versucht. Die Nordmänner, Echsenkrieger und Drachen werden von einer Gruppe starker Magier beherrscht. Wir konnten nicht einmal erkennen, wer diese Magier sind. Es hilft ihnen, dass ihr Gefolge magische Fähigkeiten hat. Sie verständigen sich über weite Entfernungen durch Gedankenübertragung. Irgendjemand, ein Magier, vielleicht König Wromlux, vielleicht ein Abtrünniger aus dem Magierreich, gibt ihnen Befehle."

Rowan zog die Brauen zusammen, auf seiner Stirn bildeten sich Falten, während er grübelte. „Heißt das, die fremden Krieger entscheiden gar nicht selbst, sondern führen nur aus, was ihr Herrscher ihnen aufträgt?" Für Rowan war es unvorstellbar. Natürlich gab der König Anweisungen, was seine Krieger zu tun hatten. Aber in der Schlacht folgten die Kämpfer den Befehlen ihrer Heerführer, die je nach Lage selbst Entscheidungen trafen.

„Zu dem Schluss sind wir nach unseren magischen Kämpfen gekommen. Wir konnten einzelne Krieger oder auch Kriegergruppen beeinflussen und zur Umkehr oder Aufgabe bewegen. Aber sofort kamen andere Gruppen und füllten die Lücken wieder auf. Schneller, als jeder Bote oder auch jede Brieftaube sein konnte", erklärte Zwandir ernst.

„Hm, bei unserer Flucht aus Llyllia konnte ich den Drachen, der uns angriff, mit den alten Liedern der Drachenzähmer beruhigen, doch als ich auf dem Weg zu Euch den Sumpf durchquerte, ließen sich die Untiere nicht mehr durch Gesang beeinflussen", sagte Rowan und strich sich seine Haare aus dem Gesicht.

„Unsere Wächter erzählten von deinem Gesang. Vermutlich hat der Drache damals daheim davon berichtet und ihre Führer haben ihnen neue Befehle erteilt und beigebracht, nicht auf diesen Gesang zu hören."

Rowan nickte. Das erklärte die Wirkungslosigkeit der uralten Lieder.

„Es sieht so aus, als wärst du eine Bereicherung für unser Land", stellte Matrin fest, der schweigend zugehört hatte. „Zwandir hat schon jetzt in dir einen guten Gesprächspartner, der ihm neue Anregungen gibt." Er lächelte Rowan an. „Ihr habt genug gegrübelt, nun solltest du deinen Körper ertüchtigen." Er schaute zur Tür, durch die Roschur gerade hereintrat.

Rowan erstaunte. Tauschten sich alle im Sumpfland durch Gedanken aus? Wie praktisch, das ersparte Boten und sehr viel Zeit.

„Ihr stammt auch aus einer Magierfamilie", bemerkte er.

Der König lachte. „Meine Ururgroßmutter war eine Schwester von Wanduar, Bunduars Urgroßvater. Und ihr Mann war nicht nur Herrscher, sondern ebenfalls Magier."

Rowan unterdrückte die Gedanken an den Krieg zwischen Magierreich und Sumpfland, lieber lenkte er sie in eine andere Richtung. Er nickte. „Euer Volk ist viel stärker magiebegabt als die Menschen im Magierreich."

„Vor allem die Priester und viele Adlige an meinem Hof, weil wir alle von einigen wenigen Vorfahren abstammen, die allesamt Magier waren. Außerdem gehören Gedankenlesen und -beeinflussung zu unserer Ritterausbildung. Aber jetzt ist es Zeit, deinen Körper zu stählen." Obwohl er lächelte, sagte er es mit so viel Nachdruck, dass Rowan sich der Bedrohung durch die mächtigen Feinde erneut bewusst wurde. Der Besuch neulich war kein Höflichkeitsbesuch gewesen, sondern eine verdeckte Auskundschaftung. Die Sumpfländer waren aber so klug gewesen, die Gefahr sofort zu erkennen und mit ihren magischen Fähigkeiten den fremden Wesen falsche Informationen zu geben.

Rowan folgte Roschur in den Burghof, dort schaute er sich neugierig um. Das mit Schnitzereien und Malereien reich verzierte Hauptgebäude stand leicht erhöht und bestand aus Holz. Zur Sumpfseite hin war der Palast mit einer Palisade geschützt, zur Stadt hin war er offen. Von seinem leicht erhöhten Standort konnte Rowan noch gut den alten Ringwall der ursprünglichen Burg erkennen. Er wunderte sich, dass das Gebäude inzwischen nicht mehr nach allen Seiten abgeschirmt war.

„Ich habe doch schon erzählt, dass wir hier keine Mauern bauen können, weil der Untergrund zu weich ist. Steingebäude würden im Sumpf versinken", erklärte Roschur, ohne dass Rowan gefragt hatte.

Rowan nickte. „Unsere Hafenstädte stehen teilweise auf Pfählen, weil die Gebäude sonst einsinken würden. Aber ist die Brandgefahr bei der engen Bebauung nicht sehr groß?"

„Ja, deshalb laufen Tag und Nacht Brandwächter durch die Gassen", stimmte Roschur zu. „Durch unsere telepathischen Fähigkeiten spüren wir die Gefahr sofort. Bisher wurde jedes Feuer schnell entdeckt und gelöscht. Wasser haben wir hier reichlich. Zwandir hat dir sicherlich die vielen Brunnen gezeigt."

„Ja, und ich habe über die Anzahl gestaunt."

„Jedes Viertel hat mindestens einen eigenen Brunnen oder ein Wasserbecken, damit im Brandfall sofort Löschwasser vorhanden ist", erläuterte der Sumpfländer und zeigte auf die Einfassung mitten im Hof. Dann drehte er sich um und wies auf die großen Bronzebecken, die vor jedem Gebäude standen und die Rowan schon aufgefallen waren.

„Warum aber ist der Palast nur auf einer Seite mit Palisaden geschützt?", fragte Rowan.

„Wir brauchten den Platz der alten Befestigungsanlagen für die Wohnhäuser. Der Stadtgraben reicht aus, er ist undurchdringlich. Die wenigen Dämme, die durch den Sumpf zur Stadt führen, lassen sich leicht verteidigen. Im Notfall zerstören wir sie. Den Hafen sperren wir mit Baumstämmen, im Fluss selbst liegen oberhalb und unterhalb der Stadt Ketten, die den Strom für Schiffe und Boote im Notfall unpassierbar machen würden. Im allerschlimmsten Fall wenden wir die Taktik an, die auch das Magierreich momentan benutzt. Wir ziehen uns in unwegsames Gelände zurück." Sie hatten ihren Rundgang durch die Burg, vorbei an den Nebengebäuden, den Ställen, der Waffenkammer und dem Gesindehaus, beendet. Roschur holte aus der Rüstkammer Schwerter und Schilde heraus und reichte Rowan die Waffen. Anschließend führte er ihn in einen Innenhof, in dem eine Gruppe Ritter den Schwertkampf übte.

„Lass uns beginnen, sonst verärgern wir Matrin und Zwandir." Er nahm seinen Umhang ab. Rowan folgte seinem Beispiel und legte die störenden Oberkleider auf einen Holzblock, der sicher als Bank diente.

Lange hatte er kein Schwert mehr in der Hand gehalten. Er führte ein paar Schläge in der Luft aus, um die Waffe auszuprobieren. Sie war hervorragend ausbalanciert und lag gut in der Hand. Er bewegte sich vorsichtig, umkreiste sein Gegenüber. Roschur wartete ab und wehrte Rowans Scheinangriffe lässig ab. Schnell wurde Rowan klar, welch starke Kämpfer die Sumpfländer waren. Roschur ahnte jeden Angriff voraus und parierte ihn, noch bevor er richtig ausgeführt war. Rowan schärfte seine Sinne. Bald spürte er Roschurs Gedanken und es gelang ihm besser, sich auf den Gegner einzustellen. Doch als Roschur mit seinen eigenen Angriffen begann, nützte es ihm nichts. Früher war Rowans Vorteil gewesen, dass er die Bewegungen seiner Gegner schon vorausahnte, doch da Roschur diese Fähigkeit im stärkeren Maß beherrschte, verschaffte es Rowan keinen Vorsprung. Und kräftemäßig war er Roschur unterlegen, obwohl er durch die viele schwere körperliche Arbeit der letzten Monate breitschultriger und stärker geworden war. Aber Roschur war noch größer und kräftiger.

„Du hast lange nicht mehr geübt", meinte Roschur tröstend.

„Mein Großvater wollte gar nicht, dass ich als Ritter ausgebildet werde. Aber König Wilhar bestand darauf. Allerdings habe ich nie viel Zeit dafür gehabt." Rowan dachte daran, wie häufig er sich gewünscht hatte, mit Ottgar und Mardok auf Burg Wanroe üben zu dürfen.

„Wir werden deine Ausbildung in der Waffenkunst in der nächsten Zeit nachholen, denn wir brauchen jede Schwerthand", versprach Roschur und schlug Rowan auf die Schulter.

„Ich dachte, Magier werden im Kriegsfall für andere Dinge benötigt", bemerkte Rowan kopfschüttelnd.

Roschur nickte und seine Miene wurde ernst. „Stimmt, Zwandir wird seine gesamte Kraft verwenden, dem Gegner geistig zu schaden. Aber es kann sein, dass es nicht ausreicht, notfalls müssen sich alle verteidigen können. Deine vordringlichste Aufgabe wird dann sein, Zwandir mit dem Schwert zu schützen. Er ist zu alt, um sich körperlich mit seinen Gegnern zu messen."

„Hat er eine Ritterausbildung erhalten?", fragte Rowan neugierig. Er konnte sich den alten kleinen Mann nicht als Kämpfer vorstellen. Sein Großvater war der einzige Magier, den er kannte, der auch eine Ausbildung zum Ritter erhalten hatte. Was daran lag, dass er ein Königssohn war, und wenn sein älterer

Bruder, der Thronerbe, gestorben wäre, hätte Bunduar die Nachfolge antreten müssen.

Roschur nickte. „Bei uns erhalten die meisten Adligen eine Ausbildung zum Ritter und in der Magie. Die berühmten Großmagier waren alle Kämpfer."

Nachdem sie ihre Waffen zurückgebracht hatten, badeten sie in einem Teich, der sich innerhalb der Burg befand.

„Benötigt ihr das Wasser nicht zum Trinken und Tränken der Pferde?", erkundigte sich Rowan.

„Nein, dafür haben wir Brunnen, die sauberes Trinkwasser aus der Tiefe befördern. Das Teichwasser hier im Becken könnte man auch trinken, aber es ist nicht so gut wie das Brunnenwasser."

Nach dem Bad führte er Rowan zum Fluss, da der Magianer paddeln lernen sollte. Rowan hatte es zwar bei Bann schon geübt, doch meistens hatten sie Segel gesetzt, wenn sie zum Fischen gefahren waren.

Das Boot hier war anders, schmaler, dadurch kippte es leichter. Roschur erklärte, dass es hauptsächlich zur raschen Beförderung von Personen auf dem Fluss diente. „Im Kriegsfall können unsere Krieger schnell von einem Ort zum anderen gelangen. Durch den Sumpf ist es mit schwerem Gepäck zu Fuß schwierig und dauert viel zu lange. Allerdings sind die Boote nur für Binnengewässer geeignet."

Dann reichte er Rowan Blätter einer Sumpfpestpflanze. „Nimm etwas von einem jungen Blatt, kaue es gründlich und schlucke es dann. Es schmeckt widerlich, aber es hilft, Mücken und anderes Ungeziefer abzuwehren. Reibe dich anschließend mit den restlichen Blättern ein."

Rowan nickte und folgte seinem Beispiel. Erst als er sich gründlich eingerieben hatte, nahm er die Paddel entgegen. Sie sahen merkwürdig aus und erinnerten ihn an eine Hellebarde, da sie spitz ausliefen und eine scharfe Kante besaßen. Wie sollte man damit paddeln können?

Roschur hielt das Boot fest, damit Rowan einsteigen konnte. Rowan trat in die Bootsmitte, um es nicht aus dem Gleichgewicht zu bringen. Schon beim Hinsetzen kippte es leicht zur Seite, obwohl Roschur es noch immer festhielt. Wie einfach war Banns Ruderboot dagegen zu benutzen gewesen!

Der junge Sumpfländer setzte sich vor ihn und gab die Geschwindigkeit vor. Er schien mit dem Boot verwachsen zu sein. Rowan versuchte, sich Roschurs Rhythmus anzupassen.

„Wir werden jeden Tag üben, damit du ein Boot im Notfall auch allein steuern kannst", erklärte sein Mentor.

Rowan zweifelte, ob Zwandir mit diesen ausgiebigen Übungseinheiten einverstanden wäre, aber er sagte nichts. Sie paddelten flussaufwärts, sobald sie die Stadt hinter sich gelassen hatten, war ringsherum nur noch Sumpf. Die Luft war drückend und roch süßlich. Immer wieder öffneten sich weitere Wasserwege, an deren Ufern Bäume im flachen Wasser wuchsen und deren Kronen ein Blätterdach über den Wasserlauf bildeten. Ein üppiger grüner Wald bedeckte den Sumpf. Leise bewegten sie sich vorwärts und Rowan beobachtete ihm unbekannte Vögel in den Zweigen, Gazellen, die am Ufer tranken und Fische im klaren Wasser neben dem Boot. Als er hochschaute, entdeckte er eine Schlange, die auf einem Ast ruhte, und seine innere Stimme warnte ihn, dass sie giftig wäre. Einmal sah er eine riesige Wasserschlange, die im flachen Wasser unter einem Baum fast unsichtbar war. Als sich aber ein Wasserschwein näherte, das etwa groß wie ein Hausschwein war, schoss sie mit großer Geschwindigkeit heran, umwickelte ihr Opfer, bis es reglos war und sie es hinunterschlang.

Rowan jagte ein Schauer über den Rücken. Dieser Sumpf war wirklich ein mächtiger Gegner. Jeder Angreifer sah sich einer Reihe unbekannter Bedrohungen gegenüber.

Auf einmal schwankte das Boot gefährlich, sodass es umzukippen drohte. Rowan bewegte sich zu der Seite, die sich aus dem Wasser hob. Doch Roschur zwang ihn mit seinen Gedanken in die entgegensetzte Richtung. Die Wasseroberfläche kam bedenklich nahe. Auf einmal tauchte eine riesige Wasserechse empor, riss ihr Maul direkt vor Roschurs Arm auf. Auf die wortlose Anweisung des Sumpfländers stützte sich Rowan mit der flachen Seite des Paddels auf dem Wasser ab und fing den Schwung ab. Das Boot richtete sich wieder auf.

Doch dann schlingerte es gefährlich, denn Roschur stach und hieb mit dem Paddel auf das Tier ein. Geschickt suchte er die Schwachstelle hinter den Ohren und schlug auch auf die Augen. Rowan musste sein Gespür einsetzen, um das Boot im Gleichgewicht zu halten. Mal kippten sie zu der einen, mal zu der anderen Seite. Da er jetzt begriffen hatte, wie er das Boot abfangen konnte, kenterten sie nicht. Endlich tauchte das Tier schwerverletzt weg.

Rowan spürte, dass sich Roschur ärgerte. „Du hast das Tier geschickt besiegt, warum ärgerst du dich?", fragte er.

„Die Wasserechsen sind eine willkommene Abwechslung in unserem Speiseplan", erklärte

Roschur. „Sie schmecken hervorragend. Ihr Fleisch ist zart. So eine große Echse reicht für viele Esser."

In Rowan keimte der Verdacht auf, dass Roschur die Begegnung mit dem Tier herbeigeführt hatte, um es zu erlegen. Aber er schwieg. Allerdings war er jetzt wachsam und beobachtete die Wasserfläche aufmerksam. Doch Roschur vermied nun die Nähe zu den Echsen. Vielleicht wollte er Rowan nicht in Gefahr bringen. Anscheinend wusste er, wo die Tiere sich bevorzugt aufhielten.

„Wasserechsen töten ihre Opfer nicht mit Bissen, sondern zerren sie unter Wasser, sodass sie ertrinken. Erst dann reißen sie Fleischstücke aus dem Körper heraus", erklärte Roschur, nachdem sie lange geschwiegen hatten.

Rowan nickte verstehend und weil er sich wunderte, fragte er: „Gibt es hier keine weiteren Siedlungen?"

„Hilschand liegt auf einer Sandinsel im Fluss, daher ist sie nur von der Flussseite einnehmbar. Rundherum ist undurchdringlicher Sumpf, da können nur wenige Menschen leben. Selbst wir Einheimischen haben Probleme, uns in diesem Labyrinth aus Kanälen zurechtzufinden."

Rowan nickte. Langsam verstand er die Kultur dieses Volkes. Die Gedankenverbindung zu anderen Sumpfländern konnte unter diesen Umständen lebensrettend sein.

Erst als die Sonne den Zenit längst überschritten hatte, kehrten sie um. Flussabwärts kamen sie schneller voran, schon bald lag die Stadt vor ihnen. Nachdem sie das Boot ans Ufer gezogen hatten, zog Roschur die Kleidung aus und sprang in den Fluss.

„Gibt es hier keine Wasserechsen und Schlagen?",
fragte Rowan. Er zögerte, seinem Kameraden zu
folgen.

„Nein, in Stadtnähe werden sie gejagt und getötet.
Wir Sumpfländer lieber ihr Fleisch. Und da auch
Kinder am Wasser spielen und die Frauen die Wäsche
waschen, haben wir Echsenjäger am Fluss." Er zeigte
auf zwei Männer, die auf einem kleinen Holzturm
standen.

Rowan traute den Wächtern zwar nicht so ganz,
wollte aber nicht als Angsthase gelten, zog sich
ebenfalls aus und sprang ins Wasser. Ohne dass sie
sich abgesprochen hatten, machte sie ein
Wettschwimmen daraus, vorbei an der Hafeneinfahrt
bis zur Stadtgrenze. Rowan war froh, wieder so gut
genesen zu sein, dass er knapp vor Roschur das Ufer,
an dem ihre Kleidung lag, erreichte. Er spürte, dass
Roschur ernsthaft gekämpft und sich nicht aus
Gastfreundschaft zurückgehalten hatte.

„Aus dir machen wir noch einen guten Ritter",
meinte Roschur, während er sich anzog, und grinste
Rowan an.

„Oh, das haben mir schon einige versprochen, aber
jedes Mal musste ich weiterreisen, bevor ich genug
gelernt hatte." Wehmut schwang in seinen Worten mit.
Er erinnerte sich an einige Ritter, die ihn
freundschaftlich behandelt und ihn unterrichtet hatten,
die inzwischen vielleicht umgekommen waren.

Roschur munterte ihn auf. „Bei uns wirst du länger
bleiben."

Rowan nickte schweigend. Er hoffte es. Bei
Zwandir würde er sehr viel lernen können und auch
der Unterricht in verschiedenen Kampfkünsten an
Matrins Hof würde ihm guttun.

Sie liefen zurück und bevor sie sich vor Zwandirs Hütte trennten, sagte Roschur: „Ich erwarte dich morgen früh zum Bogenschießen, anschließend üben wir wieder den Schwertkampf."

Rowan nickte, erwiderte aber: „Mit der Lanze und der Axt kann ich sehr schlecht umgehen, da brauche ich Anleitung."

„Die heben wir für später auf, jetzt ist erst einmal Schwertkampf und Paddeln wichtiger."

In der Hütte war es heiß, als Rowan eintrat. Zwandir stand am offenen Feuer und rührte in seinem Kessel.

„Du kommst gerade rechtzeitig. Ich bereite ein Mittel gegen Schlangenbisse zu."

„Gegen welche Schlangen hilft es?", fragte Rowan und trat an die Feuerstelle heran.

„Gegen alle. Es stärkt den Körper, damit er das Gift abbauen kann." Zwandir summte leise ein Lied. Rowan spitzte seine Ohren, trotzdem verstand er nur wenig von den Zutaten.

Doch Zwandir wiederholte es immer wieder und irgendwann summte Rowan es mit, sogar die Worte sprach er mit, obwohl er viele nicht kannte. Als Zwandir aufhörte, wurde ihm bewusst, dass er den Text gar nicht gehört hatte, sondern durch Gedankenübertragung verstanden und gelernt hatte.

„Es wird Zeit, dass du diese geistige Fähigkeit vertiefst. Dein Großvater beherrscht sie recht gut."

„Er hat sie sehr selten angewendet", murmelte Rowan.

„Die Magianer wären überfordert, wenn er sie anwendete. Daher behandelt er die Kranken nach euren überlieferten Heilmethoden." Zwandir reichte Rowan den Kochlöffel und nahm Keramikdosen von dem

Bord. Er öffnete sie und ließ Rowan daran riechen. Es roch würzig, wie ein Küchenkraut.

„Selbst im Dunkeln sollte ein Magier seine Kräuter finden."

Rowan nickte, auch sein Großvater hatte ihn immer an den Pflanzen riechen lassen.

„Ihr rechnet mit einem Überfall der Echsenkrieger?", fragte Rowan, nachdem Zwandir seine Unterrichtsstunde beendet hatte und sie am Tisch ihren Getreidebrei löffelten.

„Ja, sie werden bald hier eintreffen. Die meisten werden in den Sümpfen umkommen, doch wir stellen uns auf einen schweren Kampf ein. Deshalb musst du durchtrainiert sein und unsere Umgebung gut kennen."

„So hatte sich Großvater meine Ausbildung sicher nicht vorgestellt", murmelte Rowan.

Zwandir lachte. „Die Götter haben häufig etwas anderes mit uns vor, als wir es uns wünschen."

Rowan schüttelte den Kopf und seufzte. „Ich bin von jedem Magiermeister früher als geplant weggegangen, weil wir fliehen mussten."

„Trotzdem hast du viel gelernt. Vielleicht etwas anderes, als Bunduar es sich ursprünglich vorgestellt hatte, aber du bist reifer und weiser geworden."

Rowan lachte. „Ja, ich kann jetzt Sensen, Pflüge und Messer schmieden. Außerdem kann ich pflügen, Schafe hüten und scheren, Holzkohle herstellen, segeln und fischen."

Zwandir fiel in sein Lachen ein. „Auf jeden Fall kannst du dir deinen Lebensunterhalt verdienen."

Rowan gefiel die leichte und fröhliche Art seines Meisters. Seine vorherigen Lehrherren waren alle sehr ernst gewesen. Aber so fiel ihm das Lernen viel leichter.

Zwandirs Unterricht war gut durchdacht. Lange vor Sonnenaufgang standen sie auf und Zwandir lehrte Rowan, seine Gedanken besser zu beherrschen und sich in andere einzufühlen. Bald nach Sonnenaufgang eilte Rowan zur Burg und übte sich im Bogenschießen und im Schwertkampf. Dann folgte Schwimmen und Paddeln. Obwohl er immer kräftiger wurde und das Boot bald allein steuern konnte, war ihm unwohl dabei. Er musste nicht nur das Boot beherrschen, sondern das Ufer und den Fluss genau beobachten, um den Schlangen und Echsen weiträumig auszuweichen. Aber auch Landtiere waren eine Gefahr, wenn sie das Wasser durchschwammen und er vermeiden musste, dass sie das Boot rammten.

„Wo sind eure berühmten Pferde?", fragte er eines Tages Roschur auf einer Bootstour.

„Die leben weiter im Landesinneren. Hier ist der Sumpf für Reiter undurchdringlich, am Oberlauf des Flusses kann man durch den Sumpf reiten, da gibt es feste Wege und keine Wasserechsen. In einigen Gebieten ist auch Landwirtschaft möglich. Da wächst Getreide, Obst und Gemüse und dort züchten wir Tiere."

Je mehr Rowan von diesem unwirtlichen Land sah, desto unheimlicher wurde es ihm. Dabei war er in der Nähe von Mooren aufgewachsen. Doch das Magierland war überwiegend flach und besaß Felder und Weideland. Nur an den Rändern gab es bewaldete Gebirge. Im Süden befand sich eine Wüste, dort war Rowan noch nie gewesen. Cajan, Llyllia und das Ostreich, die drei Länder, in denen Rowan die letzten Jahre gelebt hatte, waren sehr gebirgig. Diese Berge waren viel höher als die im Magierreich. Im warmen Sumpfland war er zuvor nie gewesen.

Roschur zeigte ihm die verschiedenen Wasserwege. „Du musst dich nach der Sonne und der Strömung orientieren. Bäume und Inseln taugen nur bedingt als Wegmarken, da sie sich schnell verändern." Dann begann er ein Lied zu summen. Rowan beherrschte Sumpfländisch inzwischen so gut, dass er erkannte, dass es sich bei dem Lied um eine Art Landkarte handelte.

Er hörte gut zu und nach einer Weile sang er es mit. Auf dem Rückweg ließ Roschur ihn den Weg finden. Immer und immer wieder summte Rowan das Lied vor sich hin. Es war gar nicht so einfach, da er die Zeilen jetzt in umgekehrter Reihenfolge beachten musste. Doch er fand den Weg und sie erreichten Hilschand. Sogar nach Schlangen und Wasserechsen hatte er Ausschau gehalten und sie weit umgangen, wenn er sie entdeckte.

„Bald kannst du allein herumpaddeln", erklärte Roschur, als sie ausstiegen und das Boot festbanden.

„Aber ich lande immer nur irgendwo im undurchdringlichen Sumpf. Ich nehme an, eure normalen Fahrten führen euch zu einem Ziel, einem bestimmten Ort, einem Treffpunkt oder so."

Roschur lachte. „In den nächsten Tagen werden wir noch ein Stückchen weiter paddeln, dann wirst du andere Orte kennenlernen, die du irgendwann auch allein anfahren kannst."

Sie kehrten meist gegen Mittag, manchmal auch erst am späten Nachmittag zurück und Rowan eilte sofort zu Zwandir, der schon mit der Herstellung von Heilmitteln auf ihn wartete. Manchmal machten sie sich auf, um in der Umgebung der Stadt im Sumpf nach Heilpflanzen zu suchen. Er lernte einzelne Sumpfpflanzen und ihre Wirkung kennen. Besonderen

Wert legte Zwandir auf rotes Wasserschlingkraut, das gegen Lungenkrankheiten half. „Bei uns leiden viele Menschen an Schwindsucht. Die Feuchtigkeit ist schädlich. Aber das rote Wasserschlingkraut, vergoren und mit dem scharfen Kiliansamen vermischt, heilt die meisten Lungenkranken. Sie müssen nur rechtzeitig behandelt werden."

Sie liefen auf dem Bohlenweg tiefer in den Sumpf hinein. Zwandir wies auf einen Baum, der im Wasser stand. „Klettere da hinauf und hole die Schmarotzerpflanze herunter. Das Drachenkraut, so heißt diese Pflanze, hilft, mit Krankheiten verseuchtes Wasser zu reinigen."

Rowans Blick folgte Zwandirs Finger. Bestimmt zwanzig Schritt vom Weg entfernt stand ein hoher Baum, dessen Luftwurzeln ins Wasser reichten. Oben konnte er in den Astgabeln kleine hellgrüne Büschel erahnen.

„Ich bin noch nie auf so einen Baum geklettert", meinte er entschuldigend, bevor er sich vorsichtig auf den Weg durch das hüfthohe Wasser machte, jeden Schatten unter den Bäumen und jede kleinste Bewegung im Gewässer beachtend. Als er sich den Bäumen näherte, schaute er nicht nur in den Fluss, sondern musterte besorgt die Zweige. Auch hier konnten sich kleine tödlich giftige Vipern aufhalten. Er spannte seine gesamten geistigen Kräfte an, um Gefahren zu erahnen. Sobald er den höchsten Baum erreicht hatte, begann er, sich mit Hilfe der Luftwurzeln hochzuziehen. Er war außer Atem, als er auf den ersten Ast kletterte. Sobald er sicher auf dem Ast saß, holte er erst einmal Luft, suchte die Zweige ab. Da, eine flinke Bewegung, fast zu schnell für sein Auge. Sofort hatte er sein Messer in der Hand und stach zu. Gerade rechtzeitig, um der grünen Todesviper den Kopf abzuschlagen, bevor diese zubiss. Zwandir würde den Vorfall bedauern. Aus dem Gift dieser kleinen Schlange gewann er ein Mittel gegen Herzkrankheiten. In Hilschand gab es einen Schlangenfänger, der den Magiern Schlangen verkaufte.

Erst als sich sein Herzschlag beruhigt hatte, kletterte Rowan weiter. Schnell erreichte er die ersten Büschel Drachenkraut. Aufmerksam suchte er es mit den Augen ab. Eine giftige Spinne hockte darauf. Mit seinen Gedanken versuchte er, das Tier zu verscheuchen. „Verschwinde, sonst werde ich dich fangen und braten." Tatsächlich eilte die Spinne davon.

Rowan lächelte. Nun untersuchte er das Drachenkraut näher, aber es gefiel ihm nicht. Es war zerfressen. So kletterte er höher und höher. Weiter oben wuchs viel mehr davon und die Pflanzen sahen gesund aus. Vorsichtig hob er mit seinem Messer die Blätter hoch und schaute nach, ob irgendein Getier darunter saß. Dann summte er ein Lied und entschuldigte sich beim Pflanzengeist, dass er störte, und bat um ein paar Zweige. Erst danach pflückte er die Pflanze ab und legte sie in seinen Beutel. Als der Sack gefüllt war, machte er sich auf den Rückweg. Ein Blick nach unten ließ ihn schwindeln. Er holte tief Luft. Im Gebirge hatte er schon an viel tieferen Abgründen gestanden. Er schloss die Augen, besann sich auf sein Inneres und summte ein Lied.

„Keine Angst, junger Mann aus dem Magierreich. Meine Äste sind stark und du bist ein guter Kletterer. Du kommst heil nach unten. Grüße Zwandir von mir", hörte er eine tiefe Stimme brummen.

„Danke für deinen Zuspruch, lieber Baumgeist", murmelte Rowan. Er drückte sich kurz an den Baumstamm, bevor er sich an den Abstieg machte. Als er die Luftwurzeln erreichte, warnte ihn der Baum: „Die Echsenkrieger sind unterwegs zu den Dämmen, meine Brüder haben es geraunt. Sie werden Hilschand bald erreichen."

„Wie bald?", fragte Rowan.

„Bevor ich meine roten Blüten öffne."

„Sind es viele Feinde?"

„Unzählige, wappnet euch rechtzeitig!"

„Vielen Dank für die Warnung!", murmelte Rowan und schwang sich an den Wurzeln entlang ins Wasser. Vorsichtig watete er zurück.

„Du warst lange unterwegs", meinte Zwandir.

„Ich hatte dich gewarnt. Ich bin solche Kletterpartien nicht gewohnt." Rowan lächelte entschuldigend. „Der Baumgeist lässt dich grüßen. Er lässt ausrichten, dass unzählige Echsenkämpfer auf dem Weg zu den Dämmen sind. Bevor seine roten Blüten sich öffnen, werden sie Hilschand erreichen."

„So früh schon", murmelte Zwandir. „Ich hatte erst später mit ihnen gerechnet. Außerdem hatte ich erwartet, dass die Feinde über den Fluss kommen."

Rowan lief ein Schauer über den Rücken. Er erinnerte sich an die Belagerungen der Felsenburg und später der Burg Randil in Llyllia. Die Echsenmänner waren grausame und gefährliche Gegner. Nur mit Hilfe der Elfen hatten sie die Felsenburg erfolgreich verteidigen können. Ihm fiel ein, dass Zwandir noch nie etwas über die Elfen und andere Geister gesprochen hatte. Dabei war er doch mit ihnen befreundet. Trotz der besorgniserregenden Nachricht suchten sie noch weitere Heilpflanzen. Erst kurz bevor die Dämmerung einsetzte, beeilten sie sich, vor der Dunkelheit Hilschand zur erreichen.

Daheim half Rowan seinem Meister, die Pflanzen zu reinigen. Das Wasserschlingkraut vermischten sie mit Kiliansamen und füllten es anschließend zum Gären in ein Fass mit Salz.

Die übrigen Pflanzen hängten sie zum Trocknen auf ein Gestell, das auf dem Hausdach stand.

Rowan wunderte sich, dass Zwandir nicht sofort zum König lief, um ihn zu warnen. Doch dann fiel ihm ein, dass Matrin sicher schon längst durch Gedankenübertragung von dem geplanten Überfall des Echsenheeres unterrichtet war.

4.

Am nächsten Morgen machte Rowan wie gewohnt Übungen, um seine Gedanken zu beherrschen. Inzwischen versuchte er, Zwandir Nachrichten zu übermitteln, auch wenn der Meister seinen Verstand vor ihm verschloss. Immer mehr wurde Rowan bewusst, dass er im Ostreich nur ein paar Grundlagen dieser Kunst erlernt hatte.

„So ist es richtig", konnte er Zwandirs Gedanken lesen. „Bald kannst du auch mit anderen geistig in Verbindung treten."

Rowan nickte. „Ja, das wird in nächster Zeit sicher nützlich sein."

„Versuche, Trian heute Nachmittag Arbeitsanweisungen zu geben", gebot Zwandir Rowan, noch immer ohne zu sprechen.

Anschließend reichte er Rowan ein Stück Brot. Rowan war überrascht, normalerweise aßen sie morgens Brei oder Suppe. Brot gab es im Sumpfland nur selten.

„Wir haben keine Zeit zum Kochen", erklärte Zwandir. „Ich muss zum König und du zu deinen Kampfübungen."

Rowan nickte und tunkte das Brot in den süßlichen Kräuteraufguss. Anschließend aß er eine Morgenfrucht. Die Sträucher wuchsen überall im Sumpf und die Früchte waren wohlschmeckend und sättigend.

„Macht heute keine Bootsfahrt, sondern bleibt in der Nähe", sagte Zwandir, als sie zur Burg eilten. Trotz des hohen Alters war Zwandir sehr rüstig und ließ manchen jungen Menschen hinter sich, wenn er rasch voranschritt.

„Warum? Die Echsenkrieger und auch die Nordmänner werden heute noch nicht hier sein", fragte Rowan überrascht.

„Wir müssen einen Plan ausarbeiten. Vielleicht brauchen wir euch dabei." Dann schwieg Zwandir und auch Rowan versank in Gedanken.

Sobald er den Burghof erreicht hatte, ballte er seine Hände, spannte alle Muskeln an und lockerte sie dann wieder. Nach mehreren Wiederholungen war er wach und ganz im Hier und Jetzt.

Während Zwandir den Königspalast betrat, lief Rowan zur Waffenkammer, vor der Roschur ihn erwartete.

„Wir kämpfen heute mit der Lanze", erklärte dieser.

„Ich dachte, ich soll erst mit dem Schwert besser werden." Rowan musterte ihn überrascht, bevor er nach der Lanze griff, die ihm Roschur hinhielt.

„Du bist inzwischen ein guter Schwertkämpfer, warst bereits ein annehmbarer, bevor du hier eintrafst.

Nur gut reicht nicht, du musst immer besser als deine Gegner sein."

„Sowohl die Nordmänner als auch die Echsenkrieger sind sehr verwegen, sie zeigen kaum Schwäche." Rowan schauderte, als er sich an die Grausamkeit dieser gefährlichen Feinde erinnerte.

„Genau, deshalb haben wir so viel gefochten. Ich brauche die Übungen genauso wie du. Aber wir haben leider keine Zeit mehr für den Feinschliff, jetzt musst du auch mit einer Lanze kämpfen können." Roschur klang entgegen seiner sonstigen Art sehr ernst.

Rowan nickte und ging in Verteidigungsstellung. Er staunte selbst, wie gut er Roschurs Angriffe abwehren konnte, dabei hatte er sich bisher nur sehr selten mit der Lanze abgemüht.

Sie übten fast den gesamten Vormittag. Anschließend gingen sie im Fluss schwimmen. Als sie sich nach einer Wettkampfrunde auf dem Rücken treiben ließen, musterte Rowan die Wachtürme, an deren Sockeln Boote befestigt waren. Sicher hielten sie nicht nur nach gefährlichen Wassertieren Ausschau. Hatten sie die Feinde schon erspäht?

„Du hast recht. Natürlich schauen sie auch, ob sich feindliche Boote nähern. Von dem Schiff der Nordmänner wussten wir lange, bevor sie die Flussmündung erreicht hatten. Wir haben sie aber in dem Glauben gelassen, dass sie uns überrascht haben." Roschur lachte. „Unser Sumpfland war immer gut bewacht. Wir haben es auch einfacher als ihr im Magierreich. Es gibt nur wenige Wege, die zu unseren Siedlungen führen. Die lassen sich mühelos überwachen und genauso leicht verteidigen."

Nach dem Schwimmen holten sie sich in einer kleinen Garküche am Fluss geschmortes Gemüse. Sie setzten sich auf die Holzbohlen am Ufer und aßen mit Genuss.

„Gut, jetzt sind wir gestärkt, um das Speerwerfen zu üben. Als Lanze benutzten wir sie nur im Nahkampf."

„Nicht im Kampf auf dem Pferd?", fragte Rowan erstaunt. Bisher hatte er den Einsatz dieser Waffe nur bei Rittern erlebt.

„Die Lanzen der Reiter sind länger und schwerer."

Als sie den Burghof erreichten, waren schon einige Ritter beim Üben. Die beiden jungen Männer gesellten sich zu ihnen und ließen sich von den älteren Ratschläge geben. Rowan erwies sich als recht geschickt im Speerwurf. Zielen und Werfen hatte er in der Kindheit mit einem Messer und später mit selbstgefertigten Übungswaffen gelernt. Dazu hatte er keinen Partner benötigt.

Rowan nahm gerade Anlauf und zielte auf den Schilfsack, der den Gegner darstellte, da vernahm er in seinem Inneren Zwandirs Weisung: „Schließe dich den anderen an, wir werden die Lage im Thronsaal besprechen."

Mit den anderen Männern lief er in die Waffenkammer. Er beeilte sich, seine Waffe abzuliefern und Roschur zum Thronsaal zu folgen.

Diesmal wirkte der Prunksaal ganz anders als beim ersten Mal. In der Mitte des Raums stand ein großer Tisch mit Stühlen drumherum, während der Thron in eine Ecke geschoben war.

Sobald sie den Raum betraten, verbeugten sie sich kurz vor dem König, der in der Mitte des Tisches saß, dann setzten sich die bedeutendsten Ritter auf die freien Plätze, während die jüngeren bei der Tür stehen blieben.

Zur Rechten des Herrschers befanden sich Zwandir und ein weißgekleideter Mann mit rotblonden langen Haaren und einem ebensolchen Bart. Rowan wunderte sich darüber, denn bisher hatte er nur dunkelhaarige Sumpfländer kennengelernt. Aufgrund seines bevorzugten Platzes vermutete Rowan in ihm den Oberpriester Charin. Zu Matrins Linken saßen mehrere ältere Männer, die Rowan schon bei dem ersten Besuch am Hofe gesehen hatte.

Der König begrüßte die Anwesenden und kam dann sofort zur Sache. „Der Angriff des Echsenheeres, das sich aus Nordmännern und den Echsen aus dem Süden zusammensetzt, steht unmittelbar bevor; deshalb hat der Kronrat beschlossen, möglichst die Dämme zu verteidigen. Feldherr Xobin wird die Aufgaben nachher verteilen. Sollten die Angreifer übermächtig werden, müssen wir die Zugangswege vernichten. Dabei werden wir den Unterbau entfernen und die Bohlen schwimmend verlegen, damit möglichst viele Gegner im Sumpf versinken."

„Dazu brauchen wir aber Zeit", unterbrach ein älterer Ritter den König.

Matrin nahm die Unterbrechung gelassen und ging auf den Einwand ein. „Ja, für jeden Damm wird es Verteidiger geben, die anderen werden den Bau bearbeiten. Unsere Baumeister gehen mit und zeigen euch die geeigneten Stellen. Eine größere Gruppe wird hierbleiben und die Stadt für einen Notfall vorbereiten. Eine weitere Abteilung wird den Fluss beobachten, falls der Angriff auf die Dämme nur ein Ablenkungsmanöver ist."

Die Männer murmelten zustimmend.

„Die Magier werden ebenfalls die Gegner beobachten, gleichzeitig müssen sie die Geister um

Hilfe bitten und alles vorbereiten, um Verletzte zu pflegen. Darum kümmert sich Obermagier Zwandir. Die Priester werden die Göttin um Beistand anflehen. Morgen früh werden wir einen Bittgottesdienst abhalten."

Feldherr Xobin rief die Männer, die kämpfen sollten, namentlich zu sich. Rowan war nicht darunter. Er hatte es auch nicht erwartet. Sicher sollte er Zwandir bei der Pflege der Verwundeten helfen. Tatsächlich hörte er in seinem inneren Ohr seinen Namen verlauten. „Rowan, komm mit in den Hof zur Wäscherei."

Er verließ mit den anderen den Thronsaal, kämpfte sich durch das Gewühl auf den Gängen des Palastes und lief die Treppe hinunter. Während er sich durchdrängen musste, wurde für Zwandir bereitwillig Platz gemacht – man hatte Respekt vor dem Obermagier.

Beim Waschhaus angelangt, warteten schon die Magier – zehn Männer und vier Frauen. Zwandir nickte ihnen freundlich zu. Dann nannte er sechs Namen und wies ihnen einen Platz an den jeweiligen Dämmen und am Fluss zu. „Ihr nehmt die Schwerverletzten in Empfang, versorgt ihre Wunden und lasst sie in die Burg bringen." Dann rief er weitere vier Namen auf. „Ihr richtetet hier ein Hospital ein und behandelt die Verwundeten. Die Übrigen bereiten Heilmittel vor und sorgen dafür, dass alle Heiler ausreichend Arzneien und Verbandsmaterial erhalten."

„Sollten wir die Elfen und Geister nicht um Beistand bitten?", warf ein älterer Magier ein.

„Ich habe schon die Magier in den anderen Gebieten des Sumpflands darum gebeten, damit wir uns hier um unsere Kämpfer kümmern können." Zwandir drehte sich um und blickte zur Waffenkammer. Dort herrschte großes Gedränge, dabei besaßen die Ritter eigene Waffen. Aber auch die wurden von den meisten in der Waffenkammer aufbewahrt. Außerdem wurden alle wehrfähigen Männer mit Waffen ausgestattet, damit sie im Notfall die Stadt verteidigen konnten. Während die Ritter ihre Knappen und Knechte zur Unterstützung mitnahmen.

Die Menschenansammlung löste sich langsam auf und machte Platz für eine Gruppe Pagen. Schwer bepackt mit Waffen erreichten die Jungen die Wäscherei. „Mit einem schönen Gruß von Xobin", richtete der älteste Page aus und legte die Kurzschwerter und Äxte vor Zwandir auf den Boden. Zwandir dankte ihnen. Dann wandte er sich an die anderen Magier und sagte: „Falls die Feinde durch die Verteidigungslinie durchbrechen, müsst ihr euch verteidigen können. Nehmt euch also eine Waffe und dann begebt euch an eure Arbeit. Wir haben keine Zeit zu verlieren."

Ein alter Magier nahm sich als Erster ein Kurzschwert. Dann folgte einer nach dem anderen; ohne Gedränge und ohne jede Absprache ergriffen sie die Waffen. Rowan erkannte in der Reihenfolge sogleich ihre Rangordnung. Er selbst nahm sich als Letzter ein Kurzschwert. Er nickte Zwandir dankend zu. Sicher hatte er dafür gesorgt, dass Rowan ein Schwert erhielt, mit dem er viel geschickter kämpfte als mit einer Axt. Zwandir selbst blieb unbewaffnet.

Sobald alle eine Waffe in der Hand hielten, fielen die Magier in einen Bittgesang um göttlichen Beistand ein. Laut und mehrstimmig sangen gut geschulte Stimmen das uralte Lied. Es folgte ein Hilferuf an die Geister und Elfen. Erst danach wünschte Zwandir allen

Mut und gutes Gelingen. Sie wollten gerade aufbrechen, da trat der Oberpriester Charin zu ihnen und segnete sie.

Anschließend eilten alle an ihren Platz. Vor Zwandirs Hütte warteten bereits weitere fünf junge Magier und der kleine Trian geduldig auf die Rückkehr des Obermagiers, um ihm zur Hand zu gehen.

Ohne viele Worte verteilte Zwandir die Aufgaben. Rowan und ein weiterer junger Mann standen am Kessel und stellten mit den Kräutern, die sie in den letzten Tagen gesammelt hatten, einen Heiltrank her, der Entzündungen bei Verletzungen bekämpfte. Sie sangen dabei sumpfländische und magianische Heillieder. Sobald der Trank fertig war, füllten sie ihn in Krüge, die sie mit Korken abdichteten.

Als ihnen die Krüge ausgingen, füllten sie den Heiltrank in ein Fass. Die Nachbarn brachten ihnen mehrmals frisches Trinkwasser aus dem Brunnen, damit sie weiterarbeiten konnten.

Zwei andere Magier zerrieben Kräuter in Mörsern, vermischten sie mit dem Fett der Sumpfnuss und gaben sie in verschließbare Tongefäße. Diese Salbe half bei schmerzhaften Prellungen und ließ die Blutergüsse schneller abklingen.

Die beiden Letzten nahmen Stoffstreifen entgegen, die die Frauen der Nachbarschaft aus Tüchern geschnitten hatten, tränkten sie in einer Schüssel mit einem entzündungshemmenden Saft und hängten die Bänder dann auf Zwandirs Hüttendach zum Trocknen über ein Seil.

Später tauschten sie die Plätze. Rowan und der junge Yogirn stellten die Heilsalbe her. Rowan lauschte Yogirn, bis er den sumpfländischen Liedtext für die Salbe beherrschte und sang dann mit. Die Nacht war schon zur Hälfte um, als Rowan und Yogirn noch einmal weiterwanderten und die Tücher mit dem Heilsaft benetzten. Dazu sangen sie ein altes sumpfländisches Lied, das bei Rowan Gänsehaut erzeugte. Er hatte das Gefühl, dass eine uralte Macht aus dem Sumpf herüberschwappte und in das Fass floss.

„Schlaft jetzt", befahl Zwandir schließlich. Die jungen Leute nickten und legten sich in seiner Hütte auf den Fußboden. Rowan teilte sich mit Yogirn und Trian ein Bett. Der Kleine hatte nicht nach Hause gehen, sondern weiter helfen wollen, war aber dann vor Erschöpfung unter dem Tisch eingeschlafen und Zwandir hatte ihn auf Rowans Lager gebettet.

Rowan schlief sofort erschöpft ein. Nur um viel zu bald wieder geweckt zu werden. Unter Gesang zogen sie im Dunkeln zum Flussufer. In der Nähe der Hafeneinfahrt sammelten sich Ritter, Magier und Einwohner der Stadt auf einer feuchten Auwiese und sangen gemeinsam. Erst als sie geendet hatten, erschien in der Ferne ein Boot. Fackeln beleuchteten einen stehenden Mann mit weißem Umhang. Von weitem konnten sie seinen Gesang hören. Er bat die Göttin Jaguar um Hilfe bei der Verteidigung des Sumpflandes. Er kam immer näher und Rowan konnte erkennen, dass der Oberpriester auf einem Podest in der Mitte des Bootes stand, während das große Boot von vier Männern gerudert wurde. Die Flammen ließen sein rotes Haar schimmern.

Vor der Wiese hielt das Boot an und der Oberpriester betete lange. Er bat um göttliche Hilfe und flehte die Göttin um Gnade und Vergebung der menschlichen Verfehlungen an. Anschließend folgte ein Wechselgesang. Nach jeder Strophe des Priesters sang die Gemeinde eine Fürbitte. Rowan hörte schweigend zu. Obwohl sowohl die sumpfländischen als auch die magianischen Geistlichen auf der heiligen Insel – dem Heiligtum, um das sich das Magierland und das Sumpfland seit Generationen stritten – ausgebildet wurden, war die Zeremonie völlig anders als im Magierreich. Das überraschte Rowan, denn er hatte angenommen, dass die Priester aufgrund ihrer gemeinsamen Ausbildungsstätte ähnliche Riten hatten.

Nachdem der Bittgesang geendet hatte, opferte der Priester, indem er wertvolle Öle in das Feuer goss. In dem Augenblick erschien vom Hafen her ein zweites Boot. In der Mitte auf dem Podest stand König Matrin in einer kostbaren mit Silberfäden bestickten Robe. Er sang sein Königslied. Rowan erkannte sofort die Ähnlichkeit zu dem Thronlied, das er bei Wilhars Jubiläum gehört hatte. Als das Boot Charin erreicht hatte, trat Matrin mittels einer Brücke hinüber, nahm ein Gefäß des Oberpriesters in Empfang und gab das Öl unter Gesang in die heilige Flamme. Orange loderte die Flamme hoch auf, rötlicher Rauch stieg steil zum Himmel und der Duft der Purpurblume breitete sich aus.

Ein gutes Zeichen! Die Menge jubelte laut und stimmte ein Danklied an.

„Männer und Frauen, seid mutig und verteidigt unser Land und unsere Rechte! Die Göttin steht uns bei und segnet uns!", rief der Priester mit erhobenen Armen.

Die Menge fiel auf die Knie und senkte die Häupter. Nach einem weiteren Gebet standen sie wieder auf und liefen laut singend zu ihren zugewiesenen Plätzen zurück.

Vor Zwandirs Hütte standen inzwischen hölzerne Kiepen. Die Magier beluden diese Tragegestelle mit ihren Krügen und Tongefäßen.

Zwischendurch erschienen Männer von weither und lieferten weitere Heilkräuter und Heilmittel ab, die Magier in anderen Landesteilen gesammelt und hergestellt hatten.

Rowan stieg mit dem jüngsten Magier auf das Dach und rollte die inzwischen trockenen Bänder auf. Sie legten immer mehrere in einen Leinensack und trugen sie hinunter. Dort warteten einige Nachbarinnen, nahmen das Verbandsmaterial in Empfang, während andere die Kiepen schulterten. Dann setzte sich die Kolonne in Bewegung und schaffte alles zu den Verbandsplätzen.

Die nächsten Stunden arbeiteten sie verbissen weiter an der Herstellung verschiedener Heilmittel. Es kamen Mittel gegen Gifte dazu, Schmerzmittel und fiebersenkende Säfte. Sobald sie ausreichende Mengen hergestellt hatten, nahmen die Nachbarn sie entgegen und verteilten sie an die anderen Magier, die die Verletzten behandeln sollten.

Über die Hilfskräfte erfuhren sie, dass die Kämpfe inzwischen begonnen hatten. Am Flussufer war es noch ruhig, aber um die Dämme wurde heftig gekämpft. Bei den Echsenkriegern gab es große Verluste, aber unablässig strömten neue Feinde heran. Obwohl zwei der vier Dämme inzwischen zerstört waren, dauerten die Kämpfe dort an. Auch auf den beiden verbliebenen Landwegen mussten sich die Verteidiger immer weiter zurückziehen – die Übermacht war einfach zu groß.

Rowan spürte die Schmerzen und die Angst der Streiter, obwohl er weit von ihnen entfernt war. Als

Ritter hätte er wohl nicht getaugt, da er viel zu sehr unter den Schmerzen seiner Kameraden und der Gegner litt.

Erst als eine Nachbarin sie ansprach, schauten Rowan und Yogirn von ihrer Arbeit auf. Inzwischen dämmerte der nächste Morgen herauf. Sie hatten die ganze Zeit ohne Pause gearbeitet.

„Ihr müsst etwas trinken und essen, sonst werdet ihr bald erschöpft sein", sagte die Frau und reichte ihnen einen Wasserkrug. „Im Hof steht ein Kessel mit Gemüsebrei, kommt mit."

Rowan schaute Yogirn an, der nickte ihm zu. „Sie hat recht, es hilft niemanden, wenn wir krank werden." Er nahm den Krug und trank mit großen Schlucken, dann reichte er ihn an Rowan, der ebenfalls hastig seinen Durst stillte.

Sie füllten schnell ihr Heilmittel in die bereitstehenden Krüge, dann folgten sie der Frau in den Hof, setzten sich auf Bänke, die die Nachbarn aufgestellt hatten, und nahmen die vollen Schüsseln entgegen, die die Frauen ihnen reichten.

„Ihr schlaft erst einmal", befahl Zwandir. „Der letzte Damm ist von uns zerstört worden. Wir werden eine Zeitlang keine frisch Verletzten mehr versorgen müssen, da die Feinde die Dämme erst wiederaufbauen müssen, bevor es weitere Kämpfe geben kann. Vorerst haben sie sich zurückgezogen."

Schweigend hörten sich die jungen Leute diese Neuigkeiten an, aber sie waren zu erschöpft, um Erleichterung zu empfinden.

„Eine große Anzahl Echsenkrieger ist bei dem Versuch, über die schwimmenden Bohlen hierherzugelangen, im Sumpf versunken. Zudem haben unsere Magier die Wasserechsen herbeigerufen.

Die sind in Stadtnähe gesichtet worden." Er wandte sich an die Nachbarn. „Haltet euch vom Stadtgraben fern und sorgt dafür, dass die Kinder in eurer Nähe bleiben." Dann fuhr er fort: „Die Wasserechsen haben eine Reihe Echsenkrieger in den Sumpf gezogen. Unsere Leute haben sich schnell genug in Sicherheit gebracht. Roschur hat mit zwei Freunden zwei Wasserechsen erlegt, die werden heute Abend im Burghof gebraten."

Yogirn lachte. „Ein Festessen, da freuen sich die Ritter."

Erschöpft ließen sich die Magier aufs Lager fallen und schliefen sofort ein.

Rowan wachte auf, als am Abend die Sonne unterging. Zwandir stand am Tisch und packte gerade Heilmittel in einen Beutel.

„Gut, dass du wach bist, du kannst mir helfen. Aber zunächst musst du etwas essen."

Rowan nickte, trotzdem holte er sich zuerst einen Eimer mit frischem Wasser und wusch sich. Erst danach aß er im Stehen eine Schüssel von dem Brei, den sie schon am Morgen zu sich genommen hatten, und folgte Zwandir zur Burg. Im hinteren Burghof lagen verwundete Kämpfer. Die Magier, die dafür eingeteilt waren, hatten sie versorgt, aber Zwandir ließ sich die am schwersten Verletzten nennen und suchte sie auf. Rowan trug seinen Beutel hinterher.

Der Magiermeister sprach mit den Leidenden, schaute sich ihre Wunden an und ließ sich dann die passenden Mittel von Rowan heraussuchen. Er salbte sie, gab ihnen Tropfen gegen die Schmerzen und sang Heillieder. Andere ließ er von Rowan behandeln und beobachtete ihn hin und wieder dabei.

Rowan wandte die Künste an, die sein Großvater und Hildrun, der Großmagier von Llyllia, ihm beigebracht hatten. Sie benutzten zum Teil andere Heilmittel und andere Lieder als die Magier im Sumpfland. Die Verletzten ließen sich geistig gut beeinflussen und so konnte er ihre Selbstheilungskräfte auf einfache Weise stärken.

Erst als sie alle Schwerstverletzten noch einmal behandelt hatten, setzten sie sich zu den Rittern ans Feuer, über dem die beiden Wasserechsen an einem Spieß brieten.

„Du musst unbedingt davon probieren", erklärte Roschur.

Rowan zuckte zurück. Seit Jahren vermied er Fleisch, obwohl es ihm nicht immer gelang, denn nicht überall gab es ausreichend Getreide und Gemüse. Auch bei Bann, dem Fischer, hatte er ab und zu Fische und Meeresfrüchte zu sich genommen, da er sonst nur Tang zum Essen besaß.

„Das Echsenfleisch hat heilende Wirkung. Wenn man ausreichend davon isst, ist man gegen einige Gifte gewappnet", erklärte Zwandir und schnitt sich ein Stück ab.

„Vielleicht haben die zweibeinigen Echsen eine ähnliche Wirkung", knurrte ein älterer Ritter. Die Umstehenden lachten laut.

Rowan schaute ihn böse an. Die Echsenmänner waren zwar ihre Gegner, äußerst gefährlich und bösartig, doch sie waren kluge und hochentwickelte Wesen.

„Er macht nur einen Witz, kein Sumpfländer isst ein intelligentes Lebewesen, egal wie sehr wir es hassen mögen", erklärte Roschur.

Rowan war der Appetit vergangen, doch um seine Gastgeber nicht zu beleidigen, schnitt er mit seinem Messer, ein kleines Stück ab und probierte es. Es schmeckte wirklich gut. Er konnte verstehen, warum diese Wasserechsen bei den Sumpfländern beliebte Leckerbissen waren.

Nachdem alle satt waren, begannen einige Männer zu singen. König Matrin trat zu den Sängern, sprach mit ihnen und ging von Gruppe zu Gruppe. Schließlich blieb er bei Rowan stehen. „Zwandir lobt dich, du hast fleißig gearbeitet und bist ein hervorragender Heiler."

Rowan verneigte sich leicht. „Ich fühle mich von dem Lob geehrt. Aber die anderen Magier haben genauso gut und hart gearbeitet wie ich."

Matrin lächelte, sagte aber nichts dazu. „Du sollst eine hervorragende Stimme haben, sing uns doch bitte ein Lied vor."

Rowan räusperte sich. Ihm war nach diesem Gemetzel nicht nach Singen zumute, doch er konnte die freundliche Bitte des Königs schlecht abschlagen, also überlegte er kurz und stimmte dann eine alte magianische Ballade an. Sie handelte von einem Sieg über die Drachen. Es folgte ein Lied über die Liebe eines Königs zu einer klugen Frau aus dem Volk. Er heiratete sie und sie beriet ihn so klug, dass er noch immer als einer der weisesten Herrscher des Magierreichs galt.

„Wir sollten an den Stadtgraben gehen und dort singen. Über dem Sumpf werden unsere Stimmen weit getragen und unsere Gegner werden sie hören und sich ärgern", schlug der Feldherr Xobin vor.

Fragend schaute Matrin zu Zwandir. Der alte Magier nickte und Matrin benannte die besten Sänger, auch Rowan rief er auf.

„Singt laut und klar. Fröhliche Lieder, die von unserem Leben handeln, von unserem Stolz. Das wird auch unsere Krieger aufmuntern."

Die Männer nickten und begaben sich zu dem Damm, der am härtesten umkämpft gewesen war. Dort stellten sie sich an den Stadtgraben und stimmten gemeinsam ein Lied über den Reichtum Hilschands an. Es folgte ein Lied über die Macht der Magier und später eins über die Schulen des Landes, denn im Sumpfland lernten alle Kinder lesen und schreiben.

Anschließend nickten sie Rowan zu. Der stellte sich neben sie und besang die Schönheit des Magierreichs und die Klugheit seiner Herrscher.

Zum Schluss sprachen sie sich ab und sangen gemeinsam mit den übrigen Anwesenden ein beliebtes Volkslied, das von Lebensfreude handelte. Bis auf ein paar Männer, die als Wachen am Ufer des Stadtgrabens blieben, gingen alle danach zurück und suchten ihre Schlafplätze auf.

Bei Tagesanbruch warteten sie gespannt auf einen erneuten Angriff der Echsenkrieger, aber der fand nicht statt. Da Zwandir vom Sumpfgeist und von den Baumgeistern erfuhr, dass sich keine Feinde mehr in der Umgebung aufhielten, schickte Matrin Erkundungstrupps aus, um die Lage auszuspähen. Die Männer brauchten lange, da die Dämme zerstört waren und sie mit Booten durch den Sumpf stakten, teils mussten sie die Kähne über trockene Stellen hinwegziehen.

Erst am übernächsten Tag kehrten sie zurück. Sie hatten nirgends Spuren von den Echsenwesen entdecken können. Nicht einmal gefallene Gegner oder Anzeichen eines Lagers hatten sie entdeckt.

„So war es immer, bei jedem Angriff", berichtete Rowan Zwandir und dem König. „Sie erscheinen, greifen an und verschwinden spurlos, wenn sie geschlagen werden."

In den nächsten Wochen ließ König Matrin die Dämme wieder herstellen, diesmal allerdings bauten die Handwerker Stellen ein, an denen sich der Damm bei einem erneuten Überfall schnell zerstören ließ und sogar einige Fallen, wie nicht tragfähige Bohlen über einige Moore.

5.

Nur einige Magier, die zur Unterstützung aus dem Hinterland angereist waren, verließen Hilschand, die meisten blieben da, versorgten weiterhin die Verletzten oder halfen, frische Heilmittel herzustellen. „Es ist noch nicht vorbei", warnte Zwandir.

Rowan nickte. Er hatte längst einen Angriff der Feinde in seiner Kristallkugel gesehen. Diesmal würde der Kampf schwerer werden.

Doch noch war es nicht so weit und Zwandir schickte ihn mit Hanwur, einem älteren, erfahrenen Magier, Yogirn und Roschur in die Dörfer, da die Bewohner im Sumpf erkrankt waren. Sie nahmen ausreichend Drachenkraut sowie andere Heilmittel mit. Diesmal waren sie nicht nur mit den Paddeln bewaffnet, sondern nahmen Pfeil und Bogen, Äxte und Schwerter mit.

Diese schwere Bewaffnung machte Rowan deutlich, wie nah die drohende Gefahr war und er staunte, dass Zwandir ihn trotzdem losschickte. Sonst waren doch alle so um seine Sicherheit besorgt.

Damit alle mit dem Gepäck hineinpassten, fuhren sie auch nicht mit den schmalen, wendigen Paddelbooten, sondern mit einem größeren, schweren Lastkahn.

Hanwur steuerte und gab die Befehle, während die drei jungen Männer paddelten. Sie kamen schnell voran, da Hanwur sie sicher an den Gefahren vorbeilenkte. Rowan bemerkte sowohl Wasserechsen als auch die Riesenschlangen in der Ferne, aber die Tiere griffen nicht an.

Der Fluss verästelte sich immer stärker. Die Luft war stickig und roch modrig. Ein Schweißfilm bedeckte Rowans Haut.

Die Sonne stand hoch am Himmel, als sie das erste Dorf erreichten. Es lag mitten im Sumpf. Rowan war schon mehrmals in der Nähe vorbeigefahren, ohne es zu bemerken, da es von Bäumen verdeckt wurde. Vier Hütten standen auf hohen Pfählen, miteinander durch Stege verbunden. Sie legten an einer Leiter an, vertäuten das Boot und kletterten hoch.

„Meister, gut dass Ihr kommt", begrüßte ein weißhaariger Mann sie und verbeugte sich tief. Sein Gesicht war mit Falten durchzogen. „Die Kinder sind sehr krank." Er winkte mit seiner vom Alter gezeichneten Hand und eine kleine Frau eilte herbei.

„Magier Hanwur, meine Kinder sterben, wenn Ihr ihnen nicht helft." Sie sank vor Hanwur in die Knie.

„Dann bring mich zu ihnen", forderte der Magier sie auf.

Sie erhob sich und lief über einen Steg zur nächsten und von dort zur übernächsten Hütte. Hanwur und Yogirn folgten ihr leichtfüßig. Rowan sah den schmalen, schwankenden Steg und schaute ins Wasser. Dort unten tummelten sich kleine Fische, die im Nu einen großen Fisch, der unvorsichtig gewesen und in ihre Nähe gekommen war, verschlangen.

Rowan malte sich aus, wie diese Fische mit ihm umgehen würden, wenn er ins Wasser fiel. Er schluckte, schaute zu den anderen und folgte ihnen, bemüht, nur auf seinen Schwerpunkt zu achten, um das Gleichgewicht zu halten.

Hanwur beugte sich über ein kleines Mädchen. Sie krümmte sich und jammerte leise vor sich hin. Als der Magier ihren Bauch abtastete, schrie sie laut auf. Er winkte Rowan herbei. „Schau dir ihre Haut und die Augen an." Sie war blass und schweißnass, die Augen glänzten fiebrig.

Rowan schaute genauer hin. Die Regenbogenhaut wies schwarze Flecke auf und die Haut war trocken, die Lippen rissig. Der Atem roch nach faulen Äpfeln.

Vorsichtig tastete Rowan den Bauch ab. Jede noch so leichte Berührung bereitete dem Kind große Schmerzen.

„Das sind Würmer, die im flachen Flusswasser leben. Wenn man das Wasser trinkt, breiten sie sich im Körper aus. Später brechen sie durch die Haut nach außen." Er winkte die Frau herbei, schob ihren langen Ärmel hoch und zeigte Rowan zwei dicke Beulen. Mit seinem Messer schnitt er eine Schwellung auf, heraus quollen unzählige kleine Würmer.

„Ihr dürft das Wasser nicht so trinken, ihr müsst es abkochen", erklärte er. Yogirn machte sich schon an der Feuerstelle zu schaffen, er kochte Wasser auf, dann gab er eine Handvoll Drachenkraut hinein.

„Der Aufguss muss köcheln, bis die Sonne hinter dem großen Baum wieder hervorkommt", erklärte er, strich dem Kind über den Kopf und sang ein beruhigendes Lied. Noch während er sang, ging er zum nächsten Kind. Der Junge war nur wenig älter als das Mädchen. Er zeigte die gleichen Symptome. Auch zwei weitere Kinder waren krank, allerdings war die Krankheit bei ihnen nicht so stark ausgeprägt.

„Wer von euch ist gesund?", fragte er den Dorfältesten, der inzwischen dazugekommen war.

„Wir alle haben die Würmer. Die Kinder sind aber viel kränker als wir."

„Warum kocht ihr das Wasser nicht ab?", fragte Hanwur vorwurfsvoll. „Ich habe es euch doch schon bei meinem letzten Besuch erklärt."

„Vor Monaten hat es so stark geregnet, dass wir kein Feuer anbekamen", entschuldigte sich der Mann mit einem schuldbewussten Gesichtsausdruck.

„Habt ihr noch von dem Drachenkraut?", fragte Hanwur.

Der Alte schüttelte den Kopf. „Nein, unser Vorrat ist verbraucht."

„Ich lasse euch etwas hier. Jeder muss dreimal am Tag einen Becher von dem Aufguss trinken. Das Wasser muss solange kochen, wie die Sonne braucht, um hinter dem großen Baum wieder hervorzukommen."

Der Alte nickte.

„Ich zeige euch, wo das Drachenkraut wächst. Wenn euer Vorrat verbraucht ist, könnt ihr es selbst holen, trocknen und zubereiten. Notfalls könnt ihr es auch frisch verwenden, dann hilft es allerdings nicht so gut."

Bis der Aufguss fertig war, schaute sich Hanwur noch einen Säugling an, der nicht gedieh, und die entzündete Wunde eines jungen Mannes. Das Kleinkind erhielt einen stärkenden Tee, den Rowan ihm geduldig einflößte. Dazu sang er Heillieder. Das

Kleine trank und wurde dann bei seiner Mutter an die Brust angelegt.

„So gut hat er noch nie getrunken." Die Frau strahlte Rowan mit einem zahnlosen Lächeln an.

Er gab ihr etwas von der Kräutermischung und wies sie an, dem Kind zweimal am Tag einen viertel Becher einzuflößen.

Yogirn salbte die verletzte Hand des jungen Mannes ein. Dabei sang er ein Heillied, das Rowan noch nicht kannte. Beim dritten Mal forderte Yogirn den Mann auf mitzusingen, weil das Lied dann besser wirkte.

Hanwur unterhielt sich währenddessen mit dem Dorfältesten. Inzwischen war der Aufguss fertig und alle Anwesenden mussten einen Becher davon trinken. Während sie tranken, holte Yogirn eine Rassel heraus und reichte Hanwur eine kleine Trommel. Die beiden sangen, begleitet von den Instrumenten, ein Lied, das vom Kampf ums Überleben, den Gefahren im Dschungel und der Hilfe der Geister handelte. Anschließend folgte ein Lied, das die Stärke des Körpers pries. Die Dörfler sangen sofort mit und auch Rowan fiel nach dem zweiten Durchgang mit ein.

„Wenn die Männer vom Fischfang zurückkommen, müssen sie gleich einen Becher davon trinken", erklärte Hanwur. „Die von uns zubereitete Menge reicht für die nächsten zwei Tage."

Da die gesunden Männer auf Fischfang waren, begleiteten der verletzte Mann und eine junge Frau die Magier mit ihrem Boot. Hanwur lenkte das Paddelboot an eine flache Stelle in Ufernähe. Vor einem Baum mit großen Luftwurzeln hielt er an und schaute suchend nach oben. „Da." Mit dem ausgestreckten Arm zeigte er auf die Pflanzen in den Astgabeln.

Die junge Frau sprang aus dem Boot, hangelte sich über die Luftwurzeln nach oben und kletterte geschickt bis zu den Schmarotzerpflanzen hoch. Dort nahm sie mehrere Büschel mit, die sie in ein Netz gab, das sie auf dem Rücken trug. Schnell war sie wieder unten. Rowan bewunderte ihre Gewandtheit. Er hatte bei seiner Kletterpartie viel länger gebraucht.

Hanwur kontrollierte die Pflanzen. „Sehr schön, ihr dürft nur die grünen, gesunden Blätter nehmen. Und denkt dran: Jeden Tag morgens und abends einen Becher davon trinken. Falls ihr mal kein Feuer habt, dann kaut zwei Blätter so lange, bis sie bitter schmecken, dann spuckt ihr sie wieder aus."

Die beiden Dörfler nickten und bedankten sich. Sie begleiteten die Magier noch eine Weile, doch schließlich schickte Hanwur sie zurück.

Sie besuchten weitere Dörfer. In einem kleinen, das nur aus einem einzigen großen Pfahlbau bestand, übernachteten sie. Yogirn reicht Rowan Blätter der Sumpfpestpflanze.

„Die Wirkung hält nur wenige Stunden an. Und die Mücken kommen in der Nacht."

Rowan nickte und kaute gehorsam ein Blatt, obwohl er dabei nur mühsam sein Würgen unterdrücken konnte. Anschließend rieb er sich gründlich ein. Die Bewohner des Pfahldorfs sahen ihnen verständnislos zu, dabei hatte ihnen Hanwur die Krankheiten, die die Mücken übertrugen, genau geschildert.

Er zuckte entmutigt die Schultern. „Erst wenn sie krank sind, rufen sie uns, aber dann können wir die Beschwerden nur noch lindern, nicht mehr heilen." Er schaute zu Rowan. „König Matris hat befohlen, dass alle Kinder zur Schule gehen, auch damit unsere Anweisungen eingehalten werden. Früher sind nur die

Kinder der drei Städte und der größeren Orte unterrichtet worden. Jetzt kommt der Nachwuchs der entlegenen Dörfer in Patenfamilien, damit diese Kinder mit den anderen lernen können. Ich hoffe, dass sie gesünder leben, wenn sie erwachsen sind."

Den zweiten Tag paddelten sie wieder von Dorf zu Dorf, bis sie schließlich eine kleine Stadt, die sich auf einer Lichtung im Dschungel befand, erreichten. Hier suchten sie den örtlichen Heiler auf.

Der grauhaarige Mann begrüßte sie herzlich. „Gut, dass Ihr meine Kranken besucht habt. Nachdem viele Magier nach Hilschand gezogen sind, ist mein Wirkungsbereich so groß geworden, dass ich es nicht mehr schaffe, alle Dörfer zu besuchen."

Dann reichte er Rowan die Hand. „Der Enkel des berühmten Obermagiers Bunduar. Ich erinnere mich noch gut an deinen Großvater. Er hat mir viel beigebracht. Leider verstehe ich nichts von Magie und kann nur heilen."

„Xalor ist einer der besten Heiler des Landes", erklärte Hanwur und ihr Gastgeber lief rot an.

„Nein, nein, ich bemühe mich lediglich, die Ratschläge der großen Magier zu berücksichtigen. Ich kann nur Heilmittel verschreiben und die Kranken überzeugen, selbst mitzuhelfen. Ich kann aber ihre Krankheiten nicht erspüren und auch nicht mit den Geistern sprechen."

Müde, wie sie waren, fielen sie, ohne etwas zu essen, auf ein Lager, das Xalor ihnen bereitet hatte. Am Morgen wachte Rowan vom Treiben auf dem nahen Fluss auf. Er hörte Rufe, Hundebellen und das Rauschen der Boote, wenn sie vorwärtsgetrieben wurden. Er dehnte und streckte sich und stand auf. Seine Reisegefährten schliefen noch. Xalor hielt sich nicht in der Hütte auf, deshalb trat Rowan hinaus. Der Heiler saß auf einer Bank, die neben der Tür stand, von dort konnte er den Fluss Napram und den Marktplatz überblicken. Fischer priesen von ihren Booten aus ihren Fang an. Bauern hatten Stände aufgebaut und verkauften Feldfrüchte, Geflügel und Eier.

„Guten Morgen, über dem Feuer hängt ein Kessel mit Brei und in der Tonne befindet sich Trinkwasser", erklärte Xalor.

Rowan lächelte. „Zuerst möchte ich mich waschen, gibt es hier sauberes Waschwasser?", fragte er.

Xalor wies wortlos auf einen Teich, der auf der anderen Seite des Marktes lag. „Das Wasser enthält ausreichend Drachenkraut und Sumpfwurz."

Rowan nickte und suchte den kleinen Teich auf. Aus der Nähe erkannte er, dass der Weiher künstlich errichtet worden war. Er badete ausgiebig, froh, sich den Schweiß abwaschen zu können. Ohne sich abzutrocknen, denn bei der hohen Luftfeuchtigkeit war seine Haut immer nass, zog er sich an und holte sich aus der Hütte eine Schale Brei und einen Becher Wasser.

„Gibt es hier einen Brunnen?", fragte er.

„Wir haben eine Quelle, die wir aber vorsichtshalber eingefasst haben, damit das Wasser bei Überschwemmungen nicht verunreinigt wird", erklärte Xalor. Er schnitt auf einem Brett Kräuter ganz klein und gab sie dann in ein Gefäß, in dem sich Fett befand. „Ich kann hier keine Heilpflanzen trocken. Es ist viel zu feucht, deshalb muss ich sehen, wie ich die Heilmittel anders herstelle."

Rowan nickte. Mit solchen Schwierigkeiten hatte er noch nie zu tun gehabt. Selbst Zwandir in Hilschand trocknete die Kräuter, allerdings auf seinem Hausdach.

Deshalb fand er den Aufenthalt bei Xalor sehr anregend. Er begleitete den Heiler auf seiner Besuchsrunde und schaute ihm aufmerksam zu. Xalor fragte die Kranken stärker aus und achtete auf äußere Merkmale, wie die Färbung der Haut, Schwellungen und Ähnlichem. Natürlich sah Rowan sich die Hilfesuchenden, die zu ihm kamen, auch genau an, aber er verließ sich viel stärker auf sein inneres Gespür, das ihn leitete, während Xalor nur auf seine Sinneseindrücke angewiesen war.

„Xalor kann keine Gedanken lesen oder Schwingungen wahrnehmen, aber er beobachtet sehr genau und hat eine gute Menschenkenntnis", erklärte Hanwur ihm später, als sie gemeinsam Trinkwasser von der Quelle holten.

Die Woche, die sie bei Xalor verbrachten, war zu kurz, um viel bei ihm zu lernen, es reichte nur für einen ersten Eindruck. Auf dem Rückweg nach Hilschand nahmen sie eine andere Strecke, um weitere Dörfer zu besuchen. Die Menschen dort litten an den gleichen Krankheiten wie die Dörfler zuvor: Würmer, Fieber, das von den Mücken übertragen wurde, Entzündungen und Lungenkrankheiten. Zum Glück hatte Zwandir ihnen ausreichend Heilmittel mitgegeben, trotzdem waren ihre Vorräte fast aufgebraucht, als sich ihre Reise dem Ende näherte.

Das letzte Dorf erreichten sie bereits nach Anbruch der Dämmerung, die hier sehr schnell verlief. Innerhalb kurzer Zeit war es völlig dunkel, anders als in Rowans Heimat.

Yogirn schaute bei den Bewohnern nach Verletzungen, die sich hier in der feuchten Umgebung schnell entzündeten, während Hanwur sich um die

Schwerkranken kümmerte und Rowan anwies, die übrigen Fälle zu übernehmen. Es war das erste Mal, seit er im Sumpfland war, dass er allein Patienten behandelte. Er spürte die Sorge der beiden Sumpfländer, die sie zur Eile antrieb; dabei ließen sie sich äußerlich nichts anmerken, sondern strahlten auf die Dörfler eine gelassene Ruhe aus. Auch Rowan fühlte eine drohende Gefahr. Der Angriff der Feinde stand wahrscheinlich kurz bevor.

Er sprach mit einigen Bewohnern, die meinten, sie bräuchten keinen Heiler. Doch auch sie hatten die üblichen Sumpfkrankheiten und er verordnete ihnen die entsprechenden Mittel. Zwei Alte nahmen ihre Gebrechen gelassen als ihr Schicksal hin, auch wenn sie sich kaum rühren konnten. Nach einigem guten Zureden gestand der uralte, zahnlose Mann, dass seine Gelenke schmerzten. Selbst sein Herz und die Nieren waren schon angegriffen. Rowan suchte entzündungshemmende Mittel heraus, salbte die geschwollenen Gelenke und ließ einen Heiltrank zubereiten. „Jeden Tag, morgens, mittags und abends, einen Becher davon trinken, dann lassen die Schmerzen etwas nach", erklärte er und sang sein Heillied.

Eine alte Frau war orientierungslos. Die anderen meinten, sie wäre alt und schon auf dem Weg ins Jenseits, doch Rowan erkannte an der trockenen, faltigen Haut, dass sie nicht genug trank und verordnete ihr, mehr Wasser zu sich zu nehmen. Er nahm sich ihre Schwiegertochter ins Gebet. „Du bist dafür verantwortlich, dass es eurer alten Mutter gutgeht. Sie muss täglich fünf Becher Wasser austrinken. Sauberes Wasser!", erklärte er energisch. Die junge Frau nickte.

76

Es war mitten in der Nacht, als sie endlich aufbrachen. Obwohl es stockdunkel war, da Neumond war, fuhren Hanwur und Yogirn sicher durch das Gewirr der Inseln und Wasserläufe. Auch die gefährlichen Tiere mieden sie. Inzwischen hatte Rowan gelernt, ebenfalls ihre Nähe zu fühlen.

6.

Ein Stück vor Hilschand bogen sie in einen Nebenarm ein. Rowan erkannte es daran, dass der Fluss schmaler wurde, außerdem befand sich am rechten Ufer nicht mehr dichter Dschungel, sondern lichterer Wald. Dadurch drang der Sternenschein zu ihnen hindurch. Langsam und leise bewegten sie sich vorwärts. Rowan spannte alle Sinne an und versuchte, auch auf die Naturgeister zu achten. Aber er fühlte keine unmittelbare Gefahr. Doch plötzlich raunte ihnen ein alter Baum zu: „Magier, passt auf, bei meinem Vetter flussab sind fünf Schiffe. Die Krieger dort sind euch nicht wohlgesonnen."

Hanwur bedankte sich in Gedanken bei dem Baumgeist.

„Hier seid ihr aber sicher, die Feinde sind noch nicht so weit gekommen. Falls sie es schaffen, werden wir euch verteidigen", flüsterte eine kleine Blumenfee.

Rowan lächelte, die Fee meinte es gut, aber helfen konnte sie vorwiegend durch Warnungen. Feen waren kleine, zarte Wesen, die viel zu freundlich waren, um irgendjemandem Schaden zuzufügen.

„Danke, wir wissen, dass wir uns auf euch verlassen können. Wenn ihr uns Neuigkeiten zutragt und uns rechtzeitig warnt, sind wir euch sehr dankbar", erwiderte Rowan mit einem warmen Gefühl in seinem Inneren.

Die Fee kicherte und versprach, nach ihren Möglichkeiten zu helfen.

Lautlos fuhren sie über einen schmalen Kanal, der schließlich im Stadtgraben mündete. An der Mündung hielt Hanwur inne und nestelte an etwas außerhalb des Bootes herum. Erst nach einer Weile stakten sie eine Bootslänge weiter, dann hielten sie erneut. Diesmal fingerte Roschur zwischen den Pflanzen am Ufer herum und nun konnte Rowan erkennen, dass er die Kette, die den Stadtgraben absicherte, wieder an einem verdeckten Pfahl befestigte.

Leise, fast geräuschlos, paddelten sie weiter.

„Halt! Wer da?", fragte kaum vernehmlich eine Stimme aus dem Schilf heraus.

„Hanwur und Roschur von Krankenbesuchen zurück", raunte Hanwur.

„Seid gegrüßt! Dann habt ihr es gerade noch geschafft, die Stadt zu erreichen. König Matrin rechnet damit, dass Hilschand morgen angegriffen wird."

„Dann passt weiterhin gut auf", sagte Hanwur, bevor sie weiterfuhren.

Sobald sie den Waschplatz der Stadt erreicht hatten, stiegen sie aus und zogen das Boot ans Ufer. Anschließend schickte Hanwur Rowan und Yogirn nach Hause. „Morgen wird ein schwerer Tag werden. Versucht, so viel Schlaf wie möglich zu bekommen."

Die beiden jungen Männer liefen schnell zu Zwandirs Hütte. Lautlos schlichen sie hinein und legten sich auf den Fußboden schlafen, da die Lager schon von den anderen Magiern belegt waren.

Die Sonne stand hoch am Himmel, als Rowan aufwachte. Yogirn neben ihm schlief noch fest.

„Versuch weiterzuschlafen", flüsterte Zwandir und reichte ihm einen Becher mit Kräutertee. Rowan trank und spürte, wie seine Augen schwer wurden.

*

„Kommt schnell, die Feinde wollen Hilschand auf Schiffen vom Fluss her angreifen. Sie haben die Kette im Napram überwunden und der Hafen ist nur noch durch den Baumstamm gesichert, bald werden sie die Stadt erreichen", rief eine laute, aufgeregte Stimme.

Rowan schreckte hoch. Verwirrt sprang er auf und schaute sich in Zwandirs Hütte um. Inzwischen dämmerte es wieder, also musste es schon Abend sein. Zwandirs Gäste drängten bereits hinaus, bewaffnet mit Schwertern, Äxten und Lanzen. Rowan schaute sich suchend um. Zwandir reichte ihm lächelnd Bogen und Pfeile und sein Kurzschwert.

„Danke. Und Ihr, Meister?", fragte Rowan.

„Ich bleibe hier. Zum Kämpfen bin ich zu alt. Aber ich versuche, das Geschick der Stadt auf meine Weise zu lenken. Geh du auf deinen Platz am Fluss."

Rowan nickte ihm zu, griff sich ein Stück Brot und eilte den anderen hinterher. Die ganze Stadt war auf den Beinen. Während die wehrfähigen Burschen zum Fluss hasteten, liefen junge Frauen und ältere Männer zum Stadtgraben, um ihn notfalls zu verteidigen. Matronen, Kinder und Greise drängten zur Burg in der Hoffnung, dort eher Sicherheit zu finden.

Am Fluss sah Rowan, dass eine Reihe Schiffe den geschützten Hafen verließen und den Gegnern entgegenfuhren. In der Fahrrinne verharrten sie. Dumpfe Schläge waren zu hören, dann erkannte Rowan, dass das erste Schiff der Sumpfländer sank, das nächste folgte. Die auf Grund gesetzten Boote versperrten die Weiterfahrt der gegnerischen Flotte.

Zwei große Kriegsschiffe der Nordmänner hatten sie inzwischen fast erreicht.

Die Besatzung der versenkten Schiffe ruderte mit kleinen Beibooten zurück zum Hafen. Sie waren jedoch zu weit entfernt, als dass die Verteidiger ihnen vom Ufer den Rückzug decken konnten. Als die Gegner von ihren Schiffen mit Pfeilen auf sie schossen, sprangen die Seeleute ins Wasser und schwammen ans Ufer. Ein paar von ihnen wurden getroffen, ihre Kameraden zogen sie ans Ufer, doch zwei versanken vor den Augen der entsetzten Zuschauer - entweder waren die Opfer sofort tot gewesen oder ihren Kameraden versagten die Kräfte. Ein betroffenes Raunen ging durch die Reihen.

„Es werden nicht die Einzigen bleiben, die heute sterben", meinte ein alter Ritter neben Rowan. Der nickte bedrückt.

Feldherr Xobin lief an den Reihen der Verteidiger entlang und wies jedem einen Platz zu. Alle Abschnitte wurden von erfahrenen Kämpfern und einfachen Bürgern besetzt, dazu postierte er jeweils einen Magier, der die Männer unterstützen sollte. An besonders gefährdeten Stellen stellte er die besten Ritter, die kräftigsten Männer und die fähigsten Magier auf.

Rowan stand dort, wo der Stadtgraben bergauf in den Fluss mündete, am weitesten von den Feinden entfernt. Es ärgerte ihn, dass Xobin ihm nichts zutraute, doch der alte Ritter neben ihm, den Xobin wohl wegen seines fortgeschrittenen Alters an diese Stelle platziert hatte, meinte: „Gräme dich nicht, König Matrin und Zwandir sind besorgt, dass dir hier bei uns etwas passieren könnte. Du bist für uns und für deine Heimat zu wichtig."

Rowan schüttelte unwillig den Kopf. „Ich habe schon so vielen Gefahren getrotzt, ich habe die Belagerung der Felsenburg und von Burg Randil erlebt, die Aufstände im Ostreich, später habe ich mich mehrfach durch feindliches Gebiet geschlichen."

„Du hast immer sehr viel Glück gehabt", meinte der Ritter.

„Und gute Kameraden", erklärte Rowan lächelnd. Doch als er eine starke Macht spürte, die die Wasserechsen und Wasserschlangen herbeilockte, wurde er schlagartig ernst. Er hörte in seinem Inneren Zwandir die Tiere zu Hilfe rufen, Menschenfresser, die sonst aus der Nähe der Städte vertrieben und gejagt wurden. Die Bedrohung durch die Nordflotte musste sehr groß sein, wenn der Obermagier die Gefährdung der Einwohner in Kauf nahm.

Plötzlich hörte er gellende Schreie flussabwärts. Als er dort hinschaute, erkannte er, dass die Nordkrieger die Beiboote der fünf Kriegsschiffe zu Wasser gelassen hatten und ans Ufer ruderten. Dabei brüllten sie laute Schlachtrufe und schlugen auf die Schilde. Gleichzeitig ging ein Pfeilhagel auf die Verteidiger nieder. Xobin hatte das vorausgeahnt und die Kämpfer angewiesen, sich hinter ihren Schilden zu schützen. Mehrere Männer bildeten einen Schildwall, sodass sie von vorn und oben geschützt waren. Sobald die Pfeile der Gegner verschossen waren, erwiderten die Bogenschützen der Sumpfländer den Angriff. Mit brennenden Pfeilen beschossen sie Boote und Krieger. Viele trafen ihr Ziel und die Nordmänner schlugen um sich, um die Flammen zu löschen. Zwei Beiboote brannten so schnell lichterloh, dass die Männer in den Fluss sprangen. Nur um markdurchdringend um Hilfe zu rufen, da die Wasserechsen sich auf sie stürzten und unter Wasser zogen.

Rowan zog es den Magen zusammen. Er zwang sich, aufrecht stehen zu bleiben und sich nicht zu krümmen. Der Schmerz der Getöteten tat ihm körperlich weh. Und er spürte, dass es auch die Sumpfländer nicht unberührt ließ. Dabei galten sie doch als hartgesottene Kämpfer.

„Krieger müssen den Schmerz kennen, nur dann sind sie wirklich gut", erklärte der alte Ritter neben ihm. Er schien Rowans Unbehagen zu spüren. „Dann sehen sie sich vor, achten auf ihren Nebenmann und quälen die Gegner nicht, sondern versuchen, sie möglichst schnell zu töten. Häufig bleibt uns nichts übrig, als uns zu wehren, um das Leben unserer Lieben zu verteidigen. Und wie du siehst, sind alle dazu bereit. Die Frauen, die alten Männer und die kaum erwachsenen Kinder."

Rowan nickte.

Inzwischen landeten einige feindliche Boote am Ufer. Dort wurden sie von einem Lanzenhagel empfangen. Die wenigen, die es schafften, die Verteidiger zu erreichen, stießen auf erbitterte Kämpfer. Die Angreifer waren größer und kräftiger, doch die Sumpfländer kämpften geschickt und behände. Anscheinend vernebelten die Magier die Sinne der Gegner, denn sie reagierten sehr langsam. Schnell war der letzte Feind getötet, ein Zurück für die Angreifer gab es nicht. Zuerst glaubte Rowan, das läge an den Wasserechsen und -schlangen, die sich noch immer ihre Opfer suchten, doch dann erlebte er, wie ein flüchtendes Beiboot der Nordmänner von den eigenen Schiffen aus beschossen wurde.

Die Nordkrieger mussten also bis zum Sieg oder ihren eigenen Tod kämpfen. Er schüttelte sich, ob der Unbarmherzigkeit der Befehlshaber.

„Rowan, habe kein Mitleid mit diesen Gegnern. Es wäre dein Tod. Und nicht nur deiner, sondern auch der dir Anvertrauten", hörte er plötzlich seinen Großvater sagen. Bunduar, der ihm Ehrfurcht vor allen Lebewesen und Pflanzen beigebracht hatte!

Nachdem die letzten vorrückenden Feinde getötet waren, herrschte beklemmende Ruhe. Rowan befürchtete, dass es nur die Ruhe vor dem Sturm war.

„Ich bin gespannt, welche Gemeinheit die Feinde jetzt aushecken", knurrte der Ritter neben ihm.

Rowan zuckte die Achseln. Er hatte keine Ahnung, wie sie vorgehen würden. Obwohl er sich anstrengte, konnte er keinerlei Empfindungen oder Gedanken der Fremden wahrnehmen. Aber er ahnte, dass es nur eine kleine Prüfung gewesen war. Und er spürte auch, dass auf dem Meer eine ganze Flotte auf den Angriff lauerte. Die fünf Schiffe waren nur die Vorhut gewesen, die erkunden sollte, wie die sumpfländische Verteidigung aufgestellt war.

„Die kommen bestimmt durch den Sumpf", vermutete Rowan.

„Oder vom Oberlauf des Flusses", mutmaßte sein Nachbar. Er nahm seinen Helm ab. Die Waffen hatte er längst abgelegt.

„Wie sollen sie denn dahin gekommen sein?", fragte Rowan verblüfft.

„Durch das Magierreich. Das liegt doch sowieso schon danieder, der König ist geflohen, die Burgen im Norden und in der Mitte des Landes gefallen."

„Dann hätte Bunduar uns gewarnt! Nein, vom Magierreich fallen sie nicht ein. Nur von den Küstenregionen."

„Dort stehen Wachen und zwei Magier, die alles überwachen." Der alte Mann schüttelte seinen Kopf.

Erst einmal herrschte Ruhe, alle konnten Kraft schöpfen, und König Matrin und Obermagier Zwandir waren zufrieden, dass es bisher kaum einheimische Opfer gegeben hatte.

Feldherr Xobin schickte zwei Drittel der Verteidiger nach Hause, um zu essen und sich auszuruhen. Eine Gruppe sollte am frühen Morgen wieder da sein, die zweite Truppe erst am Mittag, damit alle ausgeruht wären, denn sie rechneten schon bald mit einem neuen Angriff.

„Achte auf die Signalhörner. Wenn du sie hörst, nimm deine Waffen und renne auf deinen Posten, dann ist höchste Gefahr. Normalerweise verständigen wir uns leise und unbemerkt", hörte er Roschur ihm innerlich zuflüstern.

Rowan nickte, die Gedankenübertragung bewunderte er. So konnte ein König sein Reich leicht beherrschen. Er war immer sofort über alles unterrichtet und konnte schnell handeln. Dazu stand ihm ein Heer an Magiern zur Seite, das ihn unterstützte, das Geister und Elfen um Beistand bat und die Feinde auf ihre Art bekämpfte.

Rowan eilte zu Zwandirs Hütte. Lange würde die Ruhepause nicht dauern, da war es nötig, gut ausgeruht auf den nächsten Angriff zu warten. Yogirn traf kurz nach ihm ein. Nur der Magiermeister fehlte. Rowan rechnete nicht damit, dass er auftauchen würde. Er blieb sicher in der Nähe des Königs.

Yogirn füllte zwei Schüsseln mit Brei, den die Nachbarn schon am Tag vorher zubereitet hatten, und reichte Rowan eine Schale. Dann schlang er selbst seinen Brei hastig hinunter. Rowan aß langsam. Er ging in Gedanken die letzten zwei Tage durch, dachte an den Flussgeist, mit dem er Kontakt aufgenommen hatte, und die Baumgeister des Dschungels, die ihm wohlgesonnen waren. Nur seinen Freund, den Elfenprinzen Sirii hatte er lange nicht mehr gesehen. Dabei hatte er gedacht, dass er den Elf im Sumpfland häufiger treffen würde, da hier mehr Elfen lebten.

Nachdem er sein Mahl beendet hatte, versenkte er sich in sein Inneres, versuchte zu seiner Mutter Verbindung aufzunehmen. Er spürte, wie sie ihm über den Kopf strich. „Ich segne dich, mein Sohn. Ich bin so stolz auf dich. Durch dich wird unser Magierhaus fortleben. Du wirst Ottgar helfen, das Reich zu regieren und die Feinde zu vertreiben." Dann verschwamm sie vor seinem inneren Auge.

Niedergeschlagen legte er sich neben Yogirn auf das Lager. Es war nicht gut gewesen, den Kontakt zu seiner Mutter zu suchen, denn nun war er so aufgewühlt, dass er nicht einschlafen konnte. Also zwang er sich, erst eine Entspannungsübung zu machen und dann sein Bewusstsein nach innen zu wenden. Schließlich fiel er in einen tiefen, traumlosen Schlaf. Tatsächlich erwachte er am Morgen mit Sonnenaufgang frisch und erholt. Er wusch sich und setzte sich dann auf das Hausdach, um sich ungestört in sein Inneres zu versenken. Diesmal rief er seinen Großvater um Rat.

Er freute sich, als Bunduar vor seinem inneren Auge erschien. Sein Großvater war alt geworden. Er stand nicht mehr so aufrecht wie früher, sondern gebeugt von der Last der Verantwortung, die Augen lagen in tiefen Höhlen und seine langen grauen Haare waren schütter geworden.

Bunduar lächelte ihn an. „Also hat Zwandir dir schon eine Menge beigebracht."

„Ich hatte gar nicht das Gefühl, so viel zu lernen. – Jetzt stehen die Nordmänner vor der Stadt und fordern uns heraus."

„Ihr seid dem Gegner gewachsen. Zwandir hat viele hervorragende Magiermeister an seiner Seite. Das Gelände hilft König Matrin. Kein Fremder kann unbeschadet durch die Sümpfe gelangen und der Fluss ist gut bewacht. Die Geister unterstützen euch. Hab keine Angst, du wirst lernen, wie dieser Gegner zu besiegen ist."

„Aber wie steht es bei euch? Warum könnt ihr die Gegner nicht vertreiben? Warum musste König Wilhar fliehen? Wer unterstützt euch noch?"

„Momentan herrscht Ruhe, da die Gegner ihre Gewalt auf das Sumpfland bündeln. Dadurch können wir Kraft sammeln. Doch sobald sie sich von der zu erwartenden Niederlage erholt haben, werden sie uns wieder angreifen."

„Könnt ihr in der Zwischenzeit eine schlagkräftige Abwehr aufbauen?"

„Ach, Rowan, der Gegner ist sehr mächtig. Es sind nicht nur die körperlich überlegenen Nordmänner und die Echsenkrieger aus dem Süden mit ihren Reittieren, die uns seit Längerem gemeinsam angreifen. Es sind ihre mentalen Verbindungen zu einer gewaltigen abtrünnigen Magiergruppe, dazu die Drachen, und die Seuchen, die sie ebenfalls ins Land gebracht haben. Nein, Rowan, ich werde ihnen Widerstand leisten, aber diesen Kampf nicht mehr gewinnen können. Das wird deine Aufgabe sein. Du wirst einst mit Ottgar das Magierreich wieder aufbauen müssen. Es wird eine schwere Herausforderung für euch werden, aber du bist gut gerüstet. Du wurdest von den besten Magiermeistern ausgebildet. Das, was dir jetzt noch fehlt, wird dir Zwandir beibringen, dann wirst du für deine große Bestimmung bereit sein."

„Du wirst dann nicht mehr an meiner Seite sein?", stellte Rowan bestürzt fest. Es schmerzte ihn. Er liebte seinen Großvater über alles. Wie gern hätte er sein Leben für Bunduar geopfert. Bunduar las sofort seine Gedanken.

„Rowan, du hast uns immer Freude gemacht. Wir, deine Mutter und ich, lieben dich und sind stolz auf dich. Aber dein Auftrag liegt in der Zukunft, der unsrige in der Vergangenheit und Gegenwart. Du wirst die Linie fortsetzen, inzwischen bist du dieser Schwierigkeit gewachsen."

„Dann lass mich an deiner Seite gegen die Feinde kämpfen."

Bunduar lächelte mild. „Nein, das ist meine Aufgabe, auf dich warten andere. Möge die Göttin dich segnen."

So sehr Rowan sich bemühte, aber er konnte das Bild Bunduars nicht erneut hervorrufen. Obwohl er traurig war, seinen Großvater und seine Mutter nie wiederzusehen, freute er sich, mit ihnen gesprochen zu haben. Sie gaben ihm Kraft für die kommende Zeit.

7.

Doch der folgende Tag blieb nervenaufreibend ruhig. Die Anspannung in der belagerten Stadt wuchs. Rowan sorgte sich um die einfache Bevölkerung. Noch nie hatte er erlebt, dass eine große, eng bewohnte Siedlung gleichsam ungeschützt einem Angriff ausgeliefert war. In anderen Ländern hatten sich die Bauern, Handwerker und Händler mit ihren Familien hinter dicken Burgmauern verzogen und sogar die sicheren Burgverliese aufgesucht, doch hier saßen sie in einem Burghof vor einem hölzernen Palast und nur die Holzpalisaden boten Deckung. Jeder Feuerpfeil würde einen verheerenden Brand auslösen. Frauen, Kinder und Alte würden qualvoll verbrennen oder – wenn sie flohen – von den Angreifern erbarmungslos niedergemetzelt werden.

„Sorg dich nicht", beruhigte ihn Zwandir, als er mittags die Verteidigungslinie am Fluss abschritt. „Hilschand hat schon ganz andere Angriffe abgewehrt. Wir haben mächtige Verbündete. Außerdem besitzen wir zwar keine dicken Burgmauern, doch dafür sind unsere Sümpfe fast undurchdringlich, wenn wir sämtliche Geister um Hilfe bitten. Du hast neulich selbst erlebt, wie Wasserechsen und -schlangen uns unterstützen, dazu kommen der Sumpfgeist, die Baumgeister und andere Naturgeister. Die Elfen mit ihren großen Heeren und die Feen. Die Feen sind klein und zart, doch sie können von unschätzbarem Wert sein, eben weil alle sie unterschätzen."

Rowan nickte, er erinnerte sich, wie die Elfen ihn im Ostreich mehrmals gerettet hatten. „Ja, das ist wahr – und ihr könnt euch mit Gedanken verständigen, das ist ein großer Vorteil. Aber die Echsenmänner scheinen sich genauso mitzuteilen. Sie haben die dunkle Macht und die Drachen auf ihrer Seite."

„Noch haben sie das Felsenkloster und damit die Quelle ihrer Stärke nicht erobert. Bunduar und Zonbuar werden alles tun, um den Felsspalt beim

Felsenkloster, der der Zugang zur dunklen Macht ist, zu schützen. Auch wenn sie große Gebiete in den Nordreichen und im Magierreich erobert haben, sind sie noch lange nicht am Ziel. Eben weil sie im Magierreich nicht so vorankommen, wie sie es erhofft haben, greifen sie jetzt uns an. Das gibt König Wilhar und deinem Großvater die Gelegenheit, sich zu erholen und besser aufzustellen."

Rowan murmelte etwas Zustimmendes. Die Schäden, die die Eroberer hinterlassen hatten, waren riesig. In Cajan waren die westlichen und nördlichen Provinzen gefallen. König Haldur mit seiner Gefolgschaft war aufgerieben worden. Zum Glück war der Kronprinz Sandur mit seiner Familie, eine Reihe Ritter und Magierin Bajana in die unwegsamen Berge geflohen. Es hieß, sein jüngerer Bruder, Prinz Zissur, lebte jetzt im Ostreich.

In Llyllia, wo sich der magianische Kronprinz Ottgar und sein Gefährte Mardok, der Enkel des Waffenmeisters Peruan versteckten, war König Baruan besiegt worden. Er selbst war schwerverletzt entkommen und untergetaucht. Sein Land war, bis auf einige entlegenen Gebiete, tributpflichtig geworden. Die meisten seiner treuen Anhänger waren gefallen.

Rowan schmerzte der Tod seiner Freunde. Herzog Burgwan von Ranhoe war mit seiner Familie getötet worden. Ebenso wie Graf Trulan von Burg Pintoe, der Nachbarburg. Selbst die junge Bäuerin Heilin, der er als Kind das Leben gerettet hatte, war ermordet worden.

Bestimmt hatten die beiden Magier Bunduar und Zonbuar sich angestrengt, die Geschehnisse vor Rowan zu verheimlichen, trotzdem hatte er es gespürt. Doch er konnte seinen Freunden nicht helfen. Wie auch, wenn selbst die großen Magier dazu nicht in der Lage waren? So verlor König Wilhar immer mehr seiner Verbündeten und stand dem Gegner inzwischen fast allein gegenüber. Das Sumpfland hatte sich bisher zurückgehalten. Die Beziehungen zwischen den beiden Ländern waren seit dem Krieg vor dreißig Jahren, der noch von den Vorgängern der jetzigen Könige geführt wurde, nicht die besten, obwohl die Magier befreundet waren. Noch immer stand die Fehde der beiden Länder zwischen ihnen und störte das Vertrauen.

Ein Raunen weckte Rowan aus seinen Gedanken. Er musterte den Fluss genau. Ja, da kamen Schiffe der Feinde. Er kniff die Augen zusammen und begann sie zu zählen. Es war eine große Flotte, die den Strom hinauffuhr. Sie würden noch eine Weile brauchen, bis sie die Schiffssperre erreichten. Ob sie die versenkten Schiffe beseitigen konnten? Sicher hatten König Matrin und Zwandir schon längst von dem Angriff gewusst und Gegenmaßnahmen ergriffen.

Wind kam auf. Rowan beobachtete die Schiffe gespannt. Er betrachtete die Wasseroberfläche und den Himmel. Drohend hingen schwarze Wolken in der Ferne über dem Fluss. Schon begann dort ein Wetterleuchten.

Stürmische Böen fegten plötzlich über das Wasser und rüttelten an den Bäumen. Rowan stemmte sich gegen den Wind und zog seinen Umhang dichter an den Körper heran. Der Wasserspiegel stieg höher und höher. Der Sturm drückte Wasser vom Meer in den Fluss. Wo vorhin noch ein träger Strom ruhig dahinfloss, peitschte der Orkan hohe Wellen auf. Der Anleger war längst überflutet. Die sonst dort vertäuten Boote und Segelschiffe waren fortgeschafft worden. Rowan wunderte sich, auf ihrer Reise zu den abgelegenen Dörfern waren sie keinen Schiffen begegnet. Hatte man sie aufs Meer in Sicherheit gebracht oder ankerten sie in einem der unzähligen Nebenarme des Naprams? Er wunderte sich, dass sich die versenkten Wracks nicht bewegten. Wurden sie von den Naturgewalten nicht weggetrieben? Er musste bei nächster Gelegenheit Roschur befragen. Inzwischen hatte der Wind die feindlichen Segelschiffe an die Stadt herangeführt.

„Da!", rief der alte Ritter neben ihm. Rowan schaute gebannt auf die gegnerische Flotte. Das vorderste Schiff war anscheinend nicht in der Lage zu steuern. Es trieb genau auf ein Wrack zu. Einen Augenblick später geriet es in Schräglage. Der Schiffsrumpf musste bei dem Aufprall leckgeschlagen sein. Das feindliche Kriegsschiff sank, dabei neigte es sich immer stärker, um schließlich zu kentern und kieloben zu versinken. Rowan spürte Furcht und Schrecken bei den im Rumpf eingesperrten Kriegern. Einige wenige waren ins Wasser gesprungen, nur um von fleischfressenden Meeresfischen angegriffen zu werden. Rowan fühlte Angst und Schmerzen der sterbenden Gegner. Trotzdem empfand er kein Mitleid mit ihnen. Zu viele Unschuldige hatten diese Feinde schon getötet.

Das folgende Schiff wich ans Flussufer aus, dadurch vermied es einen Aufprall, allerdings fuhr es sich fest und saß unbeweglich auf einer Sandbank. Er beobachtete, wie die Nordmänner ihre Beiboote zu Wasser ließen, doch schon beim Herablassen schlugen zwei Boote um. Die Männer warfen Kameraden über Bord, um in das letzte Beiboot zu gelangen. Doch es war mit zu vielen Kriegern überladen. Sie griffen zu den Riemen, als eine riesige Woge das Boot mit all den

Männern verschlang. Keiner tauchte wieder auf. Rowan war sich ziemlich sicher, dass alle ertrunken waren, obwohl die Köpfe der Schwimmer zwischen den Wellenbergen kaum auszumachen waren.

Rowan folgte seinen Nachbarn, die vor dem Wasser zurückwichen. Inzwischen standen sie mit den Rücken an den vordersten Hauswänden. Vor ihnen breitete sich der Fluss aus.

„Zieht euch in die Oberstadt zurück", riefen die Befehlshaber.

Sie mussten durch hüfthohes Wasser stapfen, um in die Straßen und Gassen zu gelangen, die zum Palast führten.

Rowan spannte seine Sinne an. Die Gefahr von Raubtieren im Wasser, die ihnen gefährlich werden konnten, war groß.

„Zieh dich aufs Dach zurück. Die Hütte ist sturmerprobt, sie wird halten", wies Zwandir Rowan durch Gedankenkraft an.

Aufmerksam die Umgebung beobachtend, hasteten sie durch die Straßen. Alles, was nicht sicher befestigt war, riss sich los und stürzte herab. Zwei Männer wurden getroffen. Rowan eilte ihnen zu Hilfe. Der eine Mann war unter einem Balken eingeklemmt, Rowan stemmte mit aller Kraft das Brett hoch, um ihn zu befreien. Der Arm des Mannes war verletzt. Der andere hatte eine Platzwunde auf der Stirn. Rowan forderte sie auf, ihm zu Zwandirs Hütte zu folgen. Dort nahm er eine Nadel sowie einen Faden aus Darm, tauchte beides in Alkohol, reinigte die Wunde und nähte sie. Anschließend legte er heilende Pflanzenblätter darauf und wickelte einen Verband um den Kopf. Während er arbeitete, sang er ein Heillied. Danach schaute er sich den verletzten Arm an. Zum

Glück war er nicht gebrochen, sondern nur geprellt. Rowan rieb die Stelle mit einer Heilsalbe ein und sang ein weiteres magianisches Heillied – und da der Mann verärgert wirkte, sang Rowan auch noch ein sumpfländisches Lied hinterher.

„Du musst den Arm schonen", erklärte er.

„Das geht nicht, wir werden angegriffen, ich muss genauso wie die anderen kämpfen", erwiderte der Mann harsch.

Rowan nickte. „Wenn es nötig wird, kaust du dies." Er gab dem Verletzten mehrere Blätter einer Pflanze, die sie im Urwald gesammelt hatten. „Es lindert den Schmerz. Aber solange wir nur warten, musst du den Arm schonen. Also überlass es den anderen, schwere Sachen zu heben."

Der Mann nickte, steckte die Blätter in den Beutel an seinem Gürtel, bedankte sich und ging.

Der andere Verwundete versprach Rowan, die nächsten zwei Tage aufzupassen, ob Kopfschmerzen oder Schwindel auftreten würden und sich in dem Fall zu schonen. Ob diese Anweisungen sinnvoll waren, bezweifelte Rowan, denn in einem Notfall würde der Mann sicher keinen Schmerz spüren.

Anschließend zog Rowan sich trockene Sachen an, hing seine nasse Kleidung auf und legte sich auf dem Dach unter einem Holzverschlag schlafen.

Als er am Morgen aufwachte, standen die Straßen unter Wasser, es reichte fast bis an die Fenster. Vom Dach konnte Rowan aus Wasserechsen entdecken, die durch die Straßen schwammen.

Vorsichtig stieg er die Leiter hinunter und schaute in der Kammer nach. Das Wasser stand etwa hüfthoch im Raum. Zum Glück hatte Zwandir vorgesorgt und alle Kräuter, Medikamente und Bücher auf einem Bord knapp unter der Decke gelagert. Ein markerschütternder Hilfeschrei erschreckte Rowan. Er eilte zur Tür, doch die bekam er wegen des Wassers nicht auf. Also steckte er sein langes Messer, das an der Wand hing, in den Gürtel, öffnete das Fenster und kletterte hinaus. Zwei Häuser weiter gellten Stimmen. Es fuhr ihm durch Mark und Bein. Hoffentlich kam er noch rechtzeitig. Hastig watete er zu dem Nachbarn. Die Haustür stand offen und Rowan hörte im Inneren etwas mehrmals hart gegen die Wand schlagen. Er spürte große Gefahr – Lebensgefahr. Einen Augenblick blieb er in der Tür stehen, um sich an die Dunkelheit zu gewöhnen. Schließlich erkannte er einen kräftigen Mann, der verzweifelt gegen eine Wasserechse ankämpfte. Immer wieder tauchte er ins Wasser ein. Es sah aus, als ob er versuchte, das Tier zu würgen. Trotz der Gefahr stürzte sich Rowan in die Kammer. Mit der Rechten hielt er sein Messer umklammert. Und als das Tier sich drehte, um den Mann unter Wasser zu ziehen, stieß er mit der Klinge in den ungeschützten Bauch des Tieres. Blut schoss aus der Wunde und färbte das braune Flusswasser rot. Der Mann tauchte auf, hustete, spuckte Wasser aus und keuchte: „Mein Junge, es hat meinen Jungen."

Rowan tauchte. Noch lebte die Echse und wand sich zuckend. Er glitt an dem Tier entlang zum Maul. Tatsächlich hing da ein lebloser Körper in dessen Schnauze. Mit vereinten Kräften zerrten sie die Kreatur an die Wasseroberfläche.

„Ein Stock, eine kräftige Leiste oder einen Balken", schrie Rowan und schaute sich suchend um. Der Mann griff hinter sich und reichte ihm einen Besen. Damit versuchte Rowan, den Kiefer des Tieres aufzubrechen. Als es ihm nicht gelang, setzte er sich auf den Rücken der zuckenden Echse und drückte mit aller Kraft seine Daumen in die Augen. Der Nachbar arbeitete weiter mit dem Besen, um das Maul zu öffnen. Endlich hatten sie es geschafft und der Mann zog seinen leblosen Sohn hervor.

„Helft ihm", rief die Mutter mit tränenerstickter Stimme. Sie hatte gemeinsam mit der Großmutter auf dem Dach ausgeharrt und dem Kampf durch die Luke hilflos zusehen müssen.

Rowan tastete nach dem Brustkorb des kleinen Kindes. Als er keine Atmung spürte, drückte er die Arme des Jungen zusammen, immer wieder pumpte er, bis der Kleine einen Wasserschwall erbrach.

„Wir müssen zu Zwandirs Hütte, dort sind die Heilmittel", stieß Rowan hervor und kämpfte sich durch das Wasser voran zur Tür. Im selben Moment gewahrte er eine weitere Wasserechse, die durch die Öffnung auf ihn zuschoss. Er verharrte augenblicklich und legte einen Finger auf den Mund. Aber der Mann hatte sowieso schon seine Gedanken gelesen und blieb unbeweglich stehen. Die Echse wandte sich jedoch gleich seinem Kameraden zu und riss dem sich im Todeskampf Windenden ein Stück Fleisch aus dem Leib. Diesen Augenblick nutzten sie, um aus der Tür zu huschen und zu Zwandirs Hütte zu eilen. Sie erreichten das Fenster gerade rechtzeitig, als die nächsten zwei Wasserechsen zur Nachbarhütte schossen, angelockt vom Blut ihres Artgenossen.

Rowan kletterte ins Haus, nahm dem Mann den Jungen ab.

„Aufs Dach, ich suche die Heilmittel", erklärte Rowan, dabei stieg der Mann bereits die Leiter hoch und Rowan reichte ihm den Jungen hinterher.

Hastig kramte Rowan nach Mitteln gegen Schmerzen und Entzündungen, nach blutstillenden Kräutern und Verbandsmaterial. Zum Glück hatten sie noch genug Stoffstreifen, die sie im Heilsud getränkt hatten. Damit beladen folgte er dem Mann und sah sich den Jungen an. Er atmete flach und hastig. Sein Gesicht war blass und der Puls kaum zu spüren. Rowan legte ihm eine Hand auf den Kopf, die andere auf das Herz und sang ein Heillied, um die Widerstandskräfte zu wecken.

Dann flößte er dem Jungen ein paar Tropfen eines schmerzstillenden Mittels ein. Der Vater saß auf der anderen Seite des Kindes, hielt dessen unversehrte Hand, murmelte aufmunternde Worte und sang Heillieder. Rowan war so in die Arbeit vertieft, dass er es kaum beachtete. Sorgfältig reinigte er die Wunden am Bein und Arm, wo die Echse ihn gepackt hatte. Er nahm sich Zeit dazu. Die Heilkräuter stillten die Blutungen und Rowan schloss die Wunden mit ein paar Stichen. Anschließend legte er ein Wundkraut gegen Entzündungen auf und verband alles.

Nachdem er die Heilmittel in eine Kiste gepackt und das Blut weggespült hatte, nahm er eine Schelle und sang ein sumpfländisches Heillied, begleitet von gleichmäßigem Läuten. Sogleich wurde der Junge ruhiger, atmete tiefer und schlief endlich ein. Rowan rief mit einem Lied die Geister der Familie zu Hilfe und empfahl ihnen den Jungen. Der Vater sang mit seinem tiefen Bass mit.

„Schafft er es?", fragte er ängstlich, als Rowan geendet hatte.

„Das weiß nur die Göttin Jaguar. Aber er ist stark und tapfer. Er hat eine gute Heilungsaussicht." Eine

Weile schwiegen sie, dann fragte Rowan: „Woher kennst du die Heillieder?"

„Die einfachen Lieder kennt bei uns jedes Kind. Nicht immer ist ein Heiler oder Magier in der Nähe, dann müssen wir selbst die Geister und die Göttin um Hilfe bitten."

Rowan nickte langsam. „Du hast es gut gemacht." Er zeigte auf das Fläschchen mit dem Schmerzmittel. „Dreimal am Tag, gleichmäßig verteilt, fünf Tropfen gegen Schmerzen und hiervon", er hob eine zweite Flasche hoch, „gegen die Entzündung. Wenn der Arm oder das Bein heiß wird oder sich verfärben, dann muss der Verband gewechselt und dabei neues Wundkraut auflegt werden."

„Behandelt Ihr meinen Jungen nicht weiter?", fragte der Vater unsicher.

Rowan zuckte die Achseln. „Was in den nächsten Stunden und Tagen geschieht, wissen nur die Götter. Wenn ich weggerufen werde, muss das Kind trotzdem versorgt werden."

Der Mann nickte. „Auch ich werde kämpfen, aber meine Frau und meine Mutter werden unseren Sohn betreuen."

Rowan sang noch ein paar Lieder, magianische und llyllianische, und der Junge entspannte sich immer mehr.

Wie er befürchtet hatte, wurden sie von Zwandir zur Verteidigung zum Königspalast gerufen.

„Wir sollten nicht durch das Wasser laufen. Vor meinem Haus liegt ein Boot. Ich hole erst die Frauen her, dann paddeln wir gemeinsam zum Treffpunkt", schlug der Nachbar vor.

Damit die Frauen nicht an den noch immer in der Hütte fressenden Echsen vorbeimussten, ließ der Mann sie an der Leiter, die sie aufs Dach gezogen hatten, hinunterklettern und anschließend auf Zwandirs Dach hochsteigen. Schnell gab Rowan ihnen Anweisungen, wie sie den Jungen versorgen sollten. Sie hörte aufmerksam zu, dann versprachen sie ihm, das noch offene Fenster zu schließen, damit keine Tiere eindringen konnten.

*

Im Burghof erwartete Zwandir ihn. „Wir werden die Angreifer nun mit unseren Gedanken besiegen", erklärte er seinem Lehrling.

Rowan zog als Antwort nur die Augenbrauen hoch. Zwandir bemerkte es lächelnd. „Du kennst unsere Kunst der Gedankenbeeinflussung. Damit haben wir letztendlich noch jeden Gegner geschlagen."

„Auch die Krieger des Magierreichs", murmelte Rowan düster und dachte dabei an den Krieg zwischen Magierreich und Sumpfland vor vielen Jahren.

„Auch die, obwohl Bunduar uns große Probleme bereitet hat. Aber im Magierreich ist diese Fähigkeit nicht so stark verbreitet."

„Warum ist es damals überhaupt zu diesem Krieg zwischen unseren Ländern gekommen?", fragte Rowan. Er hatte nie verstanden, wieso die beiden Länder, deren Magier doch befreundet waren und sich halfen, gegeneinander gekämpft hatten.

„Es ging um die heilige Insel, die beiden Reichen heilig und wichtig ist. Sowohl eure als auch unsere Priester werden dort ausgebildet. In uralten Zeiten, während der Herrschaft des berühmten Königs Longuar, waren die beiden Länder vereint, doch er hatte zwei Söhne und jeder erbte einen Teil des Reiches. Damals lag die heilige Insel im Magierreich, doch der Fluss änderte im Laufe der Jahrhunderte seinen Lauf und so geriet das Eiland in unser Reich. Merkwürdigerweise verloren dadurch viele Bewohner des Magierreichs auch ihre magischen Kräfte. Trotzdem stammen auch heute noch die fähigsten Magier aus eurem Reich. Leider war König Fudrin, der Großvater von König Matrin, nicht so klug wie sein Enkel und bestand darauf, dass es unsere Insel sei. Als er alt und gebrechlich wurde, hörte er auf ein paar Adlige, die nur ihre eigenen Interessen durchsetzen wollten. Ihrem Rat folgend verbot er den magianischen Priestern, auf der Insel ausgebildet zu werden. Außerdem ließ er keine ausländischen Schiffe unseren Hafen anlaufen, denn sein Rat wollte, dass nur die einheimischen Händler und Seefahrer Geld verdienten. Die nördlichen Reiche brachen daraufhin die Beziehungen zum Sumpfland ab, und wir waren auf die Handelsbeziehungen mit dem Südreich angewiesen. Doch als eine Gruppe magianischer Priester beim Versuch, durch den Sumpf zur heiligen Insel zu gelangen, erwischt wurde, hieß es, sie würden unsere kostbarsten Heilkräuter hinausschmuggeln. Die Stimmung wurde von der einflussreichen Gruppe aufgeheizt, selbst eine Reihe Magier forderten eine harte Bestrafung. Ohne ein ordentliches Gericht wurden die magianischen Gefangenen von König Fudrin zum Tode verurteilt und hingerichtet.

Leider konnte ich das nicht verhindern, da ich mich mit dem gelben Tod angesteckt hatte und wochenlang hochfiebernd im Bett lag. Auch diese Seuche wurde den magianischen Priestern angelastet.

Deshalb zog Hinduar in den Krieg gegen das Sumpfland. So wie ich Fudrin nicht zurückhalten konnte, konnte dein Großvater seinen Bruder nicht zu einer friedlicheren Lösung überreden. Allerdings war die Stimmung im Magierreich so aufgeheizt, dass Hinduar einen Aufstand des Volkes befürchtete." Zwandir schwieg eine Weile, bevor er fortfuhr: „Du hast recht, noch immer herrscht Argwohn zwischen unseren Völkern, deshalb wollte König Wilhar euch nicht ins Sumpfland schicken. Doch Bunduar und ich arbeiten daran, freundschaftliche Beziehungen aufzubauen."

Rowan nickte, die magianische Deutung des Krieges hatte er oft genug auf Burg Wanroe gehört, je nach Erzähler unterschiedlich gefärbt. Aber Bunduar schätzte die Sumpfländer, allen voran Zwandir und König Matrin, obwohl er Grund gehabt hätte, sie zu hassen. Doch Bunduar war klug und besonnen, er wusste, dass Hass zu nichts führte – außer zu Hass! Und er sah die Fehler, die auf beiden Seiten gemacht worden waren.

Zwandir schaute Rowan durchdringend an. „Dein Großvater ist ein weiser und großherziger Mann. Er hat damals mit Peruan zusammen den Frieden mit uns ausgehandelt. Obwohl seine Söhne im Krieg gefallen waren, war er auf einen gerechten Ausgleich bedacht und hat uns stets wertgeschätzt."

„Er hat auch bei Euch gelernt."

„Er war schon ein herausragender Magiermeister, als er uns besuchte. Ich hätte ihn gern länger im Haus beherbergt, doch er blieb nur ein Jahr. Bald danach heiratete er deine Großmutter." Eine Weile schwiegen die beiden in Gedanken versunken. Schließlich meinte Zwandir. „Das Sumpfland hat zwar den Krieg gewonnen, doch seitdem ist es viel ärmer geworden. Uns fehlen die Handelsbeziehungen zu den Nachbarn. Früher arbeiteten hier viele Handwerker aus Cajan und dem Magierreich. Im Hafen lagen ihre Schiffe und brachten Metalle, Tuche und andere wertvolle Güter. Ihre Magier lernten bei uns und weise Mönche lebten in unseren Klöstern."

Ein junger Magier kam herbeigeeilt und unterbrach sie: „Meister, die anderen Magier erwarten Euch! Die Echsenkrieger dringen in die Stadt ein."

Zwandir nickte. Er forderte Rowan mit einer Handbewegung auf, sich an der Quelle niederzulassen und in sein Inneres zu versenken.

Rowan folgte seiner Anweisung. Schon bald sah er vor seinem inneren Auge die nordischen Echsenwesen, die die große überschwemmte Straße, die vom Hafen zur Burg führte, mit Ruderbooten befuhren. Er spürte, wie Zwandir die Wasserechsen zu ihnen lockte, den Tieren mit Hilfe seiner Gedanken Schmerzen zufügte und sie so aufstachelte, die Boote anzugreifen.

Qualen durchfuhren Rowan, als die Tiere sich in die Nordmänner verbissen, sie unter Wasser zogen und ertränkten. Niemand entkam den Bestien. Rowan war so mit seiner Pein beschäftigt, dass er kaum merkte, wie Zwandir die Gedanken der Feinde lähmte, sodass sie ihren Kameraden keine Warnung zukommen lassen konnten.

Doch der Kampf hatte erst begonnen. Überall unterstützten die Magier die Kämpfer. Inzwischen drangen auch zwei unterschiedliche Echsengruppen über die Dämme bis zur Stadtgrenze vor. Jetzt erkannte Rowan, wie ähnlich die zwei verschiedene Rassen waren, die nördlichen Seefahrer, mit ihrem unauffälligeren Schuppenkleid, und die südlichen Reiterechsen, dunkelhäutige Wesen mit kräftigen Schuppen überall am Körper verteilt. Ihr natürlicher Panzer war so hart, dass sie keine Rüstung benötigten. Sie waren noch größer und kräftiger als die

Nordmänner. Allerdings gab es eine Reihe Krieger, denen man die Vermischung beider Rassen ansah. Die verdeckten Fallen in den Dämmen kosteten den Gegner viele Krieger, trotzdem schafften sie es mit Hilfe der Drachen, die Löcher in den Dämmen schnell aufzufüllen.

Deshalb schickte Zwandir Rowan mit Hanwur und Yogirn an den Stadtgraben, um die Krieger dort zu unterstützen.

„Wie konnten sie über die zerstörten Dämme bis hierher vordringen?", fragte Rowan.

Hanwur antwortete nicht, er befand sich in tiefer Versunkenheit. Doch Roschur, der gerade seine Verteidigungslinie abschritt, erklärte: „Sie waren sehr gut vorbereitet. Unsere Späher berichteten, dass sie das Baumaterial schon bis an die Grenze herangeschafft hatten und die Dämme schnell wieder hergestellt haben."

„Drachen", schrie plötzlich ein Junge neben ihnen und zeigte auf den Himmel über dem Damm. Tatsächlich. Während am Fuße des Dammes die Ritter gegen die Echsenkrieger kämpften und die Bogenschützen von den Hausdächern auf die Angreifer, die sich auf dem Pfad befanden, schossen, tauchten in der Ferne schwarze Drachen am Himmel auf.

Rowan sang sofort die alten Drachenlieder, die er einst am Hofe König Baruans von einem Sänger gelernt hatte. Er wiederholte die Strophen der beiden Lieder so oft, dass jeder der Verteidiger auf der Sumpfseite sie beherrschte, denn sie wurden kettenartig weitergereicht.

„Helfen sie?", fragte Yogirn misstrauisch.

„Ich weiß es nicht. Aber wir müssen es probieren. In Llyllia haben die Lieder uns damals das Leben gerettet, doch als ich jetzt vom Magierreich kam und auf dem Damm von Drachen angegriffen wurde, halfen sie nicht mehr. Vielleicht haben die Echsenkrieger ihnen inzwischen andere Weisen beigebracht, aber einen Versuch ist es auf jeden Fall wert." Er runzelte die Stirn. „Sie haben sich verändert. Früher mieden sie Sümpfe und Auen. Wir retteten uns als Kinder an den Fluss."

Als die Drachen näher kamen und feuerspeiend auf die Sumpfländer niederstießen, sandten ihnen die Bogenschützen einen Pfeilhagel entgegen. Jeder Schuss traf, doch nur wenige fanden den empfindlichen Spalt zwischen den Panzerplatten und töteten einen Drachen. Rowan versuchte, sich geistig mit den Schützen in Verbindung zu setzen, und zeigte ihnen die Schwachstelle hinter den Ohren, dort, wo der Spalt zwischen den Platten etwas größer war. Tatsächlich prallten beim folgenden Angriff viel weniger Pfeile ab und gleich drei Ungeheuer stürzten laut brüllend in den Sumpf. Zwei Drachen schwangen sich schwer verletzt schwankend empor. Sie hatten Mühe, über die Bäume aufzusteigen und zu flüchten.

Rowan spürte plötzlich eine drohende Gefahr und als er sich umwandte, erkannte er, dass drei kleinere Drachen sich von der Flussseite näherten. Sie überflogen die Häuser. Wenn die Bogenschützen sie treffen würden, würden sie vermutlich im Todeskampf Feuer speien und die Stadt in Brand setzen. Rowan erhob die Stimme. Mit seinem klaren Tenor sang er erneut die alten Drachenweisen. Er legte seinen Kummer über das Schicksal des Magierreichs und des Sumpflandes hinein. Es war wie ein Wunder:

Tatsächlich griffen die Drachen nicht an, sondern kreisten langsam über ihnen. Rowan sang mit Inbrunst alle Strophen des Liedes, doch leider flogen die Tiere nicht davon. Deshalb versuchte er noch ein anderes Lied, das von Freundschaft und Kameradschaft handelte. Wie damals im llyllianischen Gebirge fingen die Drachen zu weinen an. Sie heulten laut und dicke Tropfen fielen von oben herab.

„Fliegt heim und erzählt euren Kameraden von den Freunden im Sumpfland, die nur ihren Frieden haben wollen", rief Rowan ihnen auf Altllyllianisch zu.

Mit einer weiteren Runde über ihren Köpfen verabschiedeten sich die Drachen und flogen heim.

„Puh, das war knapp", atmete Yogirn auf.

Rowan runzelte die Stirn. „Ich verstehe nicht, warum das Lied manchmal hilft und manchmal nicht."

„Es waren verschiedene Drachen", meinte Hanwur.

„Alte und junge", vermutete Rowan.

Hanwur schüttelte seinen Kopf. „Nein, die Platten sahen anders aus. Bei den größeren Drachen waren sie rauer und die Augen hatten einen gelben Ring, während die kleineren glatte Panzerplatten besaßen und ihre Lichter waren kohlschwarz."

Yogirn nickte. „Jetzt, wo du es sagst, erinnere ich mich auch daran."

Rowan stimmte ebenfalls zu. „Ich dachte, das läge am Alter, aber Ihr habt recht. Es werden verschiedene Rassen sein. Die bekannten llyllianischen Drachen, die wahrscheinlich ursprünglich aus dem Magierreich stammten, und die anderen, größeren. Das sind vermutlich nordländische Ungeheuer."

„Und die hören nicht auf deine Lieder."

Inzwischen hatten die Ritter und die einfachen Bürger die Feinde zurückgeschlagen und der Sumpf lag ruhig vor ihnen, so als wäre nichts geschehen.

Roschur schickte eine Gruppe Männer los, den Damm wieder zu zerstören. In der Stadt hatten die dort postierten Bogenschützen und Ritter die Angreifer, die mit Booten gekommen waren, vertrieben. Wobei viele der Fremden den Wasserechsen und -schlangen zum Opfer gefallen waren.

Rowan fühlte, wie Zwandir ihn zu sich rief. Er meldete sich bei Roschur ab und eilte zum Palast, wo Zwandir mit einigen der besten Magier des Sumpflands an der Quelle saß und tief versunken war. Vorsichtig näherte sich Rowan. Als er sich neben seinem Meister niedergelassen hatte, öffnete Zwandir die Augen. „Begleite mich", befahl er leise und Rowan senkte seine Lider und versank mit seinen Gedanken im Wasser vor ihm. Er sah mit seinem inneren Auge auf den Grund, folgte Zwandirs Bewusstsein zur Quelle unter die Erde, bis ihre Gedanken in einer großen unterirdischen Grotte mündeten. Dort waren die Geister der Meister versammelt.

„Was soll dein Lehrling in unserem Rat?", begehrte ein alter, grauhaariger Magier auf, den Rowan noch nie zuvor gesehen hatte.

„Er ist Bunduars Enkel. Obwohl er noch ein junger Mann ist, hat er schon viel erlebt und gelernt und ist selbst ein Meister. Er wird bei mir mehr lernen als andere Schüler. Nicht nur, weil er besonders begabt ist, sondern weil er dereinst eine große Aufgabe vor sich hat", erklärte Zwandir gelassen.

„Doch mit den Entscheidungen über das Sumpfland hat er nichts zu tun", meinte ein jüngerer Mann ablehnend.

„Er muss wissen, wie wir unsere Krieger und unsere Könige unterstützen." Zwandirs Stimme war anzuhören, dass er keine Widerworte duldete.

„Lasst uns lieber überlegen, wie wir die Echsenkrieger dauerhaft vertreiben können", schlug Hanwur nach einer Weile, in der alle geschwiegen hatten, vor.

„Wenn unsere Krieger die Schiffe zerstören, werden die Echsenwesen so schnell nicht wiederkommen. So viele Kähne besitzen sie nicht, dass sie sich solche Verluste öfter erlauben können", meinte die einzige Magierin im Kreis.

„König Matrin wird in der Nacht einige Männer mit Booten zu den Schiffen schicken, die werden dort Feuer legen", erklärte Hanwur.

Erschrocken schauten einige Magier zu Rowan. „Er hat doch noch nicht gelernt, seine Gedanken zu verschleiern", entfuhr es einem.

„Dann wird er es jetzt lernen", entgegnete Zwandir gelassen.

„Meine Brüder und ich werden die Gedanken der Echsenkrieger verwirren. Einige von ihnen sind schon vom Weg abgekommen und im Sumpf versunken, die anderen werden ihnen bald folgen", erklärte der grauhaarige Alte.

„Rowan, hast du Vorschläge?", fragte Zwandir.

„Warum helfen die Elfen nicht?", fragte Rowan zurück. Er wunderte sich schon länger, dass er die Elfenfreunde noch nicht bemerkt hatte.

„Weil wir unsere Probleme tunlichst allein lösen", meinte der jüngere Magier, der Rowan vorhin am liebsten fortgeschickt hätte. Dabei klang er sehr überheblich.

„Ich habe immer gedacht, dass die Magier im Sumpfland viel engere Freundschaften zu den Elfen und den Naturgeistern pflegen als anderswo", äußerte Rowan bedächtig und beobachtete dabei die anderen.

Zwandir schüttelte lächelnd den Kopf. „Enger als frühere magianische Magier vielleicht, aber nicht enger als dein Großvater Bunduar und deine Mutter Salawin. Kannst du die Elfen um Hilfe bitten?"

Rowan nickte. „Es wird vermutlich dauern, bis eine größere Schar Elfen hier eintrifft."

Bevor sich sein Geist aus der Grotte entfernte, ließ Zwandir ihn noch an der Beeinflussung des Bewusstseins und der Sinne der Gegner teilnehmen. Anschließend half Zwandir ihm, seine Gedanken im Inneren zu verschließen, damit die Echsenwesen, sie nicht lesen konnten.

Nur langsam tauchte Rowan aus den Tiefen der Quelle in die Gegenwart empor. Inzwischen war der Burghof noch voller geworden. Viele Stadtbewohner waren hierher geflüchtet, da ihre Häuser unter Wasser standen.

Rowan schaute sich um. Er benötigte einen abgelegenen Ort, um seinen Freund Sirii, den Elfenprinz, zu rufen. Schließlich entfernte er sich vom Burgbereich und suchte den Stadtgraben auf. Am Platz der Wäscherinnen fand er eine stille Ecke mit einer Holzbank. Er holte sein Elfenfeuer, einen Kegel aus Harz, heraus, entzündete es und stellte es auf einen Pflock zum Festbinden der Boote. Anschließend summte er das Elfenlied. Er hatte Sirii schon lange nicht mehr gesehen. Inzwischen war er erwachsen und hatte gelernt, selbst auf sich aufzupassen. Sirii hingegen kämpfte im Magierreich an der Seite seiner

Mutter, der Elfenkönigin Mirasa, gegen die Eindringlinge.

Rowan versank in einen Dämmerzustand, bis ein Sirren ihn in die Gegenwart zurückholte. Vor ihm stand der Elfenprinz.

„Na, steckst du wieder in Schwierigkeiten?", fragte der Elf und grinste Rowan an.

„Klar, wenn du nicht auf mich aufpasst, gerate ich ständig in Gefahr", erklärte Rowan. Er zwinkerte Sirii erleichtert zu. Er war nicht sicher gewesen, ob der Elfenprinz wirklich erscheinen würde.

„Können die Elfen König Matrin und Magier Zwandir helfen, die Angreifer zu vernichten?" Rowan zögerte etwas, er verabscheute Schmerz und Gewalt, aber ein bloßes Vertreiben würde bei diesem Gegner nicht helfen. Wenn sie nicht entscheidend geschlagen waren, würden sie immer wiederkommen oder ihre Kameraden im Magierreich unterstützen. Der Kampf war zu wichtig, um Mitleid mit den Feinden zu haben.

Sirii nickte. „Ich habe schon auf euren Hilferuf gewartet. Aber der frühere Herrscher, König Fudrin, war beim letzten Treffen mit Mirasa nicht höflich gewesen, daher haben wir Elfen uns zurückgezogen."

„Jetzt ist aber Matrin Herrscher. Er ist sehr freundlich und klug. Sicher weiß er eure Hilfe zu schätzen. Und je mehr Gegner wir hier schlagen, desto weniger werden König Wilhar angreifen", erwiderte Rowan.

Sirii nickte. „Wir werden euch unterstützen. Hier im Sumpf und auch auf dem Fluss."

„Heute Abend sollen die Schiffe angegriffen werden", erklärte Rowan.

Sirii nickte zustimmend. „Eine gute Gelegenheit, einzugreifen. Die Übrigen werden wir am Ende der Dämme erwarten."

„Kommen sie wirklich noch einmal durch den Sumpf?", zweifelte Rowan.

Sirii lachte. „Natürlich, sie wollen Hilschand erneut angreifen."

„Trotz ihrer hohen Verluste?", staunte Rowan.

„Du kennst sie doch von früher, so schnell kann man sie nicht schlagen." Sirii klang ungewohnt ernst. Rowan musterte ihn besorgt. Aber der Elf verriet ihm seine Sorgen nicht, sondern verblasste wieder.

Kurz nach dem Gespräch mit Sirii schickte Feldherr Xobin mehr als die Hälfte der Männer zum Schlafen, damit sie in der Nacht bei Kräften waren, die übrigen hielten Wache. Doch nichts rührte sich. Die Gegner in den Sümpfen waren vorerst zurückgeschlagen und die Kriegsflotte der Echsen war verschwunden.

Die Anspannung hielt auch in den nächsten Tagen und Nächten an. Jeder erwartete stündlich einen Angriff, der ausblieb. Viele Stunden sammelten die Magier ihre Gedanken, bündelten sie und verjagten Wasserechsen und -schlangen aus der Stadt. Längst hatte sich der Fluss wieder in sein Flussbett zurückgezogen und die Bewohner waren in ihre Häuser zurückgekehrt, nachdem sie die Gebäude und Straßen gründlich gereinigt hatten.

*

Eines Abends entstand im Lager Unruhe, als ein Späher erschien und dem König, Xobin und Zwandir berichtete. Gleich darauf gab Feldherr Xobin Anweisungen und die Verteidiger suchten die ihnen zugewiesenen Plätze auf. Rowan stand wieder am oberen Zufluss des Stadtgrabens neben dem vertrauten Ritter.

„Die Entscheidungsschlacht steht bevor", murmelte der alte Streiter. Rowan nickte. Er spürte die Nähe der Feinde, sogar ihre Kriegs- und Mordlust. Er schaute sich suchend um. In der Nähe stand ein hoher Baum. Der alte Mann nickte ihm zu. „Klettere hoch und berichte, was du siehst."

Rowan folgte seinem Vorschlag. Behände bestieg er den Baum. Von oben konnte er den Fluss überschauen. Was er sah, verschlug ihm den Atem. Das Wasser war voller Kriegsschiffe der Nordkrieger. Eine riesige Flotte. Wie konnte ein Volk so viele Schiffe besitzen und sie so schnell herschaffen? Er versuchte sie zu zählen, doch bald gab er es auf. Es mussten über hundert sein.

Er brauchte seinem Kameraden nichts zu sagen. „So schlimm hat es um Hilschand noch nie gestanden", meinte der nur, als Rowan wieder neben ihm stand.

Rowan nickte. „Wir brauchen die Geister und Elfen", murmelte er.

„Wir sind hier", hörte er Siriis Stimme. Erleichtert atmete er auf. Trotzdem würde der Kampf schwierig werden.

Boten erschienen und überbrachten Xobins Befehle. „Keine Gedankenübertragungen mehr", hatte Zwandir befohlen. Rowan war der Grund sofort klar. Die Nordkrieger hatten vermutlich zu viele Gedanken, die die Sumpfländer sich gegenseitig sandten, lesen können.

Da Zwandir und Xobin erwarteten, dass die Echsenkämpfer mit Sonnenaufgang den Angriff beginnen würden, wollten sie ihnen zuvorkommen und die Schiffe mitten in der Nacht überfallen.

Die meisten Männer zogen sich etwas vom Flussufer entfernt zurück, rollten sich in ihre Decken und versuchten zu schlafen. Doch an ihrer Atmung konnte Rowan erkennen, dass nur die wenigsten schliefen, dafür waren sie zu angespannt. Viel früher als erwartet rief Zwandir die Krieger mit dem Schrei des Nachvogels auf ihre Posten.

Die feindlichen Schiffe hatten die Anker gelichtet und wurden flussauf gerudert, da Flaute herrschte. Doch an der nächsten Flussbiegung warteten Sumpfländer in ihren Verstecken auf sie, auch hier hatten sie mit Ketten den Fluss unpassierbar gemacht. Während die Verteidiger von Podesten, die sie schon seit Tagen vorbereitet und in der Dunkelheit aufgerichtet hatten, vom Flussufer her die Segelschiffe mit Brandpfeilen beschossen, paddelten vom gegenüberliegenden Ufer einige Sumpfländer leise zu den Schiffen und warfen Brandfackeln an Bord. Andere schlugen mit ihren Äxten Löcher in die Schiffsrümpfe. Damit sie nicht ausgemacht werden konnten, waren die Fackeln mit einem Sud getränkt, der starken Rauch entwickelte, sodass der gesamte Flussabschnitt im dicken Qualm lag und man kaum etwas sehen konnte.

Rowan spürte, als die Sumpfländer auf der gegenüberliegenden Seite ihre Verstecke im Dickicht erreicht hatten. Die gesamte Flotte der Angreifer lag im rötlichen Dunst. Selbst die Geräusche wurden davon erstickt. Ab und zu hörte man gellende Schreie, wenn die Schiffsbesatzung ins Wasser sprang, um sich schwimmend zu retten. Doch der Fluss wimmelte wieder von fleischfressenden Fischen, Wasserechsen und -schlangen und Rowan kämpfte gegen den Schmerz der Ertrinkenden und Zerfleischten.

Die weiter hinten liegenden Schiffe versuchten, an den beschädigten vorbeizufahren, diese versperrten ihnen aber den Weg. Sobald sie in Reichweite der Pfeile und Schleudern gelangten, wurden sie beschossen. Der Rauch brannte in den Kehlen und nahm selbst den Männern am Ufer die Luft. Doch auch flussab schleuderten die Sumpfländer inzwischen Brandfackeln auf die Kriegsschiffe. Rowan nahm die Kämpfe mehr durch Übertragungen der Gefühle der beteiligten Krieger als durch seine Augen wahr.

„Die Flussmündung ist ebenfalls abgeriegelt, da liegen viele unserer Schiffe und Boote. So schnell kommen sie dort nicht hinaus", erklärte der Krieger neben ihm.

Rowan sah ihn verwundert an, woher wusste dieser einfache Ritter so gut Bescheid?

„Es gibt alte Pläne zur Verteidigung der Stadt. Feldherr Xobin hat sie nur unwesentlich geändert. Eine große Rolle spielen dabei die gefährlichen Wassertiere und die Naturgeister."

Einige Beiboote ruderten flussab, aber inzwischen waren die Elfen erschienen und griffen die Seeleute an. Da die Feinde kaum ausweichen konnten und von allen Seiten aufgerieben wurden, half ihnen auch ihre Übermacht nicht.

Durch den Rauch bemerkte Rowan nicht, wie sich der Himmel verfärbte, erst als grelle Blitze herabfuhren und fast zeitgleich Donner grollten, nahm er die Hilfe der Wettergeister wahr. Die sumpfländischen Boote hatten sich inzwischen ans Ufer zurückgezogen. Der durch die Blitze verursachte helle Lichtschein auf dem Fluss ließ die in Brand gesetzten Schiffe im Qualm erahnen.

Die Besatzungen der Boote, die es geschafft hatten, das Ufer zu erreichen, wurden von den dorthin abgeordneten Rittern mit Äxten und Schwertern erwartet.

Doch Rowan stand viel zu weit entfernt, um an den Kämpfen teilzunehmen.

„Da!" Rowan flüsterte es. Durch die Rauchschwaden kroch ein Nordmann ans Ufer. Rowan nahm sich den Speer des Kriegers neben ihm, hob ihn hoch und schleuderte ihn auf den Mann. Mit einem Schrei sackte dieser, tödlich verwundet, zusammen. Noch wand er sich im Todeskampf auf dem Boden. Rowan hätte ihn gern befragt, doch die Umstehenden waren schneller und töteten ihn.

Rowan überlegte, ob womöglich weitere Flüchtende das Ufer erreicht hatten. Er spürte den Fremden nach, konnte aber nichts wahrnehmen.

„Es ist niemand mehr da. Die Elfen haben uns unterstützt, die gesamten Schiffsbesatzungen sind umgekommen", erklärte Zwandir hinter ihm. Rowan drehte sich um. Er hatte nicht bemerkt, wie sich sein Meister genähert hatte. Der lächelte ihn an. „Du warst mit der Gefahr vor dir beschäftigt."

„Und der Kampf im Sumpf?", fragte Rowan.

„Der Sumpfgeist hat die Dämme unpassierbar gemacht. Viele Echsenkämpfer starben in unseren Pfeilhageln und die Flüchtenden wurden von den Elfen gestellt. Sie wollten sich im Magierreich mit ihren Echsenkameraden vereinen, die den Norden beherrschen, doch das haben unsere Freunde verhindert."

„Dann hat König Wilhar etwas Zeit gewonnen", vermutete Rowan. Er wunderte sich, wieso er davon nichts mitbekommen hatte. Doch ein Blick in

Zwandirs Augen verriet ihm, dass der große Magier vieles vor ihm verborgen hatte.

Zwandir nickte kaum wahrnehmbar. Rowan hatte das Gefühl, als wüsste der Magiermeister etwas, was er ihm nicht verriet. Stand es um das Magierreich noch schlimmer, als er ahnte?

*

Diesmal waren die Armeen der Echsenwesen wirklich vernichtend geschlagen worden. Die nordische Flotte war fast vollständig verbrannt und gesunken, selbst von den Schiffen, die sich auf das Meer gerettet hatten, waren die meisten im Sturm zerstört worden. Auch die Echsenkrieger aus dem Sumpf waren aufgerieben worden, nur wenige hatten entkommen können.

In den nächsten Tagen wurden die Schäden beseitigt. Die Magier benötigten ihr ganzes Können, um die Wasserschlangen und -echsen aus dem Gebiet der Stadt zu entfernen. Sie zündeten Feuer an den Ufern und auf Inseln im Sumpf an und verbrannten Kräuter, die die Tiere vertrieben. Dabei sangen sie und baten den Flussgeist und den Sumpfgeist um Hilfe, die Raubtiere aus der Nähe der Menschen zu verbannen.

Anschließend zogen Schiffer und Fischer die versenkten Schiffe aus der Fahrrinne des Flusses und Handwerker und Ritter stellten die zerstörten Dämme durch den Sumpf wieder her. Große und kleine tierische Räuber beseitigten die gefallenen Gegner.

Die Elfen verzogen sich gleich nach der großen Schlacht. „Wir müssen zurück ins Magierreich", erklärte Sirii, als er sich von Rowan verabschiedete.

„Bist du nicht mein Leibwächter?", fragte Rowan spöttisch.

Sirii grinste verschmitzt. „Hier stehst du unter Zwandirs und Matrins Schutz, da brauchst du mich nicht."

„Pass auf meine Familie und Freunde auf", bat er den Elfenprinz zum Abschied.

Sobald die Verletzten versorgt waren, schickte Zwandir die jungen Magier hinaus, um den armen und schwachen Stadtbewohnern zu helfen. Rowan kamen dabei seine Erfahrungen, die er bei den Bauern und dem Schmied gemacht hatte, zugute. Er verstand inzwischen viel vom Hausbau und erneuerte gemeinsam mit den Sumpfländern Balken, Dächer und Wände, damit die durch das Hochwasser und den Sturm beschädigten Hütten wieder bewohnbar wurden.

Zu seiner Freude hatte sich das verletzte Nachbarkind gut erholt. Es würde außer ein paar Narben keine bleibenden Schäden behalten. Der dankbare Vater brachte Zwandir und Rowan Fische und Früchte vorbei.

Schneller, als Rowan es erwartet hatte, erstrahlte Hilschand in neuer Pracht und die Magier widmeten sich, neben der gesundheitlichen Versorgung der Bewohner und der Beratung des Königs, ihren Studien.

Wie vor dem Krieg weckte Zwandir Rowan täglich lange vor Sonnenaufgang und übte mit ihm, sein Bewusstsein besser zu tarnen und andere Wesen gedanklich zu beeinflussen. Gedanken zu übertragen hatte er schon im Ostreich gelernt, doch bei Zwandir reichte die Kunst viel weiter. Er konnte nicht nur Menschen dazu bringen, etwas zu tun, was er von ihnen wollte, sondern auch magisch begabte Wesen, wie die Echsenkrieger. Zuerst fiel es Rowan schwer, andere zu beeinflussen, doch je länger er übte, desto leichter gelang es ihm. Vor allem, nachdem er begriff, dass sein Großvater ihm schon früher die Grundlagen dazu beigebracht hatte, indem er sich in sein Inneres versenkte und mit den Naturgeistern sprach. Ganz ähnlich war es jetzt, in die Gedanken von anderen einzudringen.

Nach den Übungsstunden mit seinem Meister unterwies Roschur ihn weiter im Umgang mit Waffen. Schon bald war Rowan ein hervorragender Schwertkämpfer und im Bogenschießen war er sogar einer der Besten der Stadt. Dafür lag ihm der Kampf mit der Axt nicht. Außerdem paddelten sie regelmäßig längere Strecken. Häufig besuchten sie dabei Dörfer in der Umgebung und Rowan heilte die Kranken. Bald kannte Rowan sich im Dschungel aus und fand sich recht gut allein zurecht.

Abends bei Kerzenschein studierte Rowan auf Anweisung Zwandirs die Folianten der Obermagier.

„In den Büchern liegt irgendwo die Lösung, wie wir die Feinde endgültig besiegen können. Doch weder ich noch meine Schüler konnten einen Hinweis finden", erklärte er Rowan.

Rowan runzelte die Stirn. Auch Bunduar hatte ihn alte magianische Bücher durchlesen lassen. Leider war er nicht weit genug gekommen. Er konnte sich an keine Drachen- oder Echsenüberfälle in den Büchern erinnern, nur an die mündlichen Überlieferungen, die Bunduar und Wilhar ihm und seinen Freunden erzählt hatten.

8.

War das Wetter zu schlecht für Ausflüge, forderte Zwandir Rowan auf, in der Zeit die königliche

116

Bibliothek aufzusuchen und die alten Chroniken des Landes zu studieren. Dort lernte er nicht nur die Geschichte des Sumpflandes und die Beziehungen zu den Nachbarländern kennen, sondern erfuhr auch viel über Seuchen, Kriege sowie Naturkatastrophen und wie sie bekämpft worden waren.

Rowan staunte, wie viel er in den Büchern über seine Heimat lernte. Vorfälle, die die Sumpfländer ganz anders sahen, als die Geschichtsschreiber des Magierreichs. Aber auch Ereignisse, die in den Chroniken seiner Heimat nicht festgehalten worden waren. Vielleicht weil die Augenzeugen gestorben waren, bevor sie es aufschreiben konnten, vielleicht aber auch, weil sie es nicht für so wichtig gehalten hatten.

Er brauchte Monate, um die Folianten durchzulesen. Anschließend forderte Zwandir ihn auf, die Heilbücher durchzuarbeiten. Inzwischen beherrschte er die gehobene sumpfländische Schriftsprache so gut, dass er die Texte problemlos verstand.

Alle drei Monate schickte Zwandir ihn mit anderen Magiern auf eine längere Reise, um die Kranken in abgelegenen Dörfern zu heilen und ihnen Empfehlungen zu geben, wie sie gesünder leben konnten. Dabei lernte Rowan weitere Heilpflanzen und Heillieder kennen. Auch die kleinen Fischchen, die in besonderen Becken gehalten und bei Hautkrankheiten und Wunden als Helfer eingesetzt wurden. Sie nagten abgestorbene Haut ab und sorgten dadurch für schnellere Heilung.

Ab und zu hörte Rowan beunruhigende Nachrichten aus dem Magierreich, doch er spürte, dass Zwandir ihm mittels Gedankenkontrolle viele Neuigkeiten vorenthielt.

Sirii sah er nur sehr selten. Der Elfenprinz kämpfte im Magierreich mit seinen Kameraden auf der Seite von Wilhar und Bunduar gegen die grausamen Eindringlinge.

Eines Tages nahm Hanwur ihn mit zu Siedlungen auf der anderen Flussseite. Die Dörfler litten wieder einmal am Flussfieber. Sie verabreichten ihnen Heilkräuter und rieben sie mit den Blättern der Sumpfpestpflanze ein, um die Mücken fernzuhalten.

In der Nacht, während er schlief, sah Rowan plötzlich die Felsenburg als Erscheinung vor sich. Erschrocken erwachte er und richtete er sich auf. Ein Riesenheer Echsenkrieger auf ihren raubtierähnlichen Reittieren griff die Burg an. Unter großen Verlusten räumten sie den schmalen Pfad zur Burg, der durch eine Geröilllawine verschüttet war. Nach Tagen standen sie vor dem Burgtor. Die Verteidiger hatten keine Pfeile, keine Geschosse für die Schleudern und keinen Teer mehr. Nicht einmal Brennmaterial besaßen sie, um Wasser zu erhitzen und die Angreifer damit von oben zu übergießen. Mit Rammböcken und Katapulten setzten die Feinde der Burg zu.

„Rowan, komm, steh auf, wir müssen zurück", drängte Hanwur. Obwohl Rowan aufstand, hörte er die Stimme wie aus weiter Ferne. Der Magier drang nicht zu ihm durch. Zu schrecklich waren die Bilder, die er vor seinem geistigen Auge sah. Vogt Loidin von der Felsenburg erwartete die Angreifer mit dem Schwert in der Rechten und der Streitaxt in der Linken. Hinter ihm standen zwei seiner Söhne, der eine nicht einmal Knappe, der andere ein paar Jahre älter. Neben ihnen hielten ein paar Knechte und Pagen die Stellung. Seine Ritter waren längst gefallen. Mit mächtigen Hieben schickte Loidin die vordersten Angreifer in den Tod, dann traf ihn eine Lanze und durchbohrte seine Brust. Tödlich getroffen schleuderte er mit letzter Kraft die Axt auf den Gegner und trennte ihm den Arm ab. Die beiden Söhne wurden von den Eindringlingen erschlagen, bevor sie sich wehren konnten.

Rowan atmete heftig. Der Schmerz ließ seine Beine nachgeben. Im letzten Augenblick fing er sich. Mit schreckgeweiteten Augen sah er, was weiter geschah.

Hinter dem verschlossenen Palasttor standen Loidins jüngere Töchter und Chinun, seine Frau, mit Lanzen und Hellebarden bewaffnet. Küchenmägde, mit Kochgeschirr und Küchenmessern in den Händen versteckten sich hinter Säulen und in Mauernischen. Sie alle wehrten sich vergeblich. Die Fremden schlitzten den Frauen die Leiber auf und weideten sich an ihren Todesqualen.

Rowan wurde übel. Verzweifelt versuchte er, die Gedanken der Echsenwesen zu beeinflussen. Einen Echsenkrieger, der gerade ein jüngeres Mädchen, noch ein Kind, schwer misshandelte, erreichte er. Der Mann zögerte einen Augenblick, das gab dem Kind die Gelegenheit zu fliehen. Doch bei den anderen konnte Rowan nicht in ihre Gedanken eindringen. Und er musste mit ansehen, wie die Frauen zu Tode gequält wurden.

Blass und schwach ließ er sich zu Boden sinken. Vor Jahren hatten sie den Angriff auf die Felsenburg abwehren können, er selbst war dabei gewesen, doch diesmal hatte es keine Hilfe gegeben. Wo waren König Wilhar und seine Männer, wo waren die Magier Bunduar und Zonbuar und das Elfenheer?

Rowans Atem ging stoßweise, er war unfähig zu denken oder gar etwas zu tun. Hanwur packte ihn, schüttelte ihn und als das nicht half, zog er ihn zum Boot. Wie erstarrt saß Rowan auf der Bank, nicht in der Lage zu paddeln, während Hanwur nach Hause steuerte.

„Könnt ihr nichts tun? Nicht helfen?", stieß Rowan nach langer Zeit vorwurfsvoll hervor.

„Nein, und leider konnte ich dich nicht aufhalten. Ich war selbst mit den Schreckensbildern beschäftigt. Durch dein Eingreifen wissen sie jetzt, wo du dich versteckt hältst, und werden bald Mörder ausschicken, um dich umzubringen, oder uns erneut überfallen."

„Dann sollen sie mich eben umbringen. Was nützt ein Magier, wenn sein Reich ausgelöscht ist?", zischte Rowan, noch immer vor Entsetzen zitternd.

„Du hast andere Aufgaben", versuchte Hanwur ihn zu beruhigen. Er kämpfte gegen die Flut an, die jetzt mit Macht hereinströmte und ihn behinderte. „Hilf mir lieber."

„Andere Aufgaben …, alle sagen immer, ich hätte andere Aufgaben. Welche denn? Was kann es Wichtigeres geben, als meinem Volk zu helfen, wenn es bedroht ist und unterzugehen droht. Außerdem wissen die Feinde doch schon seit langem, spätestens seit dem Besuch ihrer Diplomaten, wo ich mich aufhalte."

„Wenn Bunduar und Zonbuar es geschafft haben, die Fremden aus dem Magierreich zu vertreiben, muss das Land wieder aufgebaut werden. Felder, die lange brach lagen, müssen bestellt werden. Burgen, die geschliffen wurden, müssen neu errichtet werden. Die Menschen müssen lernen, Früchte anzubauen und Vieh zu halten. Magier und Heiler müssen ausgebildet werden. Rowan, es sind in den letzten Jahren, seit du nicht mehr bei deinem Großvater lebst, nicht nur

Bauern und Ritter gestorben, sondern auch Priester, Mönche und Magier."

Rowan schwieg. Warum blieben die mächtigen sumpfländischen Magier so gleichgültig, statt seinem Großvater zu helfen? Er verstand sie nicht. Warum taten sie nichts?

Auch Zwandir gab ihm bei der Rückkehr auf seine vielen Fragen keine Antworten. Rowan war enttäuscht von ihm. Er hatte ihn für Bunduars Freund gehalten. Stattdessen ließ Zwandir ihn in den nächsten Tagen bis zur Erschöpfung üben. Mit Roschur kämpfte er härter als je zuvor. Anschließend schwammen sie noch längere Strecken und schließlich paddelten sie auf dem Fluss bis in die entlegensten Ecken, immer von Hanwur begleitet. Sie besuchten Dörfer, die die Magier schon seit vielen Jahren nicht aufgesucht hatten, da die Bewohner kerngesund waren. Dort sollten sie den Grund für diese besonders gute Gesundheit finden. Sie untersuchten die Ernährung, schauten sich die Häuser und das Trinkwasser an und beobachteten, wie die Einwohner lebten. Trotz gründlicher Suche fanden sie keinen Grund für die außergewöhnliche Gesundheit, vermuteten ihn aber, wie die Bewohner schon seit langem behaupteten, in den alten Kulturpflanzen dieser Gegend.

Müde fiel Rowan abends auf das Lager und hatte keine Gelegenheit zu grübeln. Trotzdem bemerkte er, wie Hanwur seine Gedanken kontrollierte. Sein Lehrer ließ es nicht zu, dass Rowan sich gedanklich an Zonbuar, Bunduar oder Salawin wandte.

Als sie nach anstrengender Reise wieder in Hilschand zurück waren, erklärte Zwandir: „Du musst unbedingt einmal die heilige Insel besuchen."

„Darf ich sie überhaupt betreten?", fragte Rowan überrascht. Der geweihte Ort durfte nur von auserwählten Priestern besucht werden.

Zwandir lächelte. „Nur Magianer und Sumpfländer dürfen sie betreten."

„Ja, aber ich bin kein Priester", wandte Rowan ein.

„Ein sehr bedeutender Teil deiner Ausbildung wird auf der Insel stattfinden. Dort werden die wichtigsten Folianten aufbewahrt. Du musst sie aufmerksam studieren, das wird lange Zeit in Anspruch nehmen. Aber du wirst sicher auf viele Fragen eine Antwort finden."

„Dabei habe ich die Bücher des Königspalastes noch gar nicht alle gelesen", wunderte sich Rowan.

„Sie sind nicht ganz so maßgeblich. Ich habe darauf geachtet, dass du dich zuerst den wichtigsten Folianten widmetest."

So packte Rowan erneut seine Sachen in einen Sack und bereitete sich darauf vor, am nächsten Morgen zur heiligen Insel zu paddeln. Zwandir wurde zu einem Kranken gerufen und bis zum Abendessen, das sie bei König Matrin einnehmen sollten, war Gelegenheit, endlich einmal in die Kristallkugel zu schauen.

Rowan holte sie aus seinem Reisesack, rieb sie mit einem sauberen Tuch blank und legte sie vor sich auf den Tisch. Sie war grau und trübe. So hatte er sie noch nie gesehen. Er brauchte lange, um sich in sein Inneres zu versenken. Endlich gelang es ihm und er beobachtete mit Schrecken die Belagerung und die grausame Vernichtung der Felsenburg. Er erkannte aber auch, dass Zwandir und viele seiner Magier versuchten, die Echsenkrieger von ihrem Vorhaben abzuhalten. Er sah, dass durch das Eingreifen der sumpfländischen Magier ganze Einheiten der

Echsenkrieger einen Felsen hinabstürzten, dass andere sich in einem Wahnsinnsanfall gegenseitig umbrachten, doch alle Magie hatte Vogt Loidin und seinen Leuten nicht helfen können. Welche unheilvolle, gewaltige Macht stand hinter diesen Kriegern, die wie Schachfiguren, die auf dem Spielbrett hin und her geschoben wurden, wirkten? Die in schier unglaublicher Anzahl auftraten und sobald sie gefallen waren, durch neue ersetzt wurden.

Bevor er sich der Zukunft zuwenden konnte, riss ihn Zwandirs Stimme aus seiner Versenkung.

„Rowan, es ist Zeit, zum König zu gehen."

Rowan zuckte zusammen und schaute auf. Sofort verschwand das Bild in der Kristallkugel und sie färbte sich wieder grau.

„Verzeiht, Meister, dass ich an Euch zweifelte. Ihr habt Euer Möglichstes getan, um dem Magierreich zu helfen", sagte er. Er war beschämt, weil er Zwandir und den anderen Magiern verdächtigt hatte, untätig zu sein. Doch die Erfahrungen der letzten Jahre hatten ihn misstrauisch werden lassen.

Zwandir nickte mit einem ernsten Gesicht. „Verstehst du jetzt, warum wir dich davon abhalten müssen, selbst einzugreifen? Alle Magier des Sumpflandes konnten der Felsenburg nicht helfen. Du begibst dich nur sinnlos in Gefahr. Die mächtigen Kräfte, die hinter diesen Kriegern stehen, würden sofort versuchen, dich zu vernichten. Dazu müssen sie nicht einmal hier anwesend sein. Ihre unheilvolle Macht können sie auch aus der Ferne ausüben."

„Aber sie wissen doch längst, wo ich mich befinde." Sorgfältig schlug Rowan die Kristallkugel in das Tuch und packte sie in den Sack.

123

„Bisher halten sie dich für einen kleinen, unwichtigen Magier, nicht fähig, seinem Land zu helfen. Und das sollen sie weiterhin denken. Es wird noch dauern, bis das Magierreich dich brauchen wird, bis dahin musst du lernen und dich vervollkommnen. Dazu ist jetzt die heilige Insel der richtige Ort."

„Und wer unterrichtet mich dort?", fragte er neugierig und folgte seinem Meister zum Palast.

Zwandir lächelte. „Lass dich überraschen. Unsere Priester sind hervorragende Lehrer."

Im Rittersaal des Palastes waren alle hohen Würdenträger, Ritter, Magier und Priester versammelt. Viele hatte Rowan während seines Aufenthalts im Sumpfland kennengelernt. Mit Zwandir trat er zum König, verneigte sich – nicht ganz so tief wie beim ersten Treffen – und bedankte sich höflich für die Einladung.

„Ich bin froh, einen so guten Magier als Gast in meinem Reich zu beherbergen", erwiderte Matrin freundlich.

Rowan lächelte. „Ich bin glücklich, bei Meister Zwandir zu lernen. Er hat mir schon sehr viel beigebracht. Ich merke immer mehr, wie wenig ich erst weiß und kann. Wenn ich darf, werde ich noch lange bei ihm lernen."

„Wie liebenswürdig von dir", lächelte Matrin.

Rowan schüttelte den Kopf. „Es gibt nur sehr wenige hervorragende Magier. Heilmittel und Heilsprüche habe ich auch anderswo gelernt, aber Zwandir beherrscht weit mehr Künste, von denen ich bisher keine Ahnung hatte. Und das alles bringt er mir bei."

Matrin wurde ernst. „Ein starker Partner im Nachbarreich ist für uns wichtig. Allein können wir diesen mächtigen Gegnern nicht standhalten. Deshalb ist es auch notwendig, dass du die beste Ausbildung erhältst, die ein Magier bekommen kann. Denn du wirst einst eine wichtige Rolle im Magierreich spielen und unser Verbündeter sein."

Rowan nickte, bedrückt von den großen Erwartungen, die alle an ihn hatten. „Ich hoffe, ich habe noch genug Zeit, alles zu lernen, und dass ich mich einst Eures Vertrauens würdig erweisen kann."

Zwandir legte ihm eine Hand auf die Schulter. „Deine Ausbildung war bisher von den Ereignissen in deiner Heimat und bei deinen Gastgebern überschattet. Umso wichtiger ist es, dich jetzt in Ruhe zu schulen."

„Roschur berichtete mir, dass du dich inzwischen im Bogenschießen, Schwert- und Lanzenkampf mit den besten Rittern messen kannst. Das ist gut so. Vielleicht musst du dich eines Tages verteidigen können", lobte Matrin ihn.

Rowan nickte und murmelte: „Oder meinen König schützen."

Andere Gäste traten heran und König Matrin wandte sich ihnen zu. Als er den letzten begrüßt hatte, nahm er am Kopf der Festtafel vor dem steinernen Kamin Platz. Zwandir setzte sich in seine Nähe zu den Mitgliedern des königlichen Rats, während Rowan sich am Ende der Tafel neben Yogirn niederließ.

Als die letzten Gänge aufgetragen wurden, winkte König Matrin Rowan heran. „Wir haben in der langen Zeit, die du schon im Sumpfland weilst, viel zu selten deine hervorragende Stimme gehört. Singe uns bitte etwas vor."

Rowan schaute ihn erstaunt an. Die Spielleute, die neben dem Kamin saßen, Laute und Flöte spielten und dazu sangen, gehörten zu den besten ihrer Zunft. Mit einer Handbewegung brachte Matrin sie zum Verstummen und nickte seinem Gast zu.

Rowan überlegte kurz. Er hatte schon lange nicht mehr gesungen. Die Heillieder natürlich, aber er hatte nichts bei Hof vorgetragen. Die Spielleute boten ihm ihre Instrumente an und er nahm die Laute, setzte sich auf einen Schemel und ließ einen Akkord erklingen. Erst dann suchte er die Töne und als er die Melodie hatte, sang er mit seiner herrlichen Stimme eine uralte magianische Ballade, die von den Katzen und Göttin Jaguar handelte. Es folgten Lieder, die von Kämpfen und Kriegen berichteten, von der Liebe zwischen dem König und einem einfachen Mädchen, die er schließlich zu seiner Frau nahm. Er legte sein ganzes Herz in den Gesang. Sanfter, als er bei den Dämmen gesungen hatte, wo er die Feinde vertreiben wollte, da hatte er härter, energischer gesungen. Die Gespräche im Saal verstummten. Alle lauschten gebannt dem Gesangsvortrag. Nach zahlreichen Weisen ließ Rowan ein Lied leise ausklingen und reichte dem Spielmann mit einem Dank die Laute zurück.

„Wenn du nicht so ein guter Magier wärst, würdest du ein berühmter Sänger werden", meinte Matrin. Er wirkte wirklich überrascht. „Ich habe schon viel von deiner Stimme gehört, hatte aber nicht erwartet, dass die Berichte untertrieben hatten. Du bist viel besser, als man über dich erzählte."

Rowan errötete und die Zuhörer lachten. „Nicht so bescheiden, wer so gut singen kann, braucht sich nicht zu schämen, wenn er gelobt wird", meinte ein runzeliger Priester mit einem feinen Lächeln.

„Du bist ein würdiger Großenkel der großen Jambin", meinte Xobin.

Rowan verbeugte sich vor dem König und ging zu seinem Platz zurück.

„Warum bilde ich dich in den ritterlichen Künsten aus, wenn du so gut singen kannst? Kämpfen und Magie ist bei dir verschwendet. Du solltest Sänger werden", meinte Roschur, der sich neben ihn gesetzt hatte.

„Leider werde ich mit Gesang keine feindlichen Krieger vertreiben können", murmelte Rowan.

„Wer weiß, hast du es schon einmal versucht? Bei einer so göttlichen Stimme werden die Unholde sicher weich werden." Roschur nickte und schien überzeugt davon.

Rowan lachte. „Gut, vor der nächsten Schlacht werde ich es probieren. Vielleicht hilft es und wir müssen nicht kämpfen."

Obwohl das Fest bis tief in die Nacht hineinging, musste Rowan am nächsten Morgen schon lange vor Sonnenaufgang aufbrechen. Hanwur, Yogirn und Laribur, Roschurs jüngerer Bruder, begleiteten ihn. Hanwur und Yogirn wollten auf dem Rückweg die Dörfer am Oberlauf des Flusses besuchen. Der gerade zum Ritter geschlagene Laribur sollte sie vor gefährlichen Tieren und versprengten Echsenkriegern beschützen. Wobei Rowan zweifelte, ob er dieser Aufgabe wirklich schon gewachsen war. Aber Hanwur war ein umsichtiger Magier, der einer möglichen Gefahr sicher rechtzeitig aus dem Weg gehen würde. Sie fuhren fünf Tage flussauf, dabei nutzten sie im unteren Teil die Gezeiten, die für ein schnelles Vorankommen sorgten, da sie bei ablaufendem Wasser rasteten und sich mit auflaufendem wieder auf den Weg machten.

In zwei Dörfern wurden sie aufgehalten, weil ihre medizinische Hilfe benötigt wurde. Ein Mann hatte sich mit dem Beil schwer am Bein verletzt. Die Magier mussten die tiefe Wunde, die sich schon entzündet hatte, behandeln.

„Wir können die Wunde nicht nähen", wehrte Hanwur ab, als Yogirn schon Nadel und Faden heraussuchte. „Die Entzündung muss erst abklingen." Sie tröpfelten den Saft einer Pflanze in die Wunde und umwickelten sie dann mit den Blättern des Wundkrauts. Die Frau des Verletzten erhielt genaue Anweisungen, wie sie in den nächsten Tagen den Verband wechseln sollte. Dazu bekam der Verletzte einen schmerzstillenden und einen entzündungshemmenden Aufguss.

„Wir schauen auf unserer Rückreise nach dir. Wenn ihr die Wunde nach den Anweisungen gepflegt habt, können wir sie nähen, dann verheilt sie schnell", erklärte Hanwur. Da der Mann ungläubig wirkte, drohte ihm der Magier Schlimmeres an: „Wenn du dich nicht an meine Empfehlungen hältst, verlierst du dein Bein!" Anschließend sangen sie mehrere Heillieder. Da es schon spät geworden war, schliefen sie in dem Dorf, versorgten am frühen Morgen die Wunde erneut und brachen dann ohne Frühstück auf. Essen konnten sie bei der ersten Rast.

Zwei Tage später erreichten sie ein Dorf, in dem eine Seuche wütete. Die Menschen hatten Fieber und waren kraftlos. Sofort kochten die Magier Heiltees, sangen Heillieder, musizierten und tanzten, um die Familiengeister herbeizurufen. Um sich selbst vor Ansteckung zu schützen, tranken sie ebenfalls von ihren Aufgüssen und aßen nährstoffreiche Beeren. Vor ihrer Weiterfahrt am nächsten Morgen schauten sie erneut nach den Bewohnern des Dorfes. Es ging ihnen schon etwas besser. Noch einmal bereiteten sie einen heilenden Tee zu und verabreichten ihn an alle Dörfler. Yogirn hatte eine kleine Baumechse gefangen. Aus ihr kochte er eine kräftige Brühe, die sie den Kranken einflößten. Nach weiteren Heilliedern und einem Trommeltanz von Hanwur verabschiedeten sie sich.

„Könnten wir Überträger der Krankheit sein und die Priester auf der Insel anstecken?", sorgte sich Rowan, als sie außer Sichtweite waren.

Hanwur nickte. „Den Gedanken hatte ich auch. Aber die Krankheit ist innerhalb von zwei Tagen im ganzen Dorf ausgebrochen, daher müssten wir nach drei Tagen wissen, ob wir uns angesteckt haben. Wir werden ein paar Tage auf einer kleinen Flussinsel vor der heiligen Insel verweilen und abwarten."

*

Diese ungeplante Wartezeit nutzten sie, um Rowan weitere einheimische Nutzpflanzen, die heilend wirkten oder essbar waren, und deren Zubereitungen zu zeigen. Laribur erzählte an den langen Abenden alte Sagen und Märchen und Rowan sang magianische Lieder, sodass ihnen die Zeit nicht lang wurde. Sie hatten Glück gehabt und sich nicht angesteckt, daher fuhren sie drei Tage später weiter. Sie mussten das Boot um mehrere Stromschnellen herumtragen, was gar nicht so einfach war, da sie sich einen Weg durch den Dschungel bahnen mussten. Immer wieder hielten sie an, beobachteten den Boden und die Bäume, um giftigen Schlangen und anderen gefährlichen Tieren auszuweichen. Endlich waren sie oberhalb der Stromschnellen. Das Wasser bildete auch hier einige Strudel. Aber Hanwur und Laribur kannten den Fluss sehr gut und fanden den richtigen Durchlass.

Rowan wäre fast an der heiligen Insel vorbeigepaddelt, da er sie nicht sofort erkannte und seine Kameraden ihn nicht darauf hinwiesen, weil sie ihn auf die Probe stellen wollten. Doch ein Gefühl von Ehrfurcht und Erhabenheit stoppte ihn. Er hielt inne und spürte in sein Inneres. Es war, wie er es vermutet hatte. Die Magier hatten um die Insel einen magischen Bann gelegt, sodass niemand, der nicht über die entsprechenden Fähigkeiten verfügte, etwas von den ehrwürdigen Bewohnern mitbekam. Selbst wenn sich ein paar Priester am Ufer aufgehalten hätten, hätte ein Fremder sie nicht wahrgenommen. Die heilige Insel war erheblich größer als das Moorheiligtum bei Wanroe. Von außen wirkte sie unbewohnt, da die Dschungelpflanzen das Innere verdeckten.

Sobald die anderen beiden erkannten, dass Rowan das Heiligtum entdeckt hatte, steuerte Hanwur das Boot durch ein paar ins Wasser ragende Äste hindurch, unter denen sie sich ducken mussten. Dahinter öffnete sich eine Bucht mit einem kleinen Sandstrand. Dort landeten sie an und stiegen aus.

„Seid willkommen", begrüßten zwei junge Priester sie. Sie trugen grün-braune Gewänder, dadurch hoben sie sich kaum von dem Laub der Bäume und Büsche ab.

„Wir warten schon seit Tagen auf euch", fügte der zweite junge Mann hinzu.

Hanwur stieg aus und nickte ihnen zu. „Wir mussten Kranke versorgen und aus Sorge, uns angesteckt zu haben, warteten wir ein paar Tage ab."

„Oberpriester Charin erwartet euch", erklärte der Wortführer. Rowan und seine Gefährten folgten den beiden Männern schweigend. Diese liefen auf ein Gebüsch zu, schoben die Zweige zur Seite und ließen ihre Gäste hindurchgehen. Dahinter lag eine Wiese, auf der einige Priester saßen und meditierten, andere hatten jüngere Männer um sich geschart und unterrichteten sie. Erst nach einem Augenblick erkannte Rowan zwischen den Büschen am Rand der Fläche Baumhäuser, die sich kaum von den Pflanzen abhoben.

Sie liefen an den Priestern vorbei. Keiner schaute von seiner Tätigkeit auf, grüßte oder beachtete sie. Was Rowan verwunderte, denn sie schienen ihretwegen gar nicht überrascht zu sein. Er fand ihr Verhalten merkwürdig. Bis ihm klar wurde, dass die Männer sie längst erwartet und ihren Weg spätestens seit dem Umgehen der Stromschnellen beobachtet hatten. Hinter der Wiese führte ein schmaler Trampelpfad weiter durch den Dschungel. Als Rowan genauer hinschaute, erkannte er einige Bäume, Büsche und auch kleinere Pflanzen, die Bauern zur Gewinnung von Nahrungsmitteln anpflanzten. Offensichtlich waren die Priester und Mönche auf der heiligen Insel Selbstversorger, anders als die Priester im Moorheiligtum, die von Spenden lebten.

Wieder öffnete sich das Dickicht. Diesmal lag ein kleiner See vor ihnen, dahinter stand ein stattliches Holzgebäude. Es war auf Pfählen errichtet und eine breite Treppe führte hinauf. Geschnitzte Tier-, Pflanzen- und Menschengestalten verzierten das Geländer und die Tür. Sie traten ein. Hinter dem Eingang lag ein großer Saal, an dessen Längsseite ein metallener Altar stand.

„Herzlich willkommen, Rowan, Enkel Bunduars, wir haben dich schon seit Jahren erwartet", hörte Rowan eine Stimme hinter sich. Er drehte sich langsam um. Aus einem Nebenraum trat der weißgekleidete Oberpriester. Rowan verbeugte sich tief. „Seid gegrüßt, Oberpriester Charin. Ich bin froh, endlich im Sumpfland lernen zu dürfen. Leider ist meine Lehrzeit anders verlaufen als ursprünglich geplant."

Charin lachte leise. „Es ist besser, wenn wir Menschen keine Pläne machen. Es liegt nicht in unserer Hand, über das Schicksal zu entscheiden."

Rowan nickte und lächelte verhalten.

„Ich habe schon viel über dich gehört. Wir Sumpfländer haben dein Schicksal seit Jahren verfolgt. Du warst bereits als Kind außergewöhnlich und ließest uns hoffen, dass du ein würdiger Nachfolger Bunduars wirst."

Er winkte einen der beiden jungen Priester heran. „Tosarin wird dir einen Schlafplatz zeigen. Sobald du dich frischgemacht hast, werden wir einen Bittgottesdienst für dich abhalten."

Rowan nickte zustimmend und folgte dem jungen Mann wieder aus dem Gebäude hinaus. Seitlich vom See kletterte Tosarin eine Leiter hinauf. Oben war eine einfache Holzhütte in die Äste gebaut. Die Fenster konnten mit einem Fensterladen verschlossen werden. Im Inneren brannte eine Räucherkerze in einem Messingbehälter und verströmte einen süßlich-herben Geruch. „Gegen die Insekten", erklärte Tosarin, der Rowans Blick bemerkt hatte. „Das Lager dort hinten in der Ecke ist für dich. Als Zwandirs Gast wirst du bei uns besonders geehrt und benutzt es allein."

Rowan fühlte sich unwohl, denn er wollte keine Sonderbehandlung. „Ich teile gern mein Lager mit anderen", erklärte er deshalb.

Tosarin zeigte auf die sieben weiteren Strohlager. „Wir sind momentan vierzehn Schüler. Wir sind alle

Novizen und studieren hier, um später anderen Heiligtümern vorzustehen."

„Lebst du schon lange hier?", fragte Rowan.

„Nein, erst seit einem Sommer. Ich hoffe, noch lange hier studieren zu dürfen. Auf der heiligen Insel leben die berühmtesten Lehrer und die bedeutendsten Schriften werden gehütet. Nirgends sonst kann ein Priester der Göttin Jaguar so viel lernen."

„Ihr seid alle Sumpfländer?", fragte Rowan.

Tosarin schüttelte den Kopf. „Nein, wir haben hier auch zahlreiche Schüler aus anderen Ländern. Viele kommen aus dem Magierreich. Es gab schon immer eine große Anzahl Magianer hier, aber seit dort Krieg herrscht und das Moorheiligtum nicht mehr sicher ist, pilgern alle angehenden Priester auf unsere Insel, um zu lernen. Aber auch von Llyllia, Cajan und sogar aus dem Ostreich haben wir ab und zu Schüler."

Schnell wusch Rowan sich mit Wasser aus einem Krug und zog ein frisches Gewand an, dann folgte er Tosarin zurück zum Palast. Charin saß mit gekreuzten Beinen und geschlossenen Augen vor dem Altar. Rowan blieb an der Tür stehen, um ihn nicht bei seiner Meditation zu stören. Bald nach ihm trafen seine Reisegefährten ein. Als der letzte den Saal betreten hatte, öffnete Charin die Augen, stand auf und winkte sie heran.

Mit erhobenen Armen rief er die Göttin an und bat um ihren Beistand für die neu hinzugekommenen Männer, für Rowans und Yogirns weitere Entwicklung und eine sichere Heimreise für Hanwur und Laribur. Ziemlich unerwartet für alle war entschieden worden, dass Yogirn auch auf der heiligen Insel bleiben und die Ausbildung mitmachen sollte. Charin winkte Rowan und Yogirn heran und ließ sie die Ölopfer vollziehen.

Rowan goss rotes Öl in die heilige Flamme auf dem Altar. Sofort verbreitete sich Rosenduft aus und rosa Rauch stieg steil empor.

Aus den Augenwinkeln sah Rowan, wie Charin zufrieden lächelte. Dann folgte Yogirn seinem Beispiel. Er goss blaues Öl in die Flamme, sogleich bereitete sich ein Wohlgeruch aus und hellblauer, fast weißer Rauch stieg auf.

'Die Göttin ist euch gnädig' las Rowan Hanwurs Gedanken.

Gemeinsam stimmten sie mehrere Bittgesänge an, bis Charin ihnen zunickte und mit den Worten entließ: „Ich freue mich, euch auf unserer Insel unterrichten zu dürfen."

An diesem Abend legte sich Rowan früh auf sein Lager, ohne noch einmal mit seinen Kameraden gesprochen zu haben, und schlief lange. Als er erwachte, stand die Sonne schon hoch am Himmel. Er wusch sich am Teich und schaute sich anschließend die Umgebung an.

Seine Kameraden aus Hilschand traf er auf der Wiese. Sie hatten am Wiesenrand in einer der Hütten genächtigt.

„Hast du schon etwas gegessen?", fragte Hanwur und als Rowan mit dem Kopf schüttelte, schickte er ihn in die letzte Hütte, wo zwei Novizen damit beschäftigt waren, Gemüse zu putzen und Fladenbrote zu backen.

„Ach, einer der Neuen", murmelte einer der beiden, als er Rowan erblickte.

„Entschuldigt, dass ich so lange geschlafen habe, aber die Reise war so anstrengend. Kann ich noch etwas zu essen haben?", bat Rowan. Sofort erhielt er ein Stück Brot und eine Schale mit Beeren.

„Vielen Dank!" Rowan trat wieder hinaus und setzte sich zu Hanwur und Yogirn.

„Ich bin sehr froh und dankbar, dass ich hierbleiben und lernen darf. Ich habe nicht erwartet, dass Zwandir mich für würdig hält und die Priester darum bittet", erklärte Yogirn freudestrahlend. „Morgen beginnt unser Unterricht zwei Stunden vor Sonnenaufgang hier auf der Wiese. Wir machen Körperübungen und meditieren. Später leiten uns erfahrene Priester in der Gedankenübertragung an."

Rowan nickte nur, da er gerade einen vollen Mund hatte. Der Lehrplan sprach ihn an. Bei der Gedankenübertragung brauchte er noch viel Übung und Körperertüchtigung konnte nie schaden.

„Schwimmen dürfen wir nicht, es gibt zu viele gefährliche Tiere. Außerdem müssen wir uns täglich mehrmals mit den Blättern der Sumpfpestpflanze einreiben, um kein Fieber zu bekommen. Die Pflanzen wachsen dort hinten." Yogirn wies mit der Hand in Richtung einer Hütte.

„Ihr dürft auch nicht allein paddeln. Die Strömung ist unberechenbar. Wer sich nicht auskennt, gerät leicht in Stromschnellen und kentert", warnte Laribur.

Rowan runzelte die Stirn. „Trotz der wilden Strömung gibt es gefährliche Wassertiere?"

Hanwur nickte. „Du hast recht, doch die Wasserschlangen und die fleischfressenden Fische stört das nicht. Wasserechsen sind hier sehr selten. Etwas weiter oberhalb der Insel gibt es eine kleinere Art, aber kurz bevor der Dschungel aufhört, verschwinden sie."

„Ich muss wirklich noch viel lernen", murmelte Rowan. Er hatte überhaupt keine Ahnung vom Sumpfland, obwohl er doch schon seit vielen Monaten hier lebte und vorher jeden, der das Sumpfland einmal besucht hatte, darüber ausgefragt hatte.

„Charin möchte, dass du heute Abend beim Gottesdienst singst", berichtete Hanwur und schaute Rowan prüfend an.

Rowan spürte, dass der Magier diese Bevorzugung ablehnte. Vielleicht, weil Rowan gerade erst auf der heiligen Insel angekommen war.

„Ich kenne eure Gottesdienste nicht", sagte er kleinlaut. Ihm war es nicht recht, gleich am ersten Tag eine solche Aufgabe zu erhalten und vermutlich damit den Neid anderer Novizen auf sich zu ziehen.

„Deswegen sollst du gleich zum Priesterpalast gehen, dort wird ein Priester dich unterrichten."

Rowan nickte wortlos und machte sich auf den Weg. In der Halle des Palasts waren zwei ältere Priester damit beschäftigt, den Altar auf die Veranda zu tragen, mit Blumen zu schmücken und Duftöle danebenzustellen. Erst als sie fertig waren, schauten sie zu Rowan. „Charin möchte, dass du heute Abend singst."

Rowan räusperte sich. „Hanwur hat davon berichtet. Aber ich kenne nur die Gottesdienste im Magierreich und auch nur einige der magianischen Gesänge."

Der ältere der beiden Priester, der sich Luchanin nannte und bestimmt so alt wie Bunduar war, ging mit Rowan ins Freie. An einer schattigen Stelle setzten sie sich auf eine Bank und Priester Luchanin erklärte Rowan den Ablauf des Gottesdienstes.

„An zwei Stellen singen weder Charin noch die Gemeinde, sondern ein Sänger. Du kennst die Lieder sicher." Der Priester sang mit brüchiger Stimme ein Lied. Rowan kannte es tatsächlich und stimmte mit ein. Bald sang er es allein, an sämtliche fünfzehn

Strophen erinnerte er sich, obwohl er es, seit seiner Kindheit nicht mehr gehört hatte.

„Sehr gut, deine Stimme ist hervorragend. König Matrin hat nicht übertrieben, als er dich lobte."

Rowan lief rot an. Es war ihm peinlich, so gerühmt zu werden. Außerdem hatte er recht leise gesungen, um keine Aufmerksamkeit zu erregen.

„Wer singt es denn sonst? Wird derjenige nicht enttäuscht sein, wenn ich seinen Platz einnehme?", fragte er. Er hatte schon zu oft neidische Angriffe erlebt und wollte nicht, dass sich jemand zurückgesetzt fühlte.

„Auch das gehört zur Ausbildung, ein guter Priester oder auch Magier muss mit Enttäuschungen fertigwerden." Dann forderte er Rowan auf, das Lied noch ein weiteres Mal zu singen. An einer Stelle verbesserte er Rowan. Rowan war sich sicher, das Lied so gelernt zu haben, aber gutwillig setzte er die Änderungen um. Anschließend sang Luchanin Rowan ein weiteres Lied vor. Es war auf Sumpfländisch und Rowan hatte es noch nie gehört. Bedauernd schüttelte er den Kopf, als der Priester geendet hatte.

„Ich kenne das Lied nicht und ich verstehe nur einen Teil des Textes, es ist ein ganz anderes Sumpfländisch, als ich in Hilschand gelernt habe."

Der alte Mann schmunzelte. „Kein Wunder, das Lied ist über tausend Jahre alt, diese Sprache wird nur noch von Priestern gesprochen."

Entsetzt schaute Rowan ihn an. „Sprechen auf der heiligen Insel alle diese Sprache?"

Luchanin lachte leise. „Unsere Priester lernen Altsumpfländisch, aber wir verwenden es nur selten. Doch wir brauchen es, weil viele der alten Gebete und Lieder in dieser Sprache verfasst sind."

Dann sang er Zeile für Zeile vor und Rowan wiederholte es. Nach jeder Strophe musste er sie allein wiederholen. Erst wenn er sie fehlerfrei konnte, folgte der nächste Teil. Schließlich beherrschte er alle zwanzig Strophen und hoffte, sie auch am Abend, wenn alle zuhören würden, tadellos zu singen.

„Jetzt kann ich zwar den Text, aber was bedeutet er?", fragte er zum Schluss.

Luchanin übersetzte ihm Strophe für Strophe. Es war ein alter Bittgesang, in dem die Priester innig um Verzeihung für ihre Fehler und Unzulänglichkeiten baten. Aber auch um göttlichen Beistand flehten in einer großen Gefahr, die alle Gläubigen der Göttin Jaguar vernichten konnte; um Unterstützung im Kampf gegen ihre Feinde und um Fürsprache bei den Geistern, die das Sumpfland bewohnten. Außerdem riefen sie um Beistand der Elfen und Feen an und um Hilfe von den Nachbarn, denn nur geeint, könnten sie den Gegner besiegen.

Rowan wurde ganz still, je länger Luchanin redete. Wie häufig hatte in der Geschichte der beiden Länder schon so große Gefahr gedroht? Ihm wurde klar, warum er das Lied nicht kannte. Als er das Magierreich verließ, war das drohende Unheil noch fern, da hatten sie das Lied noch nicht gesungen und in der Fremde wurden andere Weisen, teils auch andere Götter verehrt.

„Ich würde die Lieder gern noch kurz vor dem Gottesdienst wiederholen, damit ich bis dahin nicht alles vergessen habe." Luchanin versprach, sich mit ihm hinter dem Palast zu treffen und Rowan abzufragen.

Anschließend ging Rowan zu Yogirn, der in einer Gruppe junger Männer auf der Wiese bei einem

Priester saß, der sie unterrichtete. Rowan setzte sich ungefragt hinzu, doch er spürte sofort, dass es dem ziemlich jungen Lehrmeister unangenehm war, dass er zuhörte. Er schien noch unerfahren und unsicher zu sein und wollte sich bestimmt nicht vor einem Fremden blamieren. Deshalb schaute er ihn fragend an, doch der Mann nickte nur etwas gequält. Rowan unterdrückte ein Schmunzeln, sicher würde der Mann gerügt werden, wenn er Rowan abwies. Die Priester schienen darauf zu achten, dass sich keiner der ihren unangemessen verhielt, weil er sich übergangen oder überfordert fühlte.

Rowan versuchte, sich möglichst unauffällig zu verhalten. Er rutschte etwas zurück, sodass ein beleibter Llyllianer ihn verdeckte, und lauschte den Anweisungen, wie ein Gottesdienst ablief. Hilfreich waren die Hinweise, auf die Gläubigen zu achten und je nach Stimmungslage die Feier abzukürzen oder zu verlängern und bei Seuche oder Kriegen Bittgesänge einzufügen.

Als es Zeit wurde, die Lieder noch mal zu üben, erhob Rowan sich, um Luchanin hinter dem Palast zu treffen. Inzwischen war der Platz davor mit Blumen geschmückt worden. Rowan wurde nachdenklich. Es musste ein ganz besonderer Gottesdienst sein, da so viel Aufwand getrieben wurde.

Er musste etwas warten, bis Luchanin erschien. „Dann wollen wir gleich anfangen. Es gibt noch viel zu tun, deshalb bin ich etwas verspätet", entschuldigte sich der Priester.

Rowan fing mit gedämpfter Stimme mit dem ersten Lied an. Er sang problemlos alle Strophen, dann sammelte er sich einen Augenblick und begann mit dem zweiten. Mit halbgeschlossenen Augen wiederholte er das gesamte Lied.

Luchanin nickte. „Sehr gut, ich hatte es nicht anders erwartet. Du hast häufig genug vor vielen Zuhörern gesungen, das wird dir keine Schwierigkeiten machen."

Rowan war zwar anderer Meinung, denn noch nie hatte er ein gerade eben gelerntes Lied vor Fremden, noch dazu den höchsten Priestern ihres Glaubens, vorgetragen. Doch sicher war das eine Prüfung und er wollte sie unbedingt bestehen. Daher blieb er sitzen, als Luchanin wieder davoneilte, und versenkte sich. Er erinnerte sich an andere Gelegenheiten, bei denen er vor großen Gruppen unbekümmert gesungen hatte, bis er überzeugt war, alles gut vortragen zu können.

Als Rowan schließlich aufstand und auf den Platz vor dem Palast trat, war der schon voller Menschen. Rowan staunte – diese vielen Leute konnten sich niemals vorher auf der Insel aufgehalten haben. Tosarin trat auf ihn zu. „Du stehst seitlich vom Altar." Er führte Rowan zu einem Podest, das rechts von der Eingangstreppe stand.

„Da soll ich hinauf?", fragte Rowan ungläubig. Auch wenn es nur drei Stufen waren, wurde er vor allen erhoben. Als Tosarin nickte, schluckte Rowan. Er spürte den Blick von hunderten Anwesenden auf sich. Charin prüfte ihn wirklich hart, so empfand er es zumindest. Er war gerade erst angekommen, noch immer erschöpft von der Reise, und sollte vor so vielen Fremden Lieder singen, die er erst kurz zuvor gelernt hatte. Ihm war klar, dass Charin seine Eignung als zukünftiger Obermagier feststellen wollte. Doch er fühlte sich noch viel zu jung für solche wichtigen Aufgaben. Er dachte an das einsame Gebirgskloster, zu dem er Haiwa, die junge Heilerin aus dem Ostreich, in Sicherheit gebracht hatte. Das junge Mädchen lag ihm am Herzen. Sie war die einzige Freundin, die er damals retten konnte. Auch im Kloster hatte er zum Gottesdienst vor völlig Fremden gesungen. Doch die Nonnen waren ihm wohlgesonnen gewesen, während er hier die Ablehnung einiger Sumpfländer spürte. Nicht alle hatten den Krieg mit dem Magierreich vergessen. Andere wiederum neideten ihm die bevorzugte Behandlung. Schnell verbannte er seine Gedanken, um den Aufenthaltsort von Haiwa nicht zu verraten, denn die Erfahrungen der letzten Jahre hatten ihn Misstrauen gelehrt. Dann erinnerte er sich daran, bei verschiedenen Gelegenheiten bei Festmahlen gesungen zu haben. Aber damals diente das Singen nur der Unterhaltung. Während er hier an einem besonders feierlichen Gottesdienst mitwirken sollte.

Erst als Charin mit sieben weiteren Priestern aus der Halle trat und König Matrin ihm mit Zwandir, Xobin und dem Kronrat folgte, riss Rowan sich überrascht zusammen. Mit dem König und dessen Gefolge hatte er gar nicht gerechnet. Er richtete die Gedanken erst auf den Altar und als er sich etwas beruhigt hatte, auf Charin und die Handlung. Der Gottesdienst erinnerte ihn an das Thronjubiläum von König Wilhar. Der Ablauf war ähnlich, auch wenn diesmal ein ganz anderer Grund vorlag. Die Sumpfländer baten Göttin Jaguar um Frieden, um Hilfe bei der Vertreibung der Eindringlinge und um Unterstützung für das Magierreich und die benachbarten Länder.

Nach den Bittgebeten, den Wechselgesängen zwischen Charin und den Priestern und zwischen Charin und der Gemeinde, winkte der Hohepriester Rowan mit einer leichten Handbewegung. Der junge

Magier trat an die Kante des Podests und stimmte mit lauter, klarer Stimme das erste Lied an. Als er nach der fünfzehnten Strophe endete, lächelte Charin anerkennend und begann mit seiner Predigt. Anschließend nickte er Rowan wieder zu und der sang das zweite Lied. Mit jedem Abschnitt wurde er sicherer und spürte, wie die Gläubigen ihm gebannt lauschten. Es folgten die Opfergaben. Charin betete laut und bat um göttlichen Beistand, dann goss er die verschiedenen Öle in ein Holzkohlebecken und sofort stieg farbiger, duftender Rauch auf. Nur bei dem letzten Öl drückte ein Wind den Qualm hinab und die Menschen auf der Wiese begannen zu husten. Ein kalter Schauer erfasste Rowan. Die Göttin hatte das Opfer nicht angenommen! Ein schlimmes Zeichen. Sie würde ihre Hand nicht über ihre Anhänger halten.

Die Zuschauer jammerten, einige weinten sogar. Charin hob seine Hände, um Stille heischend, dann begann er mit lauter Stimme zu beten. Seine Begleiter stimmten in das Gebet ein, ebenso der König mit seinem Gefolge, auch Rowan schloss sich an und endlich beteten alle Anwesenden voller Inbrunst.

Dann gab Charin ein Zeichen und alle schwiegen. Mit einem Nicken forderte er Rowan erneut zum Singen auf und Rowan stimmte das sumpfländische Lied ein zweites Mal an. Er sang hingebungsvoller als beim ersten Mal. Er hatte noch nicht geendet, als Charin erneut Öle in die Glut goss. Diesmal stiegen alle Rauchsäulen steil in den Himmel. Erleichtert atmete Rowan auf.

Nach dem Gottesdienst standen die Menschen in Gruppen beisammen und flüsterten aufgeregt. Rowan hörte immer wieder: „Schlechtes Omen". – „Was droht uns bloß?" und ähnliche Bemerkungen. Er selbst war ebenso bedrückt. Auch wenn zum Schluss alle Opfergaben angenommen worden waren, noch nie hatte er es erlebt oder auch nur davon gehört, dass die Göttin ein Opfer nicht annahm. Er dachte an seinen Blick in die Glaskugel und an den Abschied von daheim. Der Oberpriester Garudin hatte ihm klar gesagt, dass sie sich nie wiedersehen würden. Seine Mutter Salawin war die letzten Tage vor seiner Abreise sehr niedergeschlagen gewesen, als ob sie gewusst hätte, dass es ein Abschied für immer wäre. Schon öfter war ihm der Verdacht gekommen, dass die Erwachsenen ihn damals in Sicherheit bringen wollten und gar nicht so sehr um seine Ausbildung besorgt gewesen waren. Immerhin war Bunduar einer der mächtigsten Magier in der ganzen bekannten Welt und sein einziger Enkel ein gefährliches Druckmittel gegen ihn.

Ziellos strich Rowan durch die Menge. „Rowan, König Matrin sucht dich", sprach ihn Roschur an.

„Du bist hier?", freute sich Rowan und umarmte den jungen Mann.

„Fast der gesamte Hofstaat ist hierhergekommen. Dieser Gottesdienst war sehr wichtig." Roschur sah sehr müde aus.

„Wie habt ihr es geschafft, so schnell und so unbemerkt herzukommen?", fragte Rowan neugierig.

Roschur lachte. „Du kennst doch unsere Kunst, Gedanken zu verschleiern. Diese Fahrt ist viel zu wichtig, und wir sind viel zu leicht angreifbar, daher mussten wir es geheim halten." Dann strich er sich müde über die Augen. „Wir sind Tag und Nacht gepaddelt, um rechtzeitig herzukommen."

„Wer verteidigt Hilschand im Notfall?", wollte Rowan wissen. Er war besorgt um die Sicherheit der Hauptstadt.

„Ein paar Getreue sind daheim geblieben." Sie liefen nebeneinander in Richtung des Palastes. Vor einer kleinen Hütte stand König Matrin und unterhielt sich mit einem gebeugten weißhaarigen Priester.

„Unser junger Sänger. Habe ich zu viel versprochen?", fragte Matrin den Alten.

Der lächelte und meinte mit brüchiger Stimme. „Er ist besser als der berühmte Gesangskünstler Schiwaan."

„Ein Mann mit erstaunlich vielen Talenten. Er ist ein genauso guter Schwertkämpfer und Bogenschütze und als Reiter soll er noch besser sein", lobte Matrin und Rowan lief vor Verlegenheit rot an.

„Er sollte lieber weiter Magie lernen, das ist viel wichtiger", erklärte der Alte und sah Rowan durchdringend an.

Rowan fing den Blick auf und hielt ihm stand. Was wusste der alte Mann, hatte er in die Zukunft geschaut?

„König Wilhar wollte immer, dass auch ich eine Ausbildung als Ritter erhalte. Er meinte, vielleicht wäre es einmal nützlich", erklärte er schließlich leise.

Der alte Mann lächelte milde. „Könige sorgen sich ständig. Und möchten, dass die Berater ihres Thronerben noch besser sind als die eigenen."

Matrin lachte schallend. „Dann sollte ich Rowan im Sumpfland behalten, einen geeigneteren Nachfolger für Zwandir zu finden, wird schwierig werden."

„Damit wird König Wilhar überhaupt nicht einverstanden sein", meinte Rowan. Matrin klopfte ihm auf die Schulter. „Du solltest öfter die Zuhörer erfreuen. Deine Urgroßmutter hat dir eine besonders schöne Stimme vererbt."

Dann fragte der König den greisen Priester, was Rowan am dringendsten lernen sollte.

„Es ist wichtig, dass er die alten Bücher studiert. Dort wird er viele Antworten finden." Nach diesen Worten drehte sich der Alte um und schlurfte in die Hütte zurück.

„Priester Dranir erscheint nur noch selten unter Leuten, es ist ihm zu anstrengend. Daher ist es eine besondere Ehre, dass er mit uns gesprochen hat", erklärte Matrin.

„Priester Dranir? Das war doch der Hohepriester des Magierreichs, bevor sein Schüler Garudin das Amt übertragen bekam", entfuhr es Rowan ehrfürchtig.

Matrin nickte. „Er hat sich auf die heilige Insel zurückgezogen und noch einige Jahre unterrichtet, aber auch das ist ihm irgendwann zu anstrengend geworden."

„Ich dachte, Hohepriester füllen das Amt aus, bis sie sterben", erklärte Rowan überrascht. Er hatte angenommen, dass der hochverehrte Priester Dranir längst gestorben war. Von ihm war immer nur in der Vergangenheit gesprochen worden.

„Normalerweise ist es so, aber Dranir war schon damals sehr, sehr alt. Er gilt als ältester Mensch der bekannten Welt."

9.

Voller Eifer stürzte sich Rowan in den nächsten Wochen auf den Unterricht. Die Priester auf der Insel scharten alle eine Schülergruppe um sich. Die einen lehrten die Gesänge, andere Gebete und Opferriten, wieder andere Gedankenübertragung und Meditation.

Von weitem beobachtete Rowan eine Gruppe magianischer Priester, angeführt von dem jungen Sabastin, die von den bedeutendsten Priestern unterrichtet wurden, aber ihrerseits auch schon Schüler lehrten. Er hörte die anderen bewundernd über ihn sprechen. „Sabastin ist besonders befähigt. Er ist weise und lernt sehr schnell. Garudin soll ihn als seinen Nachfolger auserwählt haben", flüsterte Tosarin ihm zu, als er bemerkte, dass Rowan zu den Magianern schaute.

Rowan lernte bei Luchanin, seine Gedanken vollständig zu verbergen, sodass selbst gute Magier sie nicht lesen konnten. Später folgten Stunden, in denen er übte, das abgeschirmte Bewusstsein anderer zu erkennen.

Einige seltene Male hatte er sogar Unterricht bei Dranir, eine besondere Gunst, die sonst nur Sabastin zuteilwurde. Er spürte, wie sein Ansehen bei den Novizen und jungen Priestern dadurch wuchs.

Dranir berichtet von früher, von gefährlichen Kämpfen gegen Eindringlinge und Seuchen. „Studiere die alten Bücher, in ihnen findest du auf fast alles Antworten", legte er Rowan bei jedem Besuch ans Herz. Er erzählte vom jungen Bunduar, von Hinduar und Garudin. Ab und zu übte er, wie man mit Gedanken magiebegabte Lebewesen gegen ihren Willen beeinflussen konnte. „Nur sehr wenige beherrschen diese Kunst. Sie ist gefährlich und darf nur in Notsituationen angewendet werden."

Rowan dachte natürlich gleich an den Angriff der Echsenkrieger auf Hilschand. Und auch an die wenigen Gegebenheiten, in denen er selbst seine eigenen bescheidenen Fähigkeiten angewandt hatte. Schon im Ostreich hatte er einen Eid geleistet, diese Fähigkeiten nicht zu missbrauchen.

„Du hast recht. Wir hätten die Überfälle auf Hilschand vielleicht anders abwehren können. Da aber das Magierreich so sehr bedroht wird, erschien es Zwandir nötig, die Angreifer schnell und endgültig zurückzuschlagen", erklärte Dranir.

„Steht es um meine Heimat so schlecht?", fragte Rowan bedrückt.

Dranir schwieg eine Weile, schließlich sagte er zögernd: „Es wird eine Entscheidungsschlacht geben. Wenn wir nicht alle helfen, deine Heimat zu verteidigen, wird es das Magierreich bald nicht mehr geben." Nach einer kleinen Pause fuhr er fort: „Auch die Nachbarreiche werden dann fallen, sogar das Sumpfland."

„Und warum darf ich dabei nicht helfen?", fragte Rowan verbittert.

„Deine Zeit wird kommen, früher als du es dir jetzt vorstellen kannst", sagte Dranir. Dann sank er erschöpft auf sein Lager und schloss die Augen. Leise entfernte sich Rowan.

Im Palast gab es eine umfangreiche Bibliothek, in der Rowan in jeder freien Stunde saß und las. Dabei stieß er in uralten Schriften, die er kaum entziffern konnte, auf Warnungen vor Drachen und Echsenkriegern. Leider fand er in den Werken keine Angaben über einen Überfall der Fremden oder gar Hinweise darauf, wie die südlichen Länder sich damals gewehrt hatten, dabei studierte er die Seiten mehrmals gründlich. Wieder einmal ärgerte er sich, als Kind nicht fleißig genug gewesen zu sein und alle Bücher auf Wanroe gelesen zu haben. Sicher würden sie ihm jetzt helfen. Dann allerdings überlegte er, dass Bunduar bestimmt sämtliche magianische Schriften kannte und trotzdem kein Mittel gegen die Macht die Echsenwesen gefunden hatte.

*

Eines Tages spürte Rowan im Unterricht eine Bedrohung. Vor seinem inneren Auge sah er, wie der alte Pferdeknecht Karduar, der seinen Freunden und ihm als Kinder das Reiten und den Umgang mit Pferden beigebracht hatte, und andere Knechte unweit Burg Wanroe von mehreren Echsenkriegern angegriffen und verletzt wurden. Die Angreifer machten sich einen Spaß daraus, die Männer nicht sofort zu töten, sondern ihnen immer neue Wunden beizubringen. Rowan brach der Schweiß aus und er atmete hastig. Mitgenommen sackte er zusammen. Er konnte seine Gefühle und Gedanken nicht unterdrücken, weil seine Empfindungen so bedrückend waren und starke Schmerzen verursachten. Trotzdem versuchte er mit einer großen Kraftanstrengung, sich zu beherrschen und nicht mit allen Mittel einzugreifen. Endlich sank er in Ohnmacht.

Rowan erwachte in Dranirs Hütte. „Du hättest uns alle in Gefahr gebracht, wenn du dich eingemischt hättest", sagte Dranir leise.

„Ich habe mich schuldig gemacht, weil ich nur zugesehen habe, wie meine Freunde gefoltert wurden." Rowan traten Tränen in die Augen. Er schämte sich seinen Kameraden gegenüber, fühlte sich als Verräter.

„Du hast richtig gehandelt. Das ist die Aufgabe, die du bei uns lernst. Du darfst dich und andere mit deiner Begabung nicht in Gefahr bringen, auch nicht, um Menschen beizustehen. Du hättest die Qual der Männer verkürzen, sie aber nicht retten können. Doch

148

durch dein Eingreifen hätten die Krieger sofort gewusst, wo sich die heilige Insel befindet und sich auf die Suche begeben. Damit hättest du uns alle in Gefahr gebracht! Bisher ahnen sie nichts davon. Hier wird die sumpfländische und magianische Magie und das Jahrtausende alte Wissen der Priester bewahrt und weitergegeben. Wenn die Insel und ihre Bewohner vernichtet werden, wird unsere gesamte Kultur ausgemerzt. Nichts wird dann von uns übrigbleiben."

Rowan nickte tränenüberströmt. Ihm war klar, dass auch seine Mutter und sein Großvater bald sterben würden und er ihnen nicht helfen konnte. Er fühlte sich so ohnmächtig.

„Dann lasst mich ins Magierreich ziehen und dort an Wilhars Seite kämpfen", drängte er wieder einmal.

Dranir schüttelte den Kopf. „Schon zu deiner Geburt war dein Weg vorgezeichnet. Ottgar, Mardok und du werdet das Magierreich wieder aufbauen. Das geht aber nur, wenn ihr die Angriffe überlebt."

Erschöpft schwieg Dranir, bevor er nach einer längeren Pause fortfuhr: „Es ist Zeit für deine Prüfung. Du wirst auf eine kleine einsame Insel gebracht werden. Dort kannst du dein Studium der Bücher fortsetzen, bis deine Zeit gekommen ist."

Rowan schluckte. Er war doch noch nicht so weit, die große Magierprüfung zu bestehen. Bei den Priestern konnte er noch so viel lernen! Aber er sagte nichts. Zumal auch Charin kurz darauf die Entscheidung Dranirs befürwortete.

Schon eine Stunde später ruderte Laribur und Tosarin mit ihm durch das Gewirr der kleinen Flussinseln. Mitten zwischen den hohen Dschungelbäumen steuerten sie eine winzige Insel an. Dort befand sich versteckt unter Zweigen eine kleine

Baumhütte. Als Tosarin leise den Ruf der Sumpfkröte nachahmte, wurde ein Seil herabgelassen, an dem Rowan hinaufklettern sollte.

Oben erwartete ihn ein hagerer Mann mit einem strengen Gesicht, langen wirren Haaren und Bart. „So, so, du bist also Dranirs Sorgenkind und ich soll jetzt auf dich aufpassen", knurrte er zur Begrüßung.

Rowan besann sich auf seine gute Erziehung. Er versuchte, den strengen Körpergeruch des Gastgebers zu verdrängen, verbeugte sich und grüßte höflich.

Ein leises Quaken ließ sie hinabblicken. Laribur hatte seinen Reisesack an das Seil gebunden und Rowan zog ihn hinauf. Mit einem letzten grüßenden Winken entfernten sich seine beiden Gefährten und er blieb bei diesem seltsamen Einsiedler zurück.

Boranin, so stellte er sich vor, war sehr mundfaul und insgesamt wenig freundlich. Rowan bekam selten eine Antwort auf Fragen. Also musste er seinen Gastgeber beobachten, um zu sehen, woher er die für den Alltag notwendigsten Dinge erhielt. Wasser schöpfte er aus dem Fluss, filterte es durch Blätter, die auf einem der Nachbarbäume wuchsen. Anschließend kochte er es ab. Dazu hatte er eine kleine Feuerstelle, die mit Lehm verkleidet war. Auf das Feuer achtete er immer sorgfältig. Nahrung sammelte er in der Umgebung und erhielt ab und zu auch Spenden, die gläubige Fischer und Bauern vorbeibrachten. Da er kein Boot besaß, schwang er sich mit Seilen von Baum zu Baum. Rowan übte ein paar Tage sehr vorsichtig, bis er diese Kunst beherrschte und über immer größere Strecken hinwegschwang.

Nach einiger Zeit forderte er Rowan auf, sich einige Bäume weiter eine eigene Hütte zu bauen. Nach ein paar Tagen glich Rowans Behausung eher einem Nest, aber er hatte die Hoffnung, nicht allzu lange bleiben zu müssen. In dieser Einsamkeit hatte er genug Zeit, sich in Meditation, Gedankenlesen und das Abschirmen seiner Gedanken zu üben. Allerdings waren diese Übungen einseitig, da Boranin selbst seinen Geist völlig abschirmte und Rowan auch nicht anleitete. Trotzdem erinnerte sich Rowan an alle Anweisungen der vergangenen Wochen und verinnerlichte sie. Wenn es hell war, las er in den zwei Chroniken, die Dranir ihm mitgegeben hatte. Bald konnte er die wichtigen Stellen, die von den Drachen und Echsenkriegern und von der Bekämpfung einer Seuche handelte, auswendig.

*

Eines frühen Morgens wurde Rowan aus seiner Übung gerissen. Mit Herzklopfen sah er durch die Augen seiner Mutter, wie ein großes Heer aus nördlichen und südlichen Echsenkriegern, begleitet von vielen Drachen, gleichzeitig Burg Wanroe und das Moorheiligtum angriffen. Er spürte eine mächtige Kraft, gewaltiger, als er sie jemals bei einem Magier gefühlt hatte. Machtvoller auch als bei den großen Naturgeistern, wie dem grimmigen Moorgeist in Llyllia. Diese Macht drückte seine Brust zusammen, sodass er kaum atmen konnte. Trotzdem spürte er, wie eine andere Energie sich gegen diese grausame Gewalt stemmte, er gewahrte gebündelte Kräfte aus dem Sumpfland, aber auch aus dem Magierreich und aus weiter Ferne. Gemeinsam suchten sie nach einem Schwachpunkt bei den Angreifern, konnten ihn aber nicht finden.

Mit klopfendem Herzen beobachtete er verzweifelt seine Mutter Salawin, die in der Nacht schon in die Nähe von Wanroe gewandert war und sich jetzt an der heiligen Heidequelle befand. Sie rief den Quellgeist zu Hilfe, dann die Elfen, Wind und Regen sowie weitere Naturgeister.

Schon bald begann es zu stürmen und zu gewittern. Gewaltige Wassermassen stürzten auf die Erde nieder und machten ein Vorwärtsdringen der Angreifer schwierig. Die Drachen konnten durch den Regen nicht mehr fliegen und suchten Schutz unter Bäumen oder flogen zurück. Viele stürzten ab und starben beim Aufprall auf dem Boden.

Einen Augenblick später erkannte er Bunduar, der auf Burg Wanroe König Wilhar drängte, die Königsburg aufzugeben und in den Süden zu flüchten. Rowan war erstaunt, hatte er nicht gehört, dass Wilhar schon längst in den Süden geflüchtet war? Da las er Wilhars wütende Gedanken – dieser war, nachdem die Sumpfländer die Angreifer zurückgeschlagen hatten, wieder in seine Residenz zurückgekehrt. Er hatte erneut Getreue um sich geschart. Doch diese bestanden hauptsächlich aus kampfunerfahrenen Bauern. Trotzdem wollte er auf keinen Fall ein weiteres Mal weichen.

Der alte Ritter Quirlan bot sich an, einen Ausfall zu wagen, um die Angreifer abzulenken. Mit wenigen Kämpfern und den letzten Pferden ritt er im Sturm zur Burg hinaus, um seinen König zu retten.

Ritter Rolin dagegen versprach, die Burg so lange wie möglich zu halten, wenn Wilhar und Bunduar sich in Sicherheit brächten. Endlich gab Wilhar dem Drängen nach, ließ sich von Peruan und Bunduar durch das versteckte Nottor ins Freie führen und Richtung Sumpfland fliehen.

Der Ausfall brachte kaum Zeit, Quirlan besaß zu wenig Krieger, um die Feinde wirkungsvoll anzugreifen. Doch die von Salawin zu Hilfe gerufenen Elfen halfen Bunduar. Sie bildeten eine Schutztruppe um die drei wichtigen Personen und verteidigten sie gegen einzelne versprengte Echsenkrieger auf ihrem Weg.

Bald darauf fiel Burg Wanroe. Die Verteidiger kämpften bis zum letzten Atemzug, selbst die Köche und Mägde verteidigten sich mit Küchenmessern, Bratenspießen und Pfannen, während die Burg schon brannte.

Gleich darauf erblickte Rowan vor seinem inneren Auge das heilige Moor. Einige Feinde fanden den Damm durch das Moor und drangen ins Moorheiligtum vor. Garudin stand am Altar und sah den Kriegern betend und singend entgegen, während die drei Priester, die noch auf der Insel weilten, auf seine Anweisung hin einen Weg durch das Moor suchten, um sich in Sicherheit zu bringen. Die Echsenkrieger, die ihnen folgten, gingen elendiglich im Moor unter. Auch viele Eindringlinge auf dem Damm verirrten sich und versanken. Doch immer neue Krieger strömten über den Knüppeldamm und schossen Pfeile auf Garudin ab. Obwohl der Oberpriester mehrfach getroffen wurde, blieb er aufrecht mit der Jaguarstatue in der Hand stehen und verfluchte die Gegner. Nur wenige Echsenkrieger erreichten die Insel. Der vorderste schlug, einen lauten Kriegsruf ausstoßend, mit seiner Streitaxt auf den Oberpriester ein. Blutüberströmt sank Garudin zu Boden, in der Hand noch immer die Göttinnenstatue.

Rowan wurde übel, trotzdem behielt er seine Gedanken und Gefühle für sich. Die Göttin verließ Garudin nicht, wie Rowan zuerst gedacht hatte, denn sein Mörder fiel tot von seinem Reittier, ohne dass jemand eine Hand gegen ihn erhoben hatte. Zwei weitere Echsenmänner schlugen mit ihren Äxten auf den Altar ein. Da traf sie ein Blitz und sie brachen leblos zusammen. Die nachfolgenden Angreifer traten schreiend und hastig den Rückweg an. Doch der Boden versank unter den Hufen ihrer Reittiere und das Moor verschlang sie.

Rowan war schweißbedeckt. Er zitterte am ganzen Körper. Es war unglaublich, was er gesehen hatte. Dabei wusste er nicht einmal, wer ihm diese Eindrücke gesandt hatte. Doch er hatte es geschafft und seine Gedanken und Gefühle verschlossen. Die anstrengenden Übungen bei Zwandir, Luchanin und Dranir hatten sich bewährt.

10.

In der folgenden Zeit kämpfte Rowan mit seiner Selbstbeherrschung. Er benötigte seine ganze Kraft und das neuerworbene Können, um die schrecklichen Vorkommnisse, die er gesehen hatte, zu verdrängen. Es half ihm, dass Boranin sein Verhalten änderte. Rowan spürte, dass der Einsiedler seine qualvolle Selbstbeherrschung anerkannte. Am frühen Morgen grüßte Boranin Rowan freundlich von seiner Baumhütte, besuchte ihn und gab ihm von seinen Vorräten ab. Anschließend betete er laut mit ihm. Außerdem half er Rowan bei den Konzentrations- und Gedankenübungen. Eines Tages lobte Boranin ihn sogar, weil sein Schüler seine Gedanken stark beeinflusst hatte.

„Wenn ich nicht so geübt wäre, wäre ich jetzt wirklich den Baum hinuntergeklettert. Was hättest du dann gemacht? Gewartet, bis Fische oder Schlangen mich gefressen hätten?"

Rowan lachte. „Ich wäre in Versuchung gewesen. Wenn es geklappt hätte, hätte ich es schnell aufgelöst. Ich habe nämlich keine Lust, hier ins Wasser zu springen, um Euch zu retten."

Boranin brachte ihm uralte Lieder und Bittgebete bei, darunter ein Lied, das sich auf Drachen bezog. Leider wusste der Einsiedler nicht, wann es benutzt wurde und wozu es diente. Sicher enthielt der Text Andeutungen, die bei der Weitergabe während vieler Generationen verloren gegangen waren.

Rowan erzählte ihm von den anderen Drachenliedern, die aber nicht immer halfen. Auch lernte er weitere essbare Pflanzen und Heilkräuter kennen. Leider wuchsen sie nur in dieser Gegend.

Seit Rowan die schrecklichen Bilder der Eroberung von Wanroe gesehen hatte, musste er hin und wieder an die geisteskranke Königin Narfin, Ottgars Mutter, denken, die versucht hatte, ihn umzubringen. Sein Elfenfreund Sirii hatte ihn damals gerettet. Eines Abends fragte er Boranin nach ihr. „Wisst Ihr, wo Königin Narfin sich aufhält?"

Boranin schaute ihn ernst an. „Habt ihr, Prinz Ottgar und du, es nicht erfahren? Die Königin hat sich vor Jahren von der Burgmauer hinabgestürzt. Dabei hat sie ihre alte Hofdame mitgerissen, die sie noch aufhalten wollte."

„Narian?", fragte Rowan entsetzt, die alte Dienerin war der Königin treu ergeben gewesen und hatte Mutterstelle am Kronprinzen vertreten, da seine Mutter dazu nicht imstande gewesen war. „Aber die Königin hatte doch ihren eigenen abgeschlossenen Palast innerhalb der Burgmauern bewohnt."

„Sie war ihren Bewachern entkommen. Wahrscheinlich wollte König Wilhar euch nicht belasten und hat es euch deshalb nicht mitgeteilt. Prinz Ottgar und du weiltet gerade im Ostreich."

„Gerüchte reisen schnell und am Hofe König Kustins hätte wohl niemand auf unser Befinden Rücksicht genommen." Rowan runzelte die Stirn. „König Wilhar wollte sicher keinen Streit mit Narfins Bruder, dem König des Ostreichs. Wilhar muss es deshalb verheimlicht haben." Prüfend schaute er Boranin an.

„Ich habe es erst von Bunduar erfahren, kurz bevor du das Sumpfland aufsuchtest."

*

„Rowan, wach auf, König Matrin braucht dich!", rief jemand mitten in der Nacht. Benommen, weil er aus dem Tiefschlaf gerissen wurde, lauschte Rowan der Stimme. „Rowan, hier ist Roschur, ich soll dich zum König bringen!"

Rowan streckte sich, bevor er aufstand, zu Boranin hinüberschwang und das Seil hinunterließ. Roschur turnte elegant hinauf. Er grüßte Boranin und Rowan, dann berichtete er: „Die Echsenarmee steht an der Grenze zum Sumpfland. König Matrin hebt das sumpfländische Heer aus, unsere Vorhut überwacht schon längst neben den üblichen Wachen den Weg."

Während er berichtete, packte Rowan seine Sachen zusammen. Roschur schnappte sich sofort Rowans Sack und warf ihn hinunter. Unter fing ein zweiter Mann ihn auf.

Rowan umarmte Boranin. „Herzlichen Dank für den Unterricht. Pass gut auf dich auf. Ich habe schon viel zu viele Lehrer und Freunde verloren."

Boranin klopfte Rowan ermutigend auf die Schulter. „Du hast eine große Aufgabe vor dir, aber inzwischen bist du ihr gewachsen." Dann schaute er Rowan ernst in die Augen. „Deine Bestimmung ist nicht, mit dem Schwert in der Hand zu kämpfen, sondern deinen hellen Kopf zu benutzen. Deine Magierprüfung hast du längst bestanden. Leider kann es für dich jetzt keine Feier geben."

Rowan nickte und versprach, vorsichtig zu sein und sein erlerntes Wissen gut anzuwenden.

Mit schlafwandlerischer Sicherheit fanden Roschur und ein junger Page, der ihn begleitete, den Weg durch die Wildnis. Sie steuerten nach Süden. Es dämmerte schon, als sie den Dschungel hinter sich ließen und an Feldern und Weiden vorbeifuhren. An einer Anlegestelle hielten sie, stiegen aus dem Boot und banden es fest. Rowan griff sich sein Bündel und folgte Roschur. Nach wenigen Schritten tauchte eine Ringburg vor ihnen auf.

„Roschand, unsere alte südöstliche Hauptstadt", erklärte Roschur und betrat ein großes Holzhaus. Rowan folgte ihm.

„Na, da ist ja unser junger Magier", begrüßte Matrin ihn und klopfte Rowan freundschaftlich auf die Schulter „Es tut uns leid um Hohepriester Garudin und deine Freunde, wir haben versucht, sie geistig zu unterstützen, aber unsere vereinten Kräfte haben nicht ausgereicht."

Rowan schluckte und nickte mit Tränen in den Augen.

„Jetzt brauchen wir dich. Setz dich, dann erfährst du Näheres." Er wies auf einen Schemel neben Zwandir. Dieser begrüßte Rowan mit einer Umarmung und äußerte sein Beileid durch seine Gedanken.

Anschließend sagte er laut: „Du hast unsere Hoffnung erfüllt und deine Meisterprüfung unter großen Schmerzen bestanden. Mitzuerleben, wie Burg Wanroe fiel und deine Freunde grausam getötet wurden, ohne es mit der Kraft deiner Gedanken zu verhindern, war eine große Herausforderung. Leider haben wir keine Zeit, dich richtig zu würdigen oder auch nur der Toten angemessen zu gedenken."

Einen Augenblick schwiegen alle bedrückt. Schließlich erhob sich Charin, umarmte Rowan im Geiste und begann für die gestorbenen Freunde zu beten.

Als er geendet hatte, räusperte sich Matrin und erklärte endlich seine Planung. „Wir haben an alle Wege, die ins Sumpfland führen, Krieger geschickt, die unsere Wachen verstärken. Hilschand, Roschand und Normoo werden im Notfall von kleinen Gruppen, angeführt von älteren Rittern, verteidigt. Sie liegen so günstig, dass sie zum Glück nicht unmittelbar in Gefahr sind.

Wir Übrigen werden uns in drei Gruppen teilen: eine wird am Flussufer, die zweite über den Urwaldpfad im Nordosten und die dritte über den Pfad hier im Südosten ins Magierreich eindringen und die Echsenkrieger aus dem Hinterhalt angreifen. Dann werden wir uns sofort wieder zurückziehen."

Einige Männer murrten.

„Ich weiß, es entspricht keinerlei ritterlichen Tugenden. Ihr möchtet offen kämpfen, doch unsere Gegner halten sich nicht an die Kriegsgesetze. Entweder wir streiten wie sie oder unsere Reiche gehen unter. Ihr habt es selbst gesehen, wie sie mit den Besiegten umgehen. Sie kennen keinen Anstand, keine

Gnade, auch nicht mit dem einfachen Volk, das wir beschützen müssen."

Er setzte sich und Zwandir stand auf. „Nicht einmal der mächtige Bunduar hat es geschafft, sie mit Magie und Unterstützung der Elfen und Geister zu besiegen. Sie werden von einer gewaltigen Kraft im hohen Norden gelenkt. Von dort kommen auch immer weitere Kämpfer. Es scheint, dass für jeden gefallenen Krieger drei neue auftauchen. Ich werde König Matrin begleiten, ihn beraten und mit meinen Fähigkeiten unterstützen. Der junge Rowan wird mit uns reiten. Jede Gruppe wird von einem alten, erfahrenen Magier und seinen Schülern begleitet. Die meisten Magier werden aber im Sumpfland bleiben und uns von hier unterstützen."

Dann erhob sich der Hohepriester Charin. „Bevor ihr aufbrecht, werde ich noch einen Bittgottesdienst am heiligen Stein abhalten."

Er schritt durch die Menge, die ihm schweigend folgte. Es ging über eine Wiese und am Rande eines Ultushains lag ein riesiger Stein. Solch große Felsen hatte Rowan bisher nur im Gebirge gesehen. Wie mochte er hierhergekommen sein?

Charin stand vor dem Stein, legte seine Hände auf ihn und führte Zwiegespräche mit den Geistern der Felsen, der Bäume, der Erde, des Wassers und des Wetters. Erst nach einer geraumen Weile drehte er sich um, erhob seine Arme und flehte die Göttin um Beistand an. Er bat um die Sicherheit des Sumpflandes und seiner Bewohner, um die gesunde Rückkehr der Krieger, aber auch darum, dass die Kämpfer nicht so grausam wie die Gegner und gar verroht zurückkehren würden. Dann sang er alte sumpfländische Bittgesänge, und auf seinen Wink mit der gedanklichen Aufforderung zu singen, trat Rowan zwei Schritte vor und stimmte einen alten magianischen Bittgesang an. Die Männer hinter ihm sangen mit, doch er sang laut und klar und seine Stimme hob sich deutlich von den übrigen ab. Es folgte ein Wechselgesang zwischen Charin und der Versammlung und ein gemeinsam gesprochenes Gebet. Anschließend opferte Charin kostbare Harze, die er in eine Opferschale gab. Stark qualmend glühte das Harz zuerst, sodass die Umstehenden husten mussten, doch schließlich brannten die Opfergaben lichterloh mit einer dunkelroten Flamme und hellroter Rauch stieg steil zum Himmel auf. Das ließ die Männer in Jubelrufe ausbrechen.

Noch bevor sich die Menge zerstreute, trat Laribur auf Rowan zu. „Komm bitte, ich habe deine Ausrüstung." Rowan folgte ihm, bei einem Stall standen mehrere gesattelte Pferde. „Wir haben nie gesehen, wie du reitest, aber Gerüchten nach sollst du es hervorragend können. Matrin leiht dir deshalb seinen Wallach Morgus", er wies auf einen Rappen.

„Ich werde ihn gut behandeln", versprach Rowan. Traurig erinnerte er sich an Scharus, seinen alten Kameraden. Ein Sumpfpferd wie Morgus, das Peruan ihm vor vielen Jahren anvertraut hatte. Das treue Pferd mit seinen übersinnlichen Fähigkeiten hatte Rowan aus mancher Gefahr gerettet.

„Komm", forderte Laribur Rowan auf und riss ihn aus seinen Gedanken. „Matrin stellt dir auch Waffen und eine Rüstung."

„Ich dachte, ich soll nicht kämpfen?", wunderte sich Rowan.

„Wir müssen alle gut bewaffnet und für alles gerüstet sein", erklärte Laribur. „Ich soll an deiner

Seite reiten, denn Roschur führt eine Gruppe auf einem Damm an."

Rowan nickte. Sicher war Laribur ähnlich gut geschult und kannte sich im Sumpfland hervorragend aus.

Im Stall lagen Schwert, Schild, Lanze, Helm und Kettenhemd für ihn bereit. „Matrin meinte, du wärst flink, eine schwere Rüstung würde dich eher behindern als schützen. Ebenso fand er eine Streitaxt ungeeignet."

Rowan nickte. „Ich bin kein guter Axtkämpfer."

Laribur lachte laut, dann nahm er einen Bogen und einen Köcher von der Wand. „Ich helfe dir beim Ankleiden." Geschickt half er Rowan, das Kettenhemd anzuziehen und den Helm aufzusetzen. Dann rüstete er sich ebenfalls, gürtete das Schwert, hängte sich die Streitaxt in den Gürtel, nahm Schild und Lanze auf. Anschließend holten sie sich die Pferde. Laribur ritt eine braune Stute, die eigentlich für ein Schlachtross etwas zu klein war. „Sie ist schnell und ausdauernd und da ich nur leicht gerüstet reite, ist sie ideal."

Rowan trat zu dem Wallach mit den dunkelgrünen Augen der Sumpflandpferde, begrüßte ihn mit leiser Stimme und strich ihm über den Hals, bevor er aufstieg. „Wir werden sicher gute Freunde", murmelte er und sang kaum vernehmlich ein Pferdelied. Dann folgte er Laribur zu der königlichen Kolonne.

Stundenlang führte König Matrin seine Begleiter nach Südosten. Rowan unterdrückte seine Ungeduld. Wenn sie die Richtung beibehielten, würden sie ins Südreich gelangen. Von dort gab es keinen bekannten Weg ins Magierreich. Denn vor den steilen Felswänden, die das Südreich nach Norden abgrenzte und die niemand überwinden konnte, lag die große magianische Wüste. Sein Großvater und König Wilhar brauchten dringend Hilfe, doch sie mussten sich weiter im Norden befinden. Er benötigte die gesamte Kunst der Selbstüberwindung, die er bei Zwandir und auf der heiligen Insel gelernt hatte, um sich zu beherrschen und nicht davonzustürmen.

Gegen Mittag erreichten sie ein Moor. Die Vorhut erwartete sie dort. König Matrin besprach sich mit ihnen, dann hob er seine Hand und wartete, bis alle verstummten. „Ab jetzt wird es gefährlich. Hinter dem großen Südmoor befindet sich eine Echsentruppe, die wollen wir umgehen. Wir sind in der Unterzahl und können sie nicht offen angreifen. Aber wir werden versuchen, ihre Nachschublinie zu unterbrechen. Seid also leise und haltet im Moor ausreichend Abstand zum Vordermann!" Er nickte der Vorhut zu und die Männer setzten sich in Bewegung. Einer ritt hinter dem anderen, dabei hielten sie einen Abstand von drei Pferdelängen. Mit normalen Pferden wären sie niemals ohne Weiteres über den weichen Boden gekommen, aber die Sumpfpferde besaßen breitere Hufe und sanken daher nicht ein. Außerdem suchten die Tiere selbst die belastbaren Stellen aus, auf die sie treten konnten. Vorsichtig bewegte sich die Gruppe in nordöstlicher Richtung.

Am Ende des Moors befanden sie sich in einem Wald. Er sah anders aus als die Wälder, die Rowan bisher kennengelernt hatte, je weiter sie sich vom Moor entfernten, desto ausgedehnter standen die Bäume auseinander. Der Boden wurde trockener und am Waldrand wuchsen dichte Dornenbüsche. Dahinter lag die Steppe. Fast lautlos bewegten sie sich auf dem weichen Waldboden. Immer im Schutz der Büsche. Die Vorhut ritt voran und sicherte ihren Weg.

Plötzlich kam ein Mann zurückgaloppiert und flüsterte mit Matrin. Der König gab ein Zeichen zu halten und leise zu sein. Rowan fühlte sich plötzlich aufgefordert, zu ihm zu reiten. Er trieb Morgus zum König. Zwei andere junge Männer hielten neben ihm. Rowan kannte sie von seinen Waffenübungen im Burghof von Hilschand. Es waren die besten Bogenschützen. Matrin erklärte den drei Männern flüsternd, dass sie mit dem Boten reiten sollten. Bei einer flachen Erhebung sollten sie auf Bäume klettern und die dort vorbeikommenden Echsenkrieger erschießen.

Rowan folgte dem Mann der Vorhut. Sie ritten an den Büschen entlang, bis sie eine sandige Mulde außerhalb der Sichtweite der übrigen Gruppe erreichten. Dort saßen sie ab, ließen die Pferde, bewacht von dem Boten, weiden, stiegen den Hügel hinauf und kletterten auf zwei hohe Bäume. Rowan suchte sich einen aus, auf dessen unterster Astgabel er über einen kleineren Baum gelangen konnte. Etwas weiter oben fand er einen Ast, von dem er gut sehen und sich frei bewegen konnte, aber trotzdem vom Laub verdeckt war. Die Bogenschützen verbargen sich auf dem Nachbarbaum.

Er konnte keine Echsenkrieger sehen und blickte zu dem Boten, doch der nickte ihm aufmunternd zu. Er sollte wohl noch Geduld haben. Und wirklich. Nach einer gefühlten Ewigkeit erschien eine Gruppe von acht Nordmännern. Wie Rowan es schon vor Jahren erlebt hatte, unterhielten sie sich laut. Drei stritten sich und schlugen sogar mit Peitschen aufeinander ein. Ihre Reittiere waren größer als Pferde. Sie reagierten kaum auf die Zügel, schlugen unruhig aus und bissen sich, dabei zeigten sie ihr gefährliches Gebiss. Fast hätte eins seinen Reiter abgeworfen. Obwohl sie noch mehrere Schritte entfernt waren, konnte Rowan den Gestank der Tiere oder Krieger riechen. Leise nahm er einen Pfeil aus dem Köcher, legte ihn ein und spannte den Bogen.

„Nimm den vordersten Reiter", nahm er die Stimme des Bogenschützen gedanklich wahr. Er legte auf eine Fuge in dem Halspanzer an und auf ein „Jetzt" ließ er den Pfeil losschnellen. Ohne auf die Gegner zu achten, legte er schnell den nächsten Pfeil ein und schoss auf den vierten Reiter, dann auf den siebten. Innerhalb kürzester Zeit lagen alle Gegner tödlich getroffen auf dem Boden. Doch seine Gefährten erschossen auch die Reittiere, deshalb legte Rowan erneut einen Pfeil ein.

„Wir dürfen die Tiere nicht laufen lassen. Dann wissen die Anführer, dass ihren Kriegern etwas passiert ist", übermittelte ihm der Sprecher.

„Und wenn ihnen die Reittiere ausgehen, können sie sich nicht mehr so schnell bewegen", fügte der zweite hinzu.

Rowan nickte verstehend. „Was machen wir mit den Leichen?", fragte er.

„Liegen lassen", bekam er zur Antwort.

„Dann werden sie schnell gefunden."

„Wir haben keine Zeit, sie zu begraben", erklärte einer der Bogenschützen. Sein Kamerad lief zu den Getöteten und zog die Pfeile heraus.

Inzwischen war König Matrin mit den übrigen Kriegern herangeritten. „Gut gemacht!", lobte er, als er die Toten sah.

„Rowan möchte sie nicht so liegen lassen", berichtete der Schütze.

„Wir haben keine Zeit", meinte auch Matrin.

Rowan runzelte die Stirn. „Dann lassen wir es die wilden Tiere machen", murmelte er. „Reitet weiter, ich werde versuchen, Schakale und Hyänen anzulocken."

Die anderen entfernten sich und Rowan besann sich auf die Künste seines Kameraden Xanris, der mit den Tieren sprechen konnte.

Er setzte sich an den Waldrand, lehnte sich an einen dicken Baum und versenkte sich, dann sprach er zuerst mit dem Baumgeist und bedankte sich für seine Unterstützung bei der Bekämpfung der Feinde.

„Leider kann ich Bunduar und den seinen nicht besser helfen", erklärte der Baumgeist betrübt.

„Du hast mir geholfen. Weißt du, wo noch weitere Krieger sind?"

Der Baum dachte angestrengt nach, dann meinte er, an der kleinen Quelle am Waldrand würde eine größere Gruppe lagern. Rowan bedankte sich und fragte nach Hyänen und Schakalen.

„Die streifen durch die Steppe. Sie sind wie der Wind, ziehen mal hierhin und mal dorthin."

„Kannst du sie rufen? Sie sollen ein Festmahl abhalten."

Der Baum kicherte leise. „Ich werde sehen, was ich machen kann." Rowan bedankte sich. Dann öffnete er die Augen wieder. Vor seinen Füßen huschte eine kleine Maus.

„Maus, da hinten liegt etwas zu fressen, hast du Freunde, die Hunger haben?", fragte er.

Die Maus hielt inne und überlegte kurz. „Ich mag kein Fleisch, aber die kleinen Ameisen werden sich darum kümmern und meine Verwandten, die Ratten, sagen auch nicht nein, wenn sie etwas verschlingen können."

Rowan bedankte sich und wollte gerade sein Pferd besteigen, da entdeckte er auf dem Nachbarbaum einen Raben. „Lehnt ihr Aas ab?", fragte er.

„Ich habe schon meiner Familie Bescheid gesagt, die werden gleich kommen. Wenn wir Bunduar helfen können, machen wir es gern", erklärte er.

„Weißt du, wo noch mehr Krieger sind?", fragte Rowan.

„Ja, drei kleinere Gruppen reiten auf Burg Sauroe zu."

„Und nach Norden?"

Der Rabe überlegte kurz. „Nein, erst ganz weit im Norden sind Krieger, da sind ganz viele Krieger."

Rowan bedankte sich auch bei dem Vogel für die Hilfeleistung und der Rabe schwebte zu einem toten Reittier.

Rowan stand auf, bestieg sein Pferd und beeilte sich, seine Kameraden einzuholen. Als er an einer Stelle, an der der Waldsaum einen Bogen machte, zurückschaute, sah er, wie Waldlöwen, Hyänen und Schakale sich an den Leichen gütlich taten. Sie wurden von einem Schwarm Raben und Geier umlagert, die darauf warteten, etwas abzubekommen. Bald würde es keine Überreste mehr geben, wenn erst die Ameisen ihre Arbeit getan hatten.

Sobald er Matrin und seine Krieger eingeholt hatte, berichtete er dem König von den Feinden an der Quelle und den Gruppen, die zu Burg Sauroe unterwegs waren. Matrin nickte. „Von dem Lager der Gegner an der Quelle habe ich schon erfahren, wir erreichen sie heute Abend und werden versuchen, sie in der Nacht zu überfallen. Dann reiten wir zu Burg Sauroe; sie ist wichtig, da sie eine der wenigen Burgen des Magierreichs ist, die noch nicht gefallen ist."

„Mit einer kleinen Gruppe können sie die gutbefestigte Burg doch nicht einnehmen", meinte Laribur.

Rowan runzelte die Stirn. „So fing es damals bei der Belagerung der Felsenburg auch an. Überall tauchten kleine bewaffnete Gruppen auf und plötzlich erschien ein riesiges Heer vor der Burg und belagerte sie. Ohne Hilfe der Elfen hätte Vogt Loidin einen schweren Stand gehabt."

Sie ritten zügig weiter, es dämmerte bereits, als sie die Vorhut einholten. „In einer Stunde erreichen wir die Quelle. Wrotin ist weitergeritten und schaut sich dort um."

„Es sind neue Gruppen zu denen am Lager dazugestoßen. Inzwischen sind es viel mehr als wir."

Matrin nickte. „Wir müssen sie angreifen und uns dann wieder zurückziehen." Er überlegte eine Weile. „Am besten teilen wir uns, eine Gruppe unter Wrotin lockt sie in das Moor, wir Übrigen reiten nach Süden. Eine halbe Tagesreise weiter beginnt die südliche Wüste. Wir schlagen einen großen Bogen, verwischen unsere Spuren und stoßen im Süden wieder in den Wald.

„Und Burg Sauroe", warf Rowan besorgt ein.

„Wir können nur hoffen, dass die Feinde erst angreifen, wenn sie sich gesammelt haben und auf die hiesigen Krieger warten."

Sobald der Kundschafter zurückkam und berichtete, dass an der Quelle mehrere hundert Kämpfer eng gedrängt lagerten, gab Matrin Anweisungen. Er teilte die Gruppen ein, befahl den Bogenschützen, von sicheren Plätzen in den Bäumen die Krieger im Lager zu beschießen. Andere sollten sich leise an die Tiere schleichen und sie auseinandertreiben. Das Wirrwarr sollten die Übrigen ausnützen und ihre Speere auf die Feinde werfen.

Rowan versprach, Harze in das Feuer zu schießen, damit es hoch auflodernte, Funken sprühte und rauchte. Er hatte schon zwei geeignete Bäume entdeckt und trennte sich von den anderen, um das Harz zu gewinnen.

Vor den Bäumen setzte er sich hin, versenkte sich in sein Inneres. Sobald ein altes graubärtiges Gesicht auftauchte, sprach er den Geist höflich an. „Geehrter Baumgeist, das Magierreich ist in Gefahr. Hilfst du uns, die Feinde zu vertreiben?"

„Das sind die, die uns Bäume abholzen und Waldbrände verursachen?"

„Ja, sie schätzen die Natur nicht."

„Wie kann ich Bunduars Enkel helfen?"

Rowan musste innerlich lächeln. Die Bäume kannten ihn inzwischen, nannten ihn aber immer noch nicht beim Namen. „Ich benötige dein Harz, weil es im Feuer so schön brennt, damit können wir unsere Gegner blenden und die Tiere scheu machen."

„Dann erlaube ich es dir." Müde schloss der Geist die Augen und verschwand.

Rowan holte sein Messer heraus, ritzte die Rinde an und fing das austretende Harz in einem großen Blatt auf. Dann mischte er es mit den Blüten eines Wiesenkrauts. Beim zweiten Baum ging er genauso vor. Anschließend beeilte er sich, seine Kameraden einzuholen.

„Ssst", hörte er es seitlich in den Büschen raunen. Er hielt an, stieg ab und führte seinen Wallach in das Dickicht. Darin gab es eine Lichtung, in der einige Pferde von zwei Mann bewacht grasten. „Die anderen warten schon auf dich. Siehst du den hohen Baum?"

Der Wächter wies auf einen alten Nadelbaum, der sich vom klaren Sternenhimmel abhob. „Da sollst du hochklettern. Hast du dein Harz bekommen."

„Ja", hauchte Rowan.

„Sobald du einen geeigneten Platz im Baum hast, rufe wie ein Steppenkauz. Dann beginnt der Angriff."

Rowan huschte schnell zu dem Baum – vorbei an Kameraden, die sich mit Lanzen bewaffnet hinter Bäumen versteckten. Der Baum war gut gewählt, selbst ein nicht so tüchtiger Kletterer konnte bequem hochsteigen. Oben fand er eine breite Astgabel, die ihm einen sicheren Stand ermöglichte und zugleich Schutz bot. Er bildete mit seinen Händen eine Muschel und rief wie ein Kauz. Sofort bemerkte er bei den Reittieren der Gegner Bewegungen. Die Wächter der Echsen verschwanden lautlos, dann liefen einige Tiere frei herum. Rowan bewunderte, wie gekonnt die Sumpfländer sich anschlichen und ihre Feinde lautlos töteten. Sobald die Tiere losgeschnitten worden waren, trieben die Männer sie mit lauten Schreien durch das Lager der Echsenmänner. Die Bogenschützen legten Pfeile ein und spannten ihre Bogen.

Rowan schoss seine Pfeile mit dem Harz in das Feuer. Das erste Geschoss traf nicht, er hatte das Gewicht falsch berechnet, doch die übrigen fanden ihren Weg in die großen Lagerfeuer. Zischend loderten sie auf, Funken sprühten, ein dichter grauer Qualm hüllte das Lager ein. Mit Kriegsgeschrei drangen Matrins Männer vor. Die Echsenkrieger sammelten sich schnell. Aus dem Schlaf gerissen erwarteten sie nur mit Schwertern oder Streitäxten in den Händen die Gegner. Allerdings wurden viele von ihnen von den eigenen fliehenden Reittieren niedergetrampelt. Die Bogenschützen zielten auf sie und auch der Speerregen ging auf sie nieder. Doch sobald Pfeile und Speere abgeschossen waren und die Echsenmänner sich zu einer Kampfeinheit formierten, ertönte ein Pfeifsignal und die Sumpfländer zogen sich fast unsichtbar zurück.

„Hinab, schnell zum Pferd", erhielt Rowan von Zwandir gedanklich Anweisung.

Rowan beeilte sich, unauffällig zu dem Dickicht zu gelangen. Die anderen saßen schon längst auf ihren Pferden und stoben davon. Rowan schwang sich auf seinen Wallach und galoppierte hinterher. Hinein in die Steppe, Richtung Süden, wo schon bald die Wüste begann.

Matrins Plan ging auf. Rowan sah vor seinem geistigen Auge, wie die Echsenkrieger ihre Reittiere suchten und dann die Verfolgung aufnahmen. Da sie nicht alle Tiere finden konnten, saßen auf vielen zwei Reiter. Eine kleinere Gruppe ritt ins Moor hinein. Schon bald wurde der Boden unter ihnen morastig. Zuerst sanken die Tiere mit zwei Reitern ein. Die Männer versuchten, sich zu retten, indem sie vom Pferd sprangen, doch mit ihren Waffen belastet und in ihrer Unkenntnis des Moors, versanken sie. Rowan spürte ihre Angst und Verzweiflung, doch von ihren Kameraden half keiner. Ungerührt von ihrer Not verfolgten die Echsenmänner die Flüchtenden weiter und überließen die Versinkenden ihrem Schicksal, das bald auch ihres wurde. Erst als die letzten umgekommen waren, suchte der kleine Trupp Sumpfländer wieder festen Boden auf und brach auf Matrins Anweisung zur Burg Sauroe auf.

Rowans Gruppe hingegen hatte inzwischen die Wüste erreicht. Matrin ritt einen großen Kreis, und am Mittag, als es am heißesten war, rasteten sie. Zum

Schutz gegen die Sonne spannten sie ihre Decken auf. Erst am späten Nachmittag brachen sie wieder auf und ritten die Nacht durch, um am nächsten Mittag erneut zu rasten. Nach zwei Tagen erreichten sie morgens fast wieder ihren Ausgangspunkt, wo sie die Wüste betreten hatten. Zum Glück hatten sie ausreichend Wasser mitgenommen. Die breiten Hufe der Sumpflandpferde sanken im Sand weniger ein, sodass sie recht schnell vorankamen.

„Hier bleiben wir. Von dort oben haben wir eine gute Sicht", erklärte Matrin und wies auf eine hohe Düne vor ihnen.

Mühsam kämpften sich die Männer zu Fuß im weichen Sand empor. Die Pferde hatten sie unten, verdeckt von der Düne und bewacht von ein paar Männern, stehen gelassen. Tatsächlich konnten sie sogar am Horizont noch den Wald erahnen. Sie versteckten sich hinter der Dünenkuppe, gruben sich in den Sand ein und warteten.

Gegen Mittag konnten sie in der Ferne die Echsenkrieger erkennen. Die Gruppe kam nur noch langsam voran. Immer deutlicher wurde, wie sich Tiere und Krieger vorwärtskämpften. Rowan sah plötzlich eine grüne Oase vor ihnen liegen. Die Verdurstenden trieben ihre letzten Kräfte auf, um die Quelle zu erreichen. Doch die Wasserstelle verblasste und die Echsenwesen irrten stundenlang im gleißenden Sonnenlicht im Kreis durch die Wüste hinter der Vision her. Immer weniger Krieger folgten der vermeintlichen Oase. Inzwischen liefen die meisten zu Fuß, da die Tiere verendet waren.

Rowan blickte zu Zwandir. Der saß mit geschlossenen Augen in sich versunken im Sand. Rowan verstand nun, woher diese Vision stammte; er bewunderte seinen Meister für sein Können. So viele magisch begabte Wesen zu täuschen war eine hohe Kunst und forderte von dem alten Mann viel Kraft. Ob Rowan diese Fähigkeit jemals erreichen würde?

Er kroch etwas weiter von den anderen weg, um Ruhe zu haben und verbarg sich tief in den Umhang, damit die Sonne nicht auf seine Haut brannte. Nach einer Weile ließ sich ein Geier in seiner Nähe nieder.

„Sei gegrüßt, Vogel, gibt es hier Wasser?", fragte Rowan ihn in Gedanken.

„Im Osten gibt es einen Brunnen. Man muss ihn kennen, um ihn zu finden."

„Kannst du mir den Weg beschreiben? Ist es weit?"

Der Geier ließ Rowan einen Blick in seine Erinnerung werfen. Mit dem Flug des Vogels reiste Rowan in Gedanken bis zur Quelle. „Hab Dank, du warst mir eine große Hilfe", verabschiedete sich Rowan freundlich. Dann rollte er sich zusammen und schlief ein.

Gegen Abend stand Zwandir auf, nickte Matrin zu und meinte: „Wir sollten Graf Daldrin in seiner Burg Sauroe zu Hilfe eilen."

„Wir müssen zuerst zur Quelle zurück", erklärte Matrin und wies mit der Hand auf die erschöpften Pferde und die leeren Trinkbeutel.

„Es gibt in der Nähe Wasser", erklärte Rowan. Er beschrieb den Weg, den der Vogel ihm gezeigt hatte. Sie brachen schnell auf, da die Sonne bereits unterging. Rowan ritt voran. Er musste immer wieder in sein Inneres horchen und die Bilder des Vogels hervorrufen. Doch noch vor Mitternacht erreichten sie das Wasser. Eine kleine Wüstenechse zeigte ihnen das letzte Stück des Wegs, denn der Brunnen lag zwischen Steinen versteckt.

Sie stillten ihren Durst, tränkten die Pferde und füllten ihre Wasserbeutel auf. Dann ritten sie weiter, angetrieben von der Sorge um Burg Sauroe und ihre Bewohner.

Auf dem Weg trafen sie auf die Gruppe, die ins Moor geritten war. „Das war einfach", berichtete Wrotin stolz. „Wir haben die gefürchteten Echsenkrieger besiegt, obwohl sie in der Überzahl waren."

Zwandir schüttelte den Kopf. „Beim nächsten Mal wird es nicht so leicht. Die feindlichen Magier im Norden erkannten uns nicht. Sie wähnten uns noch immer in Hilschand. Aber jetzt werden sie Jagd auf uns machen."

Rowan schaute Zwandir überrascht an. Genau die Vermutung hatte er doch immer gehabt. Egal wo er sich aufhielt, die Echsenkrieger drangen dort ein und verursachten einen Krieg. Wer war ihr mächtiger Herrscher, welche große Macht half ihm, dass er die berühmten Magier gegeneinander ausspielen konnte? Und warum wollten sie den kleinen Magierlehrling Rowan töten?

Zwandir schaute ihn an. Wieder einmal hatte er seine Gedanken gelesen und lenkte das Pferd neben Rowans. „Du hast recht, wenn du dir diese Fragen stellst. Diese unbekannten Feinde haben schon früh in die Zukunft geschaut und gesehen, dass du ein einflussreicher Magier werden wirst. Also wollten sie dich umbringen, solange du noch ein Kind und nicht so gefährlich warst."

„Die Elfen haben mir häufig geholfen." Rowan erinnerte sich an zahlreiche Bedrohungen, aus denen sein Elfenfreund Sirii ihn gerettet hatte.

„Und deine Freunde, die Naturgeister. Auch jetzt helfen dir die Tiere und die Geister." Zwandir schaute Rowan mit einem väterlichen Blick an.

„Die Hilfe werden wir benötigen", murmelte Rowan.

Die Gegend wurde wieder fruchtbarer. Es wuchsen mehr Büsche und Bäume, bald erreichten sie die ersten Felder und Weinberge. Aber noch immer hatten sie die Echsenkrieger nicht eingeholt. Langsam keimte in Rowan der Verdacht, dass die Eindringlinge vom Weg abgewichen waren. Aber er behielt den Gedanken für sich. Wenn er berechtigt war, würde Zwandir sicher vor ihm Bescheid wissen. Und so war es auch. Als die Burg in Sichtweite kam, ließ Matrin die Männer anhalten und rasten. Tiere und Menschen waren von dem anstrengenden Ritt erschöpft und benötigten Ruhe. Aus einem Bewässerungsgraben schöpften sie Wasser für sich und die Pferde, dann legten sie sich zum Schlafen. Nur ein paar Männer hielten Wache. Gegen Morgen wurde Rowan geweckt. „Es ist alles ruhig", wisperte sein Kamerad, den er ablösen sollte, und legte sich hin. Rowan stand auf und lief leise um das Lager. Die Pferde schliefen ruhig. Bei Gefahr wären sie sicher unruhig gewesen. Rowan musste wieder an Scharus denken, wie häufig hatte dieser ihn gewarnt. Er war achtsamer als jeder Wachhund gewesen.

An einem alten Ölbaum lehnte Rowan sich an, nahm dankbar die Kraft des Baumes in sich auf und versenkte sich, um mit ihm in Verbindung zu treten.

„Solltest du nicht wachen?", fragte der Ölbaum.

„Du hast recht, aber ich wollte von dir wissen, ob Fremde vorbeigekommen sind", erklärte Rowan.

„Das weißt du doch. Hier nicht, sie sind schon weiter vorne bei den Dornenbüschen vom Weg abgewichen und warten jetzt an der Stelle, wo die Felsen dicht an den Weg herankommen, auf euch."

„Danke. Sind noch weitere Feinde in der Gegend?"

„Ja, zwei Männer sind dort drüben zwischen den Weinstöcken und beobachten euch."

„Warum sind die Pferde so ruhig?", fragte Rowan verwundert.

„Weil eure Feinde genauso wie ihr Gedanken lesen und beeinflussen können."

Rowan überlegte einen Augenblick. „Nicht alle."

„Nein, sie nehmen von ihrem Herrscher die Befehle entgegen. Er kann Gedanken lesen und übermittelt sie ihnen dann."

„Sind es viele Krieger?"

„Etwas mehr als ihr", erklärte der Baumgeist. „Aber ich habe von den Vögeln gehört, dass vom Norden eine große Gruppe heraneilt."

Rowan bedankte sich bei dem Baum und kehrte in die Gegenwart zurück. Noch immer schliefen sowohl die Pferde als auch die Männer ruhig, nur die vier Wachen standen da und beobachteten alles. Rowan schaute zu den Weinstöcken, aber die Echsenkrieger, die sich dort versteckt hielten, schienen sie nur zu beobachten. Er überlegte, wie er sie überraschen konnte, beschloss schließlich nach reichlicher Überlegung, zu tun, als ob er sie nicht bemerken würde. Sie sollten die Sumpfländer für ahnungslos halten.

Erst als die Sonne aufging und die Schläfer aufwachten, ging Rowan zu Zwandir und Matrin und erzählte, was er erfahren hatte.

„Hm, wir müssen den Weinberg umstellen, sonst entwischen sie uns", überlegte Matrin.

Zwandir schüttelte den Kopf. „Besser, wir lassen sie in dem Glauben, dass wir ahnungslos sind. Erst kurz vor der Falle, die man uns stellen will, teilen wir uns, umkreisen die Feinde und überraschen sie von hinten."

„Sie sind uns überlegen." Besorgt runzelte Matrin die Stirn.

„Wir haben das Überraschungsmoment", entgegnete Zwandir.

„Und die Späher?"

„Die werden uns kurz vor den Felsen seitlich überholen und ihren Kameraden sagen, dass alles wie gewünscht läuft."

Matrin nickte zustimmend und rief zum Aufbruch. Rowan bekam den Eindruck, dass der König mit seinem Magier einen Plan abgestimmt hatte. Kurz vor den Felsen schien Matrins Pferd zu lahmen, deshalb ließ er anhalten, stieg ab und untersuchte das Bein. Dann winkte er Zwandir zu sich, der es abtastete und mit Matrin sprach. Anschließend schaute ein Schmied sich das Bein an. Erst nachdem sie lange hin und her überlegt hatten, ließ er einen Knappen absitzen und hinter einem anderen aufsitzen und nahm dessen Pferd. Sein Knappe musste den angeblich verletzten Hengst als Handpferd mitnehmen. Durch dieses Schauspiel gaben sie den Spähern Gelegenheit, sie zu überholen. Rowan bewunderte die besondere Dressur oder konnte Matrin seinem Tier gedanklich erklären, dass es lahmen sollte?

Tatsächlich nahm er gleich darauf eine Bewegung seitlich von ihnen wahr. Die Echsenmänner, die die Sumpfländer beobachtet hatten, überholten sie in einiger Entfernung. Er fühlte, dass ihnen keiner mehr folgte.

König Matrin warf Zwandir einen Blick zu, der nickte kaum wahrnehmbar. „Wir teilen uns in zwei Gruppen und greifen die Echsenkrieger auf den Felsen von beiden Seiten an. Zwandir und Rowan reiten mit ein paar Pferden auf dem Weg weiter, damit die Feinde denken, wir würden in die Falle tappen. Kurz vor der engen Stelle brechen sie zur Seite aus und bringen uns die Tiere, während wir schon angreifen."

Die Hälfte der Männer musste hinter anderen Reitern aufsitzen, selbst Matrin nahm seinen Knappen auf seinen inzwischen ‚genesenen' Hengst. Dann eilten sie davon, während Zwandir auf der Straße weiterritt und Rowan die Pferde hinter ihm hertrieb. Es war einfacher als gedacht, die klugen Sumpflandpferde, die übersinnliche Fähigkeiten besaßen, schienen zu wissen, worum es ging. Als Herde wirbelten sie auf dem sandigen Weg viel Staub auf und machten Lärm. Die beiden Magier ließen sich Zeit. Doch endlich erblickten sie die Felsen direkt vor ihnen. Zwandir trieb sein Tier an und galoppierte auf die schmale Passage zu. In dem Augenblick hörten sie die Kampfschreie ihrer Kameraden. Kurz vor dem Felsdurchbruch schwenkte Zwandir nach rechts, die Tiere liefen hinter ihm her.

„Du nach links", schrie er und gab Rowan ein Zeichen in die andere Richtung zu reiten. Rowan beschleunigte, sprengte einen Teil der Tiere ab und trieb sie nach links. Dort warteten schon einige Männer auf die Pferde, sprangen auf und griffen die Feinde mit Schwertern und Lanzen an. Andere kämpften zu Fuß gegen die Krieger, die auf den Felsen hockten. Die Gegner bestanden aus einer gemischten Gruppe Echsenkrieger und Nordmänner.

Rowan nahm sein Schwert und folgte den Kameraden. Ein übergewichtiger Nordmannkämpfer mit einem riesigen Reittier schoss auf ihn zu.

Rowans Wallach Morgus schien zu ahnen, wie gefährlich diese Reittiere mit ihren Raubtiergebissen waren. Er war vorsichtig und wich immer rechtzeitig aus, sodass Rowan nur auf den Reiter achten musste. Mit seiner Wendigkeit brachte er den Gegner ständig in Bedrängnis. Schließlich konnte er einen Hieb in die Plattenfuge am Hals setzen. Sofort quoll Blut hervor und der Krieger fiel vom Reittier. Gerade rechtzeitig, da von der anderen Seite zwei Gegner auf Rowan eindrangen. Die beiden waren so kräftig und geschickt, dass Rowan Mühe hatte, sich der Angreifer zu erwehren. Trotzdem bemerkte er, dass auch die übrigen sumpfländischen Kämpfer Schwierigkeiten hatten, die größeren und stärkeren Gegner erfolgreich anzugreifen. Er musste sich dringend etwas einfallen lassen.

Er riss sich zusammen, konzentrierte sich auf seine beiden Gegner und schaffte es, den vordersten anzugreifen, während er dem anderen in Gedanken denselben Angriff vortäuschte. Es klappte, beide Gegner wehrten sich und Rowan konnte sich um den einen kümmern, während der andere gegen das von Rowan erzeugte Hirngespinst kämpfte.

Morgus nutzte einen unachtsamen Augenblick von Reiter und Tier und führte Rowan so dicht heran, dass sein Knie das fremde Reittier berührte. Der Krieger war von seinem Kameraden, der in der Luft herumstieß und gegen die von Rowan erzeugte Einbildung focht, abgelenkt und rief ihm etwas zu.

Diesen Augenblick nutzte Rowan, stieß mit seinem Schwert durch das Visier. Brüllend ließ der Kämpfer seine Waffe fallen und versuchte Rowans Schwert herauszuziehen.

Rowan griff zur Lanze, legte sie an und trieb Morgus an. Der schien seine Gedanken zu lesen, machte einen mächtigen Satz und noch einen und sprang dann fast das Reittier des zweiten Feindes an. In dem Augenblick stieß Rowan mit der Lanze zu und warf seinen Gegner durch die Wucht des Angriffs aus dem Sattel. Morgus stoppte, drehte sich und trat dem liegenden Feind mit der Hinterhand auf den Kopf. Rowan hörte es trotz des Kampflärms knacken. Mit der Lanze stieß er dem Reittier in den Hals. Obwohl es getroffen war, ging es nicht zu Boden, sondern lief schrecklich brüllend davon.

Rowan sackte erschöpft zusammen, schwer atmend holte er Luft und schaute sich um. Die Krieger aus dem Sumpfland waren alle in Bedrängnis. Wem sollte er zuerst helfen? Aber vielleicht war das gar nicht seine Aufgabe. Er richtete seine Aufmerksamkeit auf Laribur, der am linken Arm getroffen war und sich gegen zwei Feinde verteidigen musste. Rowan gaukelte seinen Gegnern gleich drei Kämpfer vor. Hektisch schlugen sie in die Luft und versuchten, sich der Übermacht zu erwehren, während Laribur in aller Ruhe einen nach dem anderen erstach.

Rowan wartete nicht ab, was weiter passierte, stattdessen half er dem nächsten bedrängten Kameraden. Es klappte genauso gut, daher versuchte Rowan mit seiner Gedankenkraft, nicht nur einem Sumpfländer zu helfen, sondern zweien, die dicht beieinander kämpften und sich gegenseitig deckten. Auch das gelang hervorragend. Bald waren die

Sumpfländer vermeintlich in der Überzahl und entschieden den Kampf.

Als der letzte Echsenkrieger zu fliehen versuchte, holten ihn die Sumpfländer ein und töteten ihn. Rowan schloss erschöpft die Augen und sammelte sich. Dann öffnete er sie entschlossen wieder und ging zu Laribur.

„Zeig mir deinen Arm", forderte er den Freund auf. Mühsam zogen sie das Kettenhemd aus. Der Arm hatte nur eine Fleischwunde, doch die hatte sich schon entzündet und sah schlimm aus. Rowan holte aus seiner Satteltasche einige Mittel gegen Entzündung und träufelte den Saft in die Wunde. Laribur wurde blass und schloss die Augen. Auf eine Kopfbewegung Rowans hin, eilten zwei Sumpfländer zu Hilfe und hielten Laribur fest, als er zusammensackte.

„An den Waffen ist Gift", murmelte einer der Männer.

Rowan befürchtete es auch. Deshalb gab er noch ein Medikament gegen Gifte in die Wunde und verband sie dann mit heilenden Blättern. Anschließend flößte er dem Freund ein paar Tropfen eines Stärkungs- und Fiebermittels ein. Dabei sang er mit klarer Stimme mehrere Heillieder und bat die Göttin um Hilfe für Laribur.

Fast alle Männer wiesen Verletzungen auf und Rowan hatte alle Hände voll zu tun, um sie zu verbinden – seine Vorräte schwanden.

„Wie sieht es bei euch aus?", fragte Zwandir hinter ihm.

„Fast alle sind verletzt und die Wunden sind gerötet und stark geschwollen. An den Waffen muss Gift gewesen sein."

Zwandir nickte. „Ja. Aber mein Mittel sollte dagegen helfen, ich werde es nachher erneut herstellen und den Männern geben. Bist du verletzt?"

Rowan schüttelte den Kopf. „Ich habe kaum gekämpft. Es schien mir klüger, anders zu helfen."

Ein Knappe erzählte verwundert von dem seltsamen Verhalten der Gegner, die scheinbar gegen Geister zu kämpfen hatten, nachdem Rowan aufgetaucht war. Zwandir und Matrin lachten. „Gut gemacht. Du siehst, auch Magier sind auf dem Schlachtfeld nützlich", stieß Matrin prustend hervor.

Erst als alle Wunden versorgt waren, auch die der Pferde, brachen sie auf und erreichten Burg Sauroe nach Sonnenuntergang. Laut klopfend und rufend verschaffte sich König Matrin mit seinen Getreuen Eintritt.

Graf Daldrin begrüßte sie erleichtert. „Gut, dass Ihr uns unterstützt, wir haben nur wenig waffenfähige Leute in der Burg, da ich König Wilhar die besten meiner Ritter geschickt habe." Er gab sogleich dem Koch und den Küchenmägden Anweisung, eine kräftige Mahlzeit zuzubereiten.

Nachdem sie sich gestärkt hatten, fielen die Sumpfländer erschöpft auf ihre Lager, die man ihnen zugewiesen hatte.

Am nächsten Tag zeigte Zwandir Rowan, wie er ein Heilmittel aus mehreren sumpfländischen Pflanzen gegen die Vergiftungserscheinungen braute. Jeder Kämpfer musste einen Becher trinken und auch die Pferde erhielten einen Eimer voll davon.

„Morgen müssen sie das Heilmittel mehrmals trinken, denn das Gift ist sehr stark", erklärte Zwandir und sang weiterhin Heillieder, in die Rowan einstimmte.

Drei Tage nahmen sie sich Zeit, um sich zu erholen, während sie auf die Gegner warteten. Doch die erschienen nicht, auch die Kundschafter fanden sie nicht. Deshalb machten sie sich auf den Weg, König Wilhar zu unterstützen. Zwei Männer ließen sie in der Burg zurück, weil sie zu schwer verletzt waren, um weiterzukämpfen.

11.

Obwohl sie täglich lange vor Sonnenaufgang aufbrachen und abends bis in der Dunkelheit ritten, kamen sie nur langsam voran, zu anstrengend war der Weg durch die Wüste, zu lange dauerte die Pause während der Mittagshitze. Endlich wurde es wieder grüner und bald darauf erreichten sie die ersten Weiden. Eines Morgens gehörte Rowan mit zwei Sumpfländern zur Vorhut. Sie waren schon in der Nähe von Landoe angelangt und Rowan kannte die Gegend recht gut. Er vernahm ein kaum hörbares Summen und hielt an. Seine Begleiter sahen ihn verwundert an, doch sie stoppten ebenfalls. Das Summen wurde lauter und ein Nebelschleier verwischte die Umrisse vor ihnen. Als er sich auflöste, erkannte Rowan Sirii.

„Sei gegrüßt, mein Freund", rief er überrascht aus. Er hatte den Elfenprinzen nicht erwartet.

„Mirasa, die Elfenkönigin schickt mich. Hier ist niemand mehr sicher. Nicht einmal wir Elfen", erklärte Sirii ernst.

„Die Feinde sind mächtig." Rowan nickte. Er fühlte plötzlich den ganzen Schmerz über den Tod seiner Gefährten. Dazu wusste er, dass noch mehr Freunde sterben würden.

„Wir finden den grausamen Herrscher mit seinen Magiern, der diese Heere steuert und die bösen Geister gegen uns aufhetzt, im Norden nicht", klagte Sirii. Er sah bedrückt und erschöpft aus.

„Nördlich von Llyllia?", fragte Rowan.

Sirii hob eine Hand, was so viel wie Ja bedeutete.

„Dein Überleben ist wichtig, wichtiger als alles andere. Ohne einen mächtigen Magier ist das Magierreich verloren", erklärte Sirii.

„Trotzdem hat Zwandir mir erlaubt, an diesem Kriegszug teilzunehmen", wandte Rowan ein.

Die beiden Begleiter schauten Rowan überrascht an. Sie konnten Sirii nicht sehen, der Elf gab sich ihnen nicht zu erkennen. Da sie aber, wie fast alle Sumpfländer, magisch begabt waren, spürten sie seine Gegenwart.

„Wir sollten nur ein paar Überfälle machen, doch jetzt befinden wir uns mitten im Kampfgebiet", stieß der eine Sumpfländer hervor. Sehr wohl schien er sich nicht in seiner Haut zu fühlen.

„Stimmt, wahrscheinlich ist es wichtig, dass wir nach Norden vorstoßen und König Wilhar direkt unterstützen. Sicher treffen wir bald mit den übrigen Truppen des Sumpflands zusammen", vermutete Rowan. Er hatte längst in seiner Kristallkugel erkannt, dass eine große Schlacht bevorstand.

„Die meisten haben sich schon unter Feldherr Xobin im Westen gesammelt und warten nur auf den Marschbefehl", erklärte Sirii.

„Dann wird es bald die Entscheidungsschlacht geben", murmelte Rowan.

„Ein großes Gefecht?", fragte sein Begleiter.

„Nein, die letzte Schlacht, und wenn wir nicht gewinnen, werden sie uns foltern und umbringen, unsere Frauen und Kinder werden im besten Fall Sklaven der dunklen Macht sein", erklärte Rowan.

„Dann kämpfe ich bis zum Tod", sagte der Sumpfländer und sein Kamerad stimmte ihm zu.

Sirii führte sie durch unwegsames Gelände zu einer Gruppe, die Peruan, dem Waffenmeister König Wilhars, unterstellt war.

„Kommen uns die Sumpfländer endlich zu Hilfe?", spottete ein Ritter.

„Sie haben euch schon immer geholfen, nicht mit Kriegern, aber mit Magie und Verhandlungsgeschick", erklärte Rowan und blickte ihn so streng an, dass er seinen Blick senkte.

„Wo steht Peruan?", fragte Rowan. Als er erfuhr, dass Peruan in der Nacht erwartet wurde, schickte er seine beiden Begleiter zu Matrin zurück. „Ich bleibe, Matrin kann Peruan hier treffen, dann wird der Schlachtplan entwickelt."

Rowan nutzte die Ruhepause, um eine Quelle in der Nähe aufzusuchen und sich dort in sein Inneres zu versenken. Nach einer ganzen Weile – wohl, weil Rowan nicht so gelassen war, wie er gedacht hatte – erschien der Quellgeist. „Was willst du? Du bist hier fremd", murrte er.

„Ich bin Rowan, Bunduars Enkel. Kannst du mir helfen? Bitte gib mir Auskunft", bat Rowan leise und summte eine Melodie, die von den Wassergeistern handelte.

„Ich weiß nichts mehr, ich weiß nicht, wer Freund und wer Feind ist. Die Geister, die gestern noch Bunduar die Treue geschworen haben, verraten ihn heute."

„Und du?"

„Ich halte zu ihm. Er war immer freundlich, hat uns geachtet und geholfen."

„Wo stehen die Feinde?"

„Überall. Sie wissen alles, es muss unter uns Geistern viele Verräter geben. Der große Mächtige im Norden macht uns Angst; er droht, uns zu vernichten, die Quellen zuzuschütten, die Berge abzutragen, die Wälder abzuholzen. Viele erinnern sich auch an früher, an die alten Götter, an die Drachen und die Drachenzähmer", stieß der Geist bitter hervor.

„Einen habe ich in Llyllia kennengelernt. Aber er war harmlos."

„Ein Spion?"

„Vielleicht. Aber durch ihn habe ich zwei Drachenlieder gelernt." Rowan lächelte.

„Helfen sie?"

„Manchmal."

„Dann hat er damit seine eigene Familie verraten, denn die Drachenzähmer sind eure Feinde", stieß er verächtlich hervor.

Rowan blieb einen Augenblick sprachlos. So hatte er es noch nicht betrachtet. Aber er erinnerte sich, dass die Hexen und Drachenzähmer vor Urzeiten den alten Glauben beibehalten hatten und zu Feinden ihres eigenen Volkes geworden waren. Schließlich fragte er:

„Auf wen können wir uns verlassen?"

„Auf die großen Flussgeister, auch die meisten Quellgeister halten zu euch. Bei den kleinen Bächen und der Heide ist es unterschiedlich. Die Moorgeister und die Felsengeister stehen zu euch. Die Berggeister sollen Bunduar im Stich gelassen haben. Die Baumgeister sind zerstritten, einige helfen euch, andere verraten euch."

„Und die Tiere?"

„Die mögen Bunduar, aber sie sind schwach, wenn der Mächtige sie beeinflusst oder bedroht, verraten sie euch."

Rowan nickte. Sein Großvater schien sich neben den Elfen nur noch auf wenige verlassen zu können und selbst die waren geschwächt.

Rowan bedankte sich und wünschte dem Quellgeist alles Gute und ein langes Leben. Dann kehrte er langsam in seine Welt zurück.

Es würde noch dauern, bis Matrin mit seinen Männern erschien, also nutzte er die Zeit, legte sich hin und schlief seit Tagen das erste Mal wieder aus.

Erholt erwachte Rowan in der Nacht, weil er Pferdehufe hörte. Peruan erschien mit einer großen Gruppe Krieger. König Matrin und Zwandir waren längst eingetroffen, ohne ihn zu wecken. Peruan begrüßte König Matrin und Zwandir herzlich und umarmte Rowan. „Ich freue mich, dich gesund wiederzusehen. Und ich bin froh, dass es doch noch zuverlässige Verbündete gibt", erklärte er. „Überall sind wir von Verrätern umgeben. Die Feinde wissen ständig, was wir geplant haben."

Rowan nickte und erzählte, was er in der Nacht erfahren hatte.

„So hinterhältig sind also die Geister, die Bunduar die Treue geschworen haben", stellte Peruan bitter fest.

„Nicht nur", erklärte Zwandir. „Wir haben auch einige Magianer aufgegriffen, die übergelaufen waren, weil die Echsenkrieger sie am Leben gelassen hatten, nachdem sie bereit waren, euch zu verraten."

Rowan lief ein Schauer über den Rücken. Er war dankbar, dass seine sumpfländischen Freunde so viel vor ihm verheimlicht hatten. In den letzten Tagen hatte sich gezeigt, wie wichtig das Erlernte war.

186

Sie besprachen die Taktik. Am nächsten Tag wollten sie vorrücken und die Feinde umzingeln. Dank Matrins Verhandlungen waren auch die nördlichen Reiche – besser gesagt, das, was von ihnen noch übrig war – bereit, gemeinsam loszuschlagen, da jedes Land allein zu schwach war, um die Feinde zu besiegen. Selbst das Ostreich, das bisher von den Nordmännern und Echsenheeren verschont geblieben war und immer noch unter den Folgen des Bürgerkriegs litt, hatte sich ihnen angeschlossen. Zu groß war bei ihnen die Sorge, dass ihr Reich gleich nach dem Magierreich fallen würde. Allerdings konnten sie nur wenige Krieger schicken, zu hoch war der Blutzoll des Erbfolgekriegs gewesen. Inzwischen war der schwache König Kustin zurückgetreten und hatte seiner Tochter Talin die Krone überlassen.

„Bunduar hat das gesamte Elfenheer an seiner Seite. Er befindet sich nördlich von Ranhoe, mitten im feindlichen Gebiet. Ich habe ständig Sorge, dass die Echsenkrieger ihn aufspüren. Er muss das Felsenkloster bewachen, wenn die Feinde sich erst in der Erdspalte mit den dunklen Mächten der alten Götter vereinen, ist es um uns geschehen", murmelte Peruan düster. Er sah müde aus und wirkte nicht nur um Jahre, sondern um Jahrzehnte gealtert, seit Rowan ihn zum letzten Mal gesehen hatte.

Dann schaute er Rowan scharf an. „Am liebsten würde ich dich ins Sumpfland zurückschicken. Du hast hier nichts verloren. Es ist zu gefährlich für dich."

Zwandir nickte zustimmend. „Rowan wird nicht in die Kampfhandlungen eingreifen. Ich werde ihn an meiner Seite haben und auf ihn aufpassen."

„Die Feinde wissen, dass er wieder in seiner Heimat ist. Wir haben gestern ein paar Echsenkrieger gefangen genommen und zum Sprechen gebracht." Er strich sich seine dünn gewordenen Haare aus dem Gesicht.

Rowan sah ihn überrascht an. Früher waren die Gefangenen immer gestorben, bevor sie befragt werden konnten.

Peruan grinste schwach. „Bunduar hat ein Mittel gefunden, damit sie sich nicht selbst vergiften können. Ein starkes Abführmittel entleert ihre Giftdrüse im Darm, somit können sie keinen Selbstmord mehr begehen und stehen uns Rede und Antwort, wenn wir von ihren Gedanken Besitz ergreifen." Dann wandte er sich an Zwandir: „Sie werden Jagd auf ihn machen."

Rowan nickte. Mit dieser Verfolgung lebte er schon seit Jahren. Selbst als Junge war es ihm gelungen, sich zu retten, da sollte er es jetzt auch schaffen.

„Ich passe auf ihn auf", versprach Zwandir. Und Rowan überlegte, ob sein Meister das Versprechen wirklich einhalten konnte. Andererseits kannten die Magier die Vorhersagen. Er würde wohl tatsächlich weiterleben.

Nachdem jeder seine Anweisungen erhalten hatte, brachen sie auf. Rowan ritt neben Zwandir, noch in der Nähe von Matrin und Peruan, doch bald würden sie hinter der Front warten müssen.

Am späten Vormittag stießen sie auf Xobins Truppen, die sich inzwischen an der Grenze gesammelt hatten. Matrin schloss sich Xobin an, um das Heer gemeinsam mit ihm zu führen. Die Sumpfländer sollten die westliche Lücke zwischen den Verbündeten aus dem Norden und Peruans Truppen schließen.

Zwandir saß währenddessen in Trance auf dem Pferd und ließ es von einem jungen Magier führen. Sie folgten Matrins Kriegern. Mit seinem gesamten Können verschleierte der Magiermeister ihren Weg und den geplanten Angriff vor den Feinden. Rowan war sich sicher, dass sämtliche Magier, die im Sumpfland zurückgeblieben waren, ihn dabei unterstützten.

Doch noch bevor sie ihre vereinbarte Stellung erreicht hatten, griffen das südliche und das nördliche Echsenheer die Verbündeten an. Die gesamte magische Kunst der Sumpfländer hatte nicht ausgereicht, den Feinden einen anderen Angriffsplan vorzugaukeln. Rowan wurde immer deutlicher bewusst, wie mächtig ihr Gegner war. In seine Gedanken drängte sich unablässig ein Name, der in Llyllia so ehrfürchtig erwähnt worden war: Der angeblich so begabte Schuchar aus dem Norden, ein ehemaliger Schüler von Hildrun. War er zur schwarzen Magie übergelaufen? Vielleicht stammt er sogar aus der Familie der Drachenbändiger? Er ärgerte sich, dass er damals in Llyllia nicht mehr über ihn in Erfahrung gebracht hatte. Wenn es so war, dann befand sich bestimmt auch Altus, der Rowan als Kind so verängstigt hatte, bei ihm. Altus war schon als Jugendlicher als Magier sehr begabt gewesen.

Bei einer Eichengruppe hielt Zwandir an und forderte Rowan und ihren jungen Begleiter auf, stehen zu bleiben. Sie suchten sich ein sicheres Versteck zwischen den Bäumen unter einer alten Eiche. Rowan spürte, wie wohlgesonnen sie ihnen war und wie besorgt sie auf sie achtete. Ebenso die kleine Quelle, die ein paar Schritte von ihnen entfernt aus dem Boden quoll.

Von weitem hörten sie den Kampflärm. Zwandir war völlig versunken, sicher versuchte er, die Gegner zu beeinflussen. Der junge Magier an seiner Seite tat es ihm gleich, nur kannte Rowan seine Aufgabe diesmal nicht. Viel lieber wäre er auf dem Schlachtfeld gewesen, dort hätte er wenigstens handeln können und hätte seine Pflicht als Magianer erfüllt.

Ihm fielen schwarze Vögel in der Ferne auf. Er hatte sie schon öfter gesehen, es waren die Kundschafter der fremden Macht – oft tauchten sie kurz vor einem Drachenangriff auf. Gleich würden die feuerspeienden Feinde erscheinen und das Heer der Verbündeten angreifen. Ob sie auf seine Drachenlieder hören würden? Aber er war doch viel zu weit entfernt! Trotzdem musste er es versuchen.

Er befragte eine kleine Schwalbe, die aus dem Norden kam und an ihm vorbeiflog. Sie drehte eine Runde über ihm, als sie antwortete: „Ganz viele Krieger sind da, sie strahlen Gewalt aus. Ich bin froh, dass meine Kinder inzwischen fliegen und sich in Sicherheit bringen können."

„Was sind das für schwarze Vögel?", hakte er nach.

„Ich kenne sie nicht, aber dahinter kommen große Drachen. Sie haben die Felder, Wälder und Dörfer um Wanroe verbrannt. Die armen Krieger, sie werden ebenfalls verbrannt werden." Dann beeilte sie sich, weiterzufliegen.

Rowan sammelte sich, ließ seine Gedanken zu dem Kriegsschauplatz wandern, bis er das Schlachtfeld vor seinem inneren Auge sah, dabei dachte er angestrengt an die Drachen. Da hörte er schon die Drachenlieder. Die sumpfländischen Magier, die sich direkt hinter den Kriegern befanden, hatten sich die Lieder gemerkt und sangen sie bereits, bevor er sie anstimmen konnte. Einige Ritter ergriffen schon die Lanzen mit den Widerhaken. Die einzige Waffe, die den Drachen gefährlich werden konnte. Jetzt sah er, wie die Bogenschützen von Bunduar getränkte Stofffetzen hervorzogen und sie um die Pfeile wickelten. Und als die größeren Drachen erschienen, die sich von den Liedern nicht beruhigen ließen, zündeten die Männer die Lappen an und schossen die Brandpfeile ab. Nicht alle trafen, doch die, die sich zwischen den Panzerplatten der Tiere festsetzten, entzündeten ein gewaltiges Feuer. Mit Schmerzlauten flohen die Ungeheuer, manche schafften es nicht und stürzten ab. Auf die restlichen Tiere zielten die Ritter mit den Lanzen. Leider gelang es trotz der Abwehrmaßnahmen zu vielen Drachen, die Verbündeten im Sturzflug anzugreifen und sie mit Feuerstößen zu verbrennen. Rowan spürte die Angst und die Schmerzen seiner Kameraden.

Dazu drangen die Echsenkrieger immer stärker vor. Endlich hielt eine unsichtbare Wand sie auf. Das musste das Elfenheer sein, das sich zwischen die Ritter und die Angreifer stellte. Dadurch wurden die Verteidiger nicht mehr zurückgedrängt.

Ein Geräusch drang in Rowans Bewusstsein. „Komm zu dir, Magier, Feinde sind in der Nähe", raunte die Eiche. Rowan schaute zu Zwandir, doch der große Magier war damit beschäftigt, den Kriegern mit seinen geistigen Kräften in der Schlacht beizustehen, deshalb griff Rowan nach Pfeil und Bogen und lauschte. Die Echsenmänner waren noch nie leise gewesen, denn sie fürchteten keine Gegner. Vorsichtig bewegte sich Rowan zu den Büschen an der Quelle und versteckte sich.

Da, der schlanke Baum vor ihm verriet ihn. Deutlich hörte er ihn raunen. „Hier sind die Magier, kommt her!"

Die Echsenkrieger kamen laut streitend angeritten. Rowan legte einen Pfeil ein und spannte den Bogen.

Sobald die drei Echsenkämpfer in seine Nähe kamen, zielte er auf sie und ließ die Sehne los. Sofort ergriff er den nächsten Pfeil. Noch ehe die Feinde Zwandir erreichten, hatte Rowan alle drei getötet.

„Uff, das war knapp", entfuhr es seinem jungen Kameraden, der inzwischen mit gezücktem Schwert neben ihm stand.

Rowan runzelte die Stirn. „Unser guter Freund, die Eiche, hat mich gewarnt. Aber dieser schlanke junge Baum dort hinten hat uns verraten."

„Dann sollten wir ihn bestrafen", stieß der junge Magier verärgert hervor.

Rowan wiegte sein Haupt. „Wirkt das abschreckend oder lässt es Hass aufflammen?", überlegte er laut.

Doch seine Bedenken hielten den jungen Magier nicht auf. Bevor Rowan ihn festhalten konnte, trat er mit dem Schwert in der Hand auf den Baum zu. Flink ritzte er die Rinde rundherum auf und verurteilte den Baum damit zum Sterben.

Wieder versenkte sich Rowan und nahm Kontakt zu dem Geist der Eiche auf. „Sind noch mehr Feinde in der Gegend?", fragte er in Gedanken.

„Nein, euer Heer ist inzwischen so stark, dass die Gegner keinen Kämpfer entbehren können. Aber ich passe weiterhin auf euch auf", versprach er. Rowans Gedanken wanderten zu Bunduar. Er sah seinen Großvater vor der Felsenspalte stehen, die für die Gegner so wichtig war, da sie aus ihr Kraft schöpfen wollten. Die Mönche und Nonnen im Kloster sangen und riefen die Göttin und die guten Geister um Beistand an, doch sie sangen schon so lange, dass es nicht mehr sehr kraftvoll klang.

Oben bei der Felsenhöhle unter dem Gipfel, in der er seit den Überfällen des Echsenheeres lebte, stand

Zonbuar. Beide Magier hielten ihre Kräfte über der Felsenspalte gebündelt und wehrten die Magier des Nordens ab, die dort mit ihrer geistigen Kraft einzudringen versuchten. Die Felsen, Bäume und der Wasserfall verwehrten derweil den feindlichen Kriegern den Zutritt zum Kloster. Ein Felssturz hatte den Weg versperrt, ein plötzlicher Wasserschwall riss die Brücke und die darauf befindlichen Feinde fort. Die Strömung war so reißend, dass ein Überqueren des Bergbachs unmöglich war. Bäume warfen ihre Äste ab und trafen die feindlichen Krieger tödlich.

Rowan war beruhigt. Sein Großvater hatte noch immer mächtige Freunde. Der Geist des jungen Magiers wanderte zu König Wilhar. Der Herrscher des Magierreichs war verwundet worden. Er hatte eine große blutende Wunde am Bein, doch seine Knappen schützten ihn und brachten ihn in Sicherheit. Eine kleine Hexe aus dem Ostreich versorgte die Wunde. Er war also weiterhin in der Lage, Befehle erteilen. Als ein Drache auf den König zuflog, um ihn anzugreifen, sang Rowan sein Drachenlied. Das Tier stutzte. Langsam stieg es höher und höher, während Rowan das zweite Lied, das von Freundschaft und Kameradschaft handelte, anstimmte. Der Drache schaute sich suchend um, bevor er wieder über die Berge davonflog. Wilhar blickte dem Tier überrascht nach.

Weiter suchten Rowans Gedanken Königin Talin aus dem Ostreich. Tapfer führte sie persönlich ihre Krieger in die Schlacht. Sie selbst stand in Rüstung hinter ihren Getreuen auf einem Hügel und gab Befehle. Die Männer, unterstützt von wenigen Hexen und Magiern, die die Verfolgungen ihrer Vorgänger überlebt hatten, hielten die Stellung.

Rowan spürte die geballte bösartige Kraft aus dem Norden. Einem Orkan gleich fegte die Gewalt über die Echsenkrieger, trieb sie zu einer letzten großen Anstrengung. Rowan sah Matrins Männer wanken. Er sah die Elfenkönigin Mirasa, gegen fünf Gegner kämpfen und schließlich fallen – große Traurigkeit breitete sich in Rowan aus, und er spürte auch Siriis Schmerz. Mirasa war eine tapfere, treue und zuverlässige Freundin seiner Mutter und seines Großvaters gewesen.

Da verwandelte Rowan seine Gedanken in einen großen Drachen, der im Tiefflug auf das Heer der Nordmänner zuflog und Feuer spie. Schreiend sanken viele verbrannte Krieger zu Boden – die zuvor noch starke Linie der Angreifer wankte. Matrins ausgedünnte Truppen konnten ihre Stellungen halten, den Gegner sogar zurücktreiben. Gleich darauf ließ Rowan vor seinem inneren Auge Peruan auftauchen. Auch der alte Waffenmeister war schwer verwundet, trotzdem spornte er mit dem Schwert in der Hand seine Leute zu einer letzten verzweifelten Kraftanstrengung an.

Diesmal gaukelten Rowans Gedanken den Kämpfern ein Elfenheer vor, das den Magianern als Lichtgestalten voraneilte und kämpfend die Feinde erlegte. Mit neuem Mut stürmten die Krieger vorwärts. Auch die Echsenleute schienen die Elfen wahrzunehmen und sie fürchteten sich vor ihnen. Ihre Kampflinie geriet in Unordnung, voller Angst flohen immer mehr vor dem eingebildeten Elfenheer in die Arme ihrer Anführer, die sie mit dem Schwert empfingen und töteten. Einige von ihnen starben auf der Flucht sogar vor Furcht.

Rowan spürte, wie die dunkle Macht aus dem Norden schwächer wurde, sie sammelte jetzt ihre Kraft im Kampf um das Felsenkloster – die Felsspalte war ihr Ziel. Er nahm auch wahr, wie Zwandir und auch Hilschar aus Llyllia seinen Großvater unterstützten, ihm Kraft gaben weiterzukämpfen.

Das Blatt hatte sich gewendet. Die Magianer und ihre Verbündeten rieben die feindlichen Heere immer mehr auf. Schließlich stürzten sich die restlichen Gegner ins eigene Schwert. Rowan war geschockt. Noch nie hatte er so eine Handlung gesehen, noch hatte er davon gehört.

Rowan schloss entsetzt die Augen. Plötzlich sah er seine Mutter Salawin im Geiste vor sich. Sie stand singend an der Heidequelle, um ihren Vater Bunduar zu unterstützen. Die dunkle Macht fand sie und brandete heran, diesmal nicht mit Kriegern, sondern mit einer grünen Giftwolke, die sich durch das Tal fraß. Bäume welkten im Nu, Vögel fielen tot vom Himmel, kleine Feen krümmten sich und sanken zu Boden.

Bunduar stand währenddessen beim Felsenkloster vor der Felsspalte, die den Zugang zu den alten, dunklen Mächten bildete. Er hatte beide Hände erhoben und sprach uralte magische Worte. Der giftige Nebel, der durch das Tal drang, schrumpfte, er verlor an Wucht. Doch dann – plötzlich! – schlug er erneut zu, kroch in der Talsohle weiter bis zum Heideheiligtum. Obwohl sie ihren Tod vor Augen hatte, stand Salawin stolz aufgerichtet mit erhobenen Armen, unbeugsam und unerschütterlich, und sang unentwegt alte Bittgesänge, um das Magierreich zu retten. Schließlich erreichte die Giftwolke die Seherin und verschlang sie – leblos sank Salawin zu Boden. Ihr Gesicht verfärbte sich schwarz.

Rowan schwankte, das Bild vor seinem inneren Auge verschwamm. Tränen rannen seine Wangen herab, er rang nach Luft. Obwohl er seit Jahren das Schicksal seiner Mutter gekannt hatte, traf es ihn hart. Immer wieder sah er die letzten Augenblicke vor sich und fühlte sich dabei so machtlos. Doch seine Mutter hatte selbst diesen Weg gewählt, um ihr Volk zu schützen, und jetzt war es an ihm, dort weiterzumachen, wo sie aufhören musste.

Mühsam riss er sich zusammen, sammelte seine Kraft und ließ seine Gedanken zu Bunduar und dem Felsenkloster wandern.

„Rowan nicht", wehrte sein Großvater ab. Doch Rowan musste ihm beistehen. Das Felsenkloster zu schützen, die dunkle Macht in dem Felsspalt zurückzuhalten, war wichtiger als sein Leben. Er spürte die feindlichen Magier, wie sie den geeinten Widerstandsgeist der Verteidiger zersetzten. Ihre Lebenskraft zerstörte. Hilschar brach tot zusammen. Zonbuar und Bunduar stemmten sich mit allerletzter Kraft gegen diese Macht des Bösen. Sämtliche lebenden Magier des Sumpflandes unterstützten sie.

„Schuchar! Warum hasst du uns? Warum bist du zu einem Verräter geworden?", rief Rowan mit kraftvoller Stimme den Magier aus dem Norden beim Namen.

Statt einer Antwort tobte jetzt rund um Bunduar ein Sturm. Mühsam hielt sich der alte Magier auf seinen Beinen. Die Naturgeister kämpften gegeneinander. Die dunkle Macht griff nach Bunduar, der unbeirrt mit wehenden Haaren vor der Felsspalte stand.

„Schuchar", hörte er die anderen Magier raunen. Jetzt – endlich – hatten sie ein Gesicht, eine Person, die sie angreifen konnten. Ihre vereinten Kräfte griffen den Abtrünnigen an. Tatsächlich wurde die vernichtende Kraft schwächer. Rowan fühlte mehr, als er sah, wie sich Schuchar vor Schmerzen wand, an sein Herz griff und leblos liegen blieb.

„Und du, Altus, bist du stolz darauf, deinen Lehrer ermordet zu haben?", forderte Rowan furchtlos seinen ehemaligen Mitschüler heraus. Sobald er den Namen aussprach, brach Altus' Gedankenabschirmung zusammen und er erschien als eine verschwommene Vision, die für alle Magier sichtbar war.

„Er war ein Abtrünniger, ein Verräter. Hilschar gehörte zu uns. Er stammte aus einer Hexenfamilie", zischte Altus von Hass erfüllt.

„… die der schwarzen Magie abgeschworen hat. Er war ehrlich und sich selbst treu, im Gegensatz zu dir, Verräter!", stieß Rowan wütend hervor. Im selben Moment nahm er in Gedanken eine Lanze und rammte sie blitzschnell in Altus' Leib. Der versuchte, sich zu wehren, doch Rowans geübte Kampferfahrung ließ ihm keine Chance. Schreiend wand sich Altus vor Schmerzen mit dem Spieß im Leib. Doch Rowan ließ nicht locker. Eisern hielt er die Waffe fest, bis Altus sein Leben aushauchte. Dann wandte Rowan sich wieder seinem Großvater zu. Der stand mit hoch erhobenen Armen an der Felsenspalte und sang ein altes magianisches Kampflied. Die Mönche und Nonnen im Kloster sangen mit. Es schien, als ob auch die Felsgeister, die Baumgeister und der rauschende Bach mitsangen. Rowan fühlte erneut, wie Bunduar gegen die abtrünnigen Magier im Norden kämpfte, denn klar war: Nicht nur Schuchar und Altus waren die Dunkelmänner der Gegner.

Bunduar betete unbeirrt, trat einen Schritt vor und entzündete Opferöl in dem großen Bronzekessel, der vor ihm stand. Eine gelbrote Flamme schlug zum Himmel – es schien, als vereinigte sich das Feuer mit der Göttin. Bunduar schrie jetzt die magischen Worte: „Waillari, willoru, machtinan, Jaguar, machtian, Wilhar, machtian Magierreich! Xachuru, chantri om gugun, chuzantal muratis."

Rowan sprach die Worte laut mit.

Mühsam rang Bunduars Geist die Gegner nieder. Doch in dem Augenblick, als ihre Kraft erlosch und sie zusammenbrachen, sank auch Bunduar mit wächsernem Gesicht tot zu Boden.

„Nein, nein, nicht Bunduar, nicht Großvater", schrie Rowan verzweifelt auf. Doch es half nichts, Bunduar war tot. Er hatte sich, wie auch seine Tochter es tat, für sein Magierreich geopfert. Seine letzte Kraftanstrengung gegen die dunkle Macht hatte ihn genauso wie die abtrünnigen Magier und Hexen der Gegenseite getötet.

Doch Rowan spürte jetzt deutlich, dass die Geister der Unterwelt hinter den Überfällen standen. Er hoffte, dass sie völlig geschwächt waren und dadurch lange Zeit Frieden herrschen würde, wie schon nach den Kämpfen vor Jahrtausenden, als die große Katze den Menschen beigestanden hatte.

Die Feinde waren vertrieben. Die letzten flüchtenden Nordmänner und Echsenkrieger erreichten ihre Heimat nicht mehr. Geschwächt waren sie für die Verbündeten leicht zu finden und zu töten. Auch die letzten lebenden Drachen flüchteten und Rowan hoffte, sie nie wiederzusehen.

Müde raffte Zwandir sich auf und umarmte Rowan. „Dein Großvater kannte seit Jahren sein Schicksal. Er hat sein Leben gern für das Magierreich gegeben. Aber dir und deinen Freunden, dem Thronfolger Ottgar und Peruans Enkel Mardok, kommt jetzt die schwere Aufgabe zu, das Magierreich wiederaufzubauen. Das Land muss sich erholen, die Wunden geheilt und die Dörfer und Burgen müssen wieder errichtet werden."

Rowan hörte ihn kaum, so groß war der Schmerz über den Verlust seiner Mutter und seines Großvaters. Und seine Trauer wurde noch größer, als sie zu den Kämpfern ritten, um ihre Wunden zu versorgen. Rowan suchte Peruan. Doch auch der alte väterliche Freund war gestorben. Etwa zur selben Zeit wie Bunduar. Mit übermenschlicher Kraft hatte er bis zum letzten Atemzug seine Männer in den Kampf geführt, obwohl er schon tödlich verwundet war.

Rowan strich ihm über den Kopf. Wie sehr würde Mardok unter dem Verlust leiden. Dann suchte er König Wilhar. Der lag verletzt zwischen seinen getöteten Kriegern. Die Hexe aus dem Ostreich hatte seine Wunde gut versorgt. Sie hatte ihm auch ein Heilmittel gegen das Gift verabreicht. Und Rowan fiel nun die Aufgabe zu, ihm von dem Tod seiner besten Freunde Bunduar und Peruan zu berichten. Wilhar verfiel zusehends. Sein Lebenswille, der schon vorher nicht mehr sehr stark gewesen war, flackerte nur noch schwach.

„König Wilhar, Euer Reich ist befreit, der Feind ist besiegt", versuchte Rowan ihn aufzurichten.

„Es ist die Aufgabe von euch Jungen, von dir und deinem Bruder Ottgar, das Magierreich wiederaufzubauen und zur alten Stärke zurückzuführen", nuschelte Wilhar schwach.

Rowan wunderte sich über diese Bemerkung, aber er war zu beschäftigt, um darüber nachzudenken oder gar darauf einzugehen, stattdessen versuchte er, die Lebensenergie des Königs zu wecken. „Majestät, Ihr müsst Ottgar in die Regierungsgeschäfte einführen. Er hat in den letzten Jahren auf der Burg des Grafen Warlon gelebt, jetzt muss er lernen, ein Land zu regieren. Das müsst Ihr ihm beibringen."

Doch Wilhar schien ihn nicht zu hören. Er hatte die Augen geschlossen und sah aus, als wäre er dem Tode näher als dem Leben. Rowan hielt seine Hand und sang eine Reihe Heillieder, die den König beruhigten und seinem verzweifelten Geist Kraft gaben. Erst als Rowan das Gefühl hatte, dass Wilhar ruhig schlief und sich auf dem Weg der Heilung befand, stand er auf und kümmerte sich um andere Verwundete.

Sie brachten die Verletzten zu den nahegelegenen Burgen Landigar und Landoe. Beide Burgen waren unversehrt geblieben. Landoe von Herzog Rolfar war eine ehemalige Königsburg, dort befanden sich in einer Felsenkammer auch die Gräber verstorbener Herrscher.

12

Tagelang kamen Zwandir, Rowan und die anderen Heilkundigen nicht zur Ruhe, sie versorgten und pflegten die Verwundeten und auch die verletzten Pferde. Schon am Tag nach der Schlacht schickte Rowan einen Boten in den Norden, Kronprinz Ottgar und Mardok zu holen. Es wurde Zeit, dass sie ihre Aufgaben übernahmen.

König Matrin beschloss, ebenso wie die übrigen Verbündeten, schon bald in die Heimat zurückzureiten, da die Versorgung von so vielen Menschen hier vor Ort schwierig wurde.

„Wir werden uns nicht mehr so häufig sehen. Schade, ich hätte dich gern im Sumpfland behalten. So fähige Magier gibt es nur selten", bedauerte Matrin zum Abschied und umarmte Rowan.

„Wir bleiben hoffentlich Freunde. Ohne Eure Hilfe wäre das Magierreich verloren gewesen", erklärte Rowan. Auch Königin Talin aus dem Ostreich, König Sandur aus Cajan und König Baruan aus Llyllia reisten bald ab. Rowan bedankte sich herzlich bei ihnen und bedauerte ihre frühe Abreise. „Wir müssen uns um unsere eigenen Angelegenheiten kümmern", erklärten sie. Llyllia und Cajan waren genauso verwüstet wie der Norden des Magierreichs und sie würden genug zu tun haben, ihr Land wiederaufzubauen. „König Matrin hat versprochen, uns einige Priester und Magier zu schicken. Da unsere eigenen ermordet wurden oder ins Sumpfland geflohen sind", erklärte König Baruan und Königin Talin nickte dankbar.

Es war gut, dass die befreundeten Truppen abzogen, denn es gab nicht genug Nahrung für die vielen Menschen und Futter für die Pferde. König Wilhar war noch immer so krank, dass er sich nicht um seine Geschäfte kümmern konnte. Deshalb nahmen Rowan und Herzog Rolfar ihm die wichtigsten und nötigsten Entscheidungen ab: Rowan ließ die nicht benötigten Pferde in die Steppe treiben und dort, bewacht von Hirten und Bauern, weiden. Anschließend schickte er Boten in die Hafenstädte, damit Schiffer in den Süden segelten, um Getreide und anderes Essbare einzukaufen.

Inzwischen waren von der heiligen Insel Priester eingetroffen. Sie baten um ein Gespräch mit König Wilhar. „Er ist noch sehr schwach und empfängt keine Besucher", erklärte Rowan. Doch er erkannte die Dringlichkeit, denn das Magierreich brauchte wieder einen Oberpriester. Garudin hatte viele von den

Priestern ins Sumpfland geschickt, um sie in Sicherheit zu bringen. „Fasst euch kurz, damit es den König nicht überanstrengt."

Die Priester versprachen es und betraten mit Rowan zusammen das Schlafgemach des Königs. Vor Wilhar verneigten sie sich tief. Dieser begrüßte sie nur mit einer schwachen Handbewegung.

„Majestät, da der Hohepriester Garudin gestorben ist, haben wir magianischen Priester auf der heiligen Insel einen neuen Hohepriester gewählt. Unsere Wahl fiel auf Sabastin. Er ist zwar recht jung, aber sehr gelehrt und weise. Garudin schätzte und lehrte ihn, er sah in ihm den künftigen Hohepriester. Sabastin wird ein würdiger Nachfolger Garudins werden."

Wilhar nickte und flüsterte. „Es ist gut, wenn das Magierreich wieder einen Hohepriester hat und die Moorinsel bewohnt wird."

„Wir möchten ihn bald weihen."

„Ich kann nicht anwesend sein." Er schloss seine Augen und schwieg eine Weile. „Wartet bis Ottgar kommt, er soll meine Aufgaben bei der Weihe übernehmen."

Rowan gab den Priestern ein Zeichen zu gehen, doch sie hatten noch ein dringendes Anliegen.

„Wir müssen die Totenfeiern für Garudin, Salawin, Bunduar und Peruan abhalten. Auch für die übrigen Gefallenen muss es Begräbnisfeiern geben."

Wilhar öffnete die Augen wieder. „Das ist wichtig. Herzog Rolfar soll die Vorbereitungen dazu treffen. Rowan muss ihm helfen. Salawin und Bunduar werden in der Königskammer bestattet, schließlich gehörten sie zur Familie. Garudin auf dem Priesterfriedhof", seine Sprache wurde immer undeutlicher. „Aber wartet mit den Feierlichkeiten auf Ottgar und Mardok." Er schloss die Augen und schien nichts mehr mitzubekommen.

Auf Zehenspitzen entfernten sich die Priester und suchten Herzog Rolfar auf. Mit ihm besprachen sie die Totenfeiern. Sie beschlossen, für alle im Krieg Gefallenen eine gemeinsame große Feier auszurichten. Rowan hörte zu, sagte aber nichts dazu.

Am nächsten Morgen brach er zu Bunduars und seiner Mutters Heimstatt auf. Laribur, der inzwischen vollständig genesen war und nicht von seiner Seite wich, begleitete ihn. „König Matrin hat mich beauftragt, auf dich aufzupassen", erklärte er.

„Aber die Kämpfe sind vorbei, mir passiert hier nichts", sagte Rowan und wollte ihn zurückschicken, doch Laribur schüttelte nur den Kopf. „König Matrin wäre erzürnt. Nein, solange im Magierreich noch nicht die gewohnte Ordnung herrscht, passe ich auf dich und Prinz Ottgar auf."

Bunduars Hütte war verwüstet, stand aber noch. Die beiden Männer schafften schnell Ordnung. Laribur besserte sogar einen Schemel und den Tisch aus, deren Beine abgebrochen waren. Rowan sortierte die Heilmittel seines Großvaters. Ein Teil davon konnte er retten, anderes lag zerstreut und zertreten auf dem Boden. Er fegte, dann verließen sie die Hütte und ritten zum Moorheiligtum. Rowan suchte vorsichtig einen Weg durch das Moor, da der Damm noch immer zerstört war. Garudin lag aufgebahrt auf dem Altar, geopfert für die große Göttin. Die Priester hatten ihn schon gereinigt, gesalbt und einbalsamiert. Rowan nahm Abschied von ihm und zog weiter zum Heideheiligtum. Es fiel ihm schwer, weiterzugehen, doch er wollte seine Mutter finden.

Die Umgebung war verbrannt, alles war schwarz. Zum Glück hatte Sabastin auch zu Salawin schon zwei Priester geschickt, die sich um sie gekümmert, sie gewaschen, gesalbt und in eine Decke eingehüllt hatten, sodass Rowan ihren Anblick nicht ertragen musste.

„Wir haben bisher keine Wagen auftreiben können, sobald wir einen finden, bringen wir ihren Leichnam nach Landoe", erklärte der Priester.

Rowan saß lange neben seiner Mutter, betete, sang und trauerte um sie. Endlich riss er sich los und ritt gemeinsam mit Laribur weiter zum Felsenkloster. Am Waldrand ließen sie die Pferde zum Grasen zurück, da der Weg zu steil für sie war. Niedergeschlagen stieg Rowan bergauf. Die Erinnerungen stürmten auf ihn ein. Mit dem Drachenangriff und dem späteren Überfall auf Wilhars Thronjubiläum fing der große Krieg an, der so viele Opfer gekostet hatte.

Die Mönche hatten den Weg schon behelfsmäßig freigeräumt und einen Baumstamm über den Bach gelegt, daher konnten sie das Kloster ohne Probleme erreichen. Dort lag Bunduar in einem kühlen Raum aufgebahrt. Zwei Mönche hielten Totenwache, sangen die Totenlieder und beteten. Rowan war dankbar dafür. Wenigstens würden seine Lieben würdig begraben werden.

Er setzte sich neben den Leichnam seines Großvaters, sang und betete mit den Mönchen – sein Herz war von tiefer Trauer erfüllt. Zonbuar erwartete ihn draußen vor dem Kloster. Er war eigens von seiner Berghöhle heruntergekommen und nahm ihn in die Arme. „Bunduar hat dich geliebt, aber er wollte dich in Sicherheit wissen. Er war sehr traurig darüber, dass du auch in der Fremde verfolgt wurdest und um dein

Leben fürchten musstest. Aber du hast inzwischen viel gelernt und wirst seine Aufgaben würdig übernehmen können."

Rowan schüttelte heftig den Kopf. Er war so niedergeschlagen und mutlos. „Nein, ich weiß überhaupt nichts und ich fühle mich hier fremd. Ich war so lange fort."

Zonbuar legte ihm eine Hand auf die Schulter und tröstete ihn: „Auch Ottgar und Mardok wird es so ergehen. Und König Wilhar ist zu schwach, um euch zu helfen. Aber Herzog Rolfar und ich und viele andere Freunde werden euch unterstützen, bis ihr eure Aufgaben beherrscht."

Rowan nickte. „Ich bin dir dankbar, wenn du mich – uns – unterstützt."

Bald nach diesem Gespräch nahm der Prior Rowan zur Seite und reichte ihm einen Beutel. „Dein Großvater gab ihn mir, um im Falle der höchsten Not Sternschnuppengoldstaub auf den heiligen Felsen zu streuen. Er selbst warf am letzten Tag etwas davon in die gefährliche Felsspalte. Er sagte, ich solle ihn dir geben, wenn wir ihn nicht benötigen."

Rowan stutzte, dann griff er zu. „Vielen Dank, ich weiß, wer ihn braucht, und werde ihn weiterreichen."

Die Mönche besaßen in ihrem Schuppen einen alten Leiterwagen, den sie vorsichtig auf dem schmalen Pfad ins Tal hinunterbrachten. Zonbuar trieb währenddessen bei ein paar zurückgekehrten Bergbauern Zugtiere auf, anschließend trugen die Mönche den Leichnam Bunduars den Berg hinunter. Sie begleiteten Rowan und Zonbuar auf dem Rückweg nach Landoe. Vorbei am Heideheiligtum und dem Moorheiligtum, wo sie Salawin und Garudin dazulegten und deren Priester sich ihnen anschlossen. Einbalsamiert und in Tüchern eingewickelt lagen die Toten auf dem Wagen.

In der Nähe des Moorheiligtums stießen sie auf Ottgar, Mardok und Graf Warlon mit ein paar Knechten. Die Wiedersehensfreude der drei Freunde wurde durch den Leichenzug beschattet. Ottgar und Mardok waren noch immer erschüttert vom Anblick der zerstörten Burg Wanroe, die sie zuerst aufgesucht hatten.

Rowan begrüßte sie und umarmte zuerst Ottgar. Zum ersten Mal seit den Kämpfen stieg Freude in ihm auf und er lächelte schwach. „Dein Vater lebt. Aber er ist ein gebrochener Mann", erklärte er Ottgar und strich ihm tröstend über die Schulter.

„Und wie geht es meinem Großvater?", fragte Mardok leise.

Rowan schüttelte den Kopf und umarmte seinen Freund traurig. „Es tut mir leid." Er schluckte, bevor er weitersprechen konnte. „Er ist gefallen. Er war schwerverletzt, trotzdem hat er seine Männer noch gegen den Feind geführt. Er war bis zuletzt tapfer und ein kluger Heerführer."

Mardok wurde blass. Verstohlen wischte er sich die Tränen aus den Augen. Dann wies er fragend auf den Leiterwagen.

„Garudin, Bunduar und Salawin", murmelte Rowan undeutlich.

Mardok biss die Zähne zusammen, sodass es knirschte.

„Sie haben sich für ihr Land und die Göttin Jaguar geopfert", murmelte Rowan.

„Und wir haben am Kaminfeuer gesessen und uns gelangweilt, statt unsere Familien zu unterstützen und unserem Reich zu dienen!"", fauchte Ottgar, rot im Gesicht vor Wut und Schmerz.

„Dann wärst du jetzt wahrscheinlich auch gefallen. Wer sollte das Land dann regieren?"", mischte sich Zonbuar ins Gespräch. Missbilligend schaute er den Kronprinzen an.

Graf Warlon schüttelte seinen Kopf. „Ottgar, von einem König erwarte ich mehr Beherrschung und weiseres Verhalten. Du wirst jetzt viel Verantwortung übernehmen müssen.""

„Wieso, mein Vater ist der König", sagte Ottgar und hob abwehrend seine Arme.

„König Wilhar ist nicht mehr in der Lage, Entscheidungen zu fällen. Du wirst die Regierung übernehmen müssen. Momentan lenkt und plant Herzog Rolfar die Aufräumarbeiten, die Versorgung der Bevölkerung mit Nahrung und die Trauerfeierlichkeiten", erklärte Rowan. „Vielleicht erholt sich dein Vater etwas und kann dich in die Aufgaben als Herrscher des Magierreichs einweisen, ansonsten müssen es Herzog Rolfar und Graf Warlon übernehmen.""

Ottgar schluckte sichtbar und senkte seinen Kopf. Bedrückt schwieg er die nächsten Stunden. Erst am Abend hatte er sich gesammelt und gesellte sich zu Rowan: „Ich hatte gehofft, dich unter besseren Umständen wiederzusehen. Entschuldige meine Unbeherrschtheit", dann drückte er sein Beileid aus.

Tagelang waren die Trauernden unterwegs. Überall schlossen sich mehr Menschen dem Trauerzug an.

*

Zwei Tage nach ihrer Ankunft in Landoe waren die Vorbereitungen für die Totenfeier abgeschlossen. Am frühen Morgen erklomm Sabastin den Felsen neben der Burg und sang ein Totenlied. Dann hielt er eine Rede und würdigte insbesondere die Verdienste von Garudin, Bunduar, Peruan und Salawin, die heute zu Grabe getragen wurden, und auch die Tapferkeit und Ergebenheit der getöteten Elfenkönigin Mirasa erwähnte er. Auch erinnerte er an die vielen ungenannten Opfer, die in den letzten Jahren bei den Überfällen der Echsenkrieger ums Leben gekommen waren. Für jeden der namentlich genannten Opfer fand er passende Worte, als ob er alle persönlich gekannt hätte. Dann betete er laut und bat die Göttin, ihre Anhänger bei sich aufzunehmen. Es folgte das Totengebet, das alle laut mitsprachen, und mehrere Totengesänge. Schließlich wurden Bunduar, Salawin und Peruan hochgehoben und von Mönchen in die offenstehende Grabhöhle am Fuße des Burgfelsen getragen. Rowan und Mardok halfen, ihre Großväter zu tragen. Sie stiegen immer tiefer in die Dunkelheit hinab, vorbei an einem unterirdischen Bach. Schließlich weitete sich die Höhle zu einer großen Halle. In einer Seitennische standen zwei offene steinerne Sarkophage. Hierin betten die Mönche Bunduar und Salawin nebeneinander. Mit einem Gebet und einem weiteren Lied schlossen sie die Deckel. Anschließend brachten sie Peruan in eine andere Seitennische und legten ihn in einen reichverzierten Holzsarg. Auch hier wurde wieder gebetet und gesungen. Rowan setzte sich, als die anderen die Höhle längst verlassen hatten, auf den Boden und versenkte sich in sein Inneres. Still hielt er Zwiesprache mit seiner Mutter und anschließend mit seinem Großvater. Er erinnerte sich an seine unbeschwerte Kindheit, an die Liebe, die ihm entgegengebracht worden war, und das reiche Wissen, das sie ihm vermittelt hatten.

Endlich stand er auf, verabschiedet sich ein letztes Mal von ihnen und sang laut ein Klagelied. Erst danach verließ er als Letzter die Höhle, die Sabastin hinter ihm verschloss.

Anschließend wurde Garudin von den Priestern, Zwandir, Zonbuar, Rowan und seinen Freunden in einem Trauerzug zum Priesterfriedhof in der Nähe des Moorheiligtums gebracht.

*

Als sie nach der langen Reise Landoe in der Ferne vor sich sahen, fühlte sich Rowan eines Abends von Sirii gerufen. Er entfernte sich von der Gruppe und suchte eine Mulde auf, wo er unbeobachtet war. Der Ort strahlte eine besondere Kraft aus. Als Sirii surrend vor ihm erschien, wurde ihm klar, dass er sich an einem Elfentreffpunkt befand.

Sirii machte ein trauriges Gesicht, er sah erschöpft aus.

„Es tut mir leid um deine Mutter", begann Rowan. „Sie war stark und treu und hat uns bis zu ihrem letzten Augenblick geschützt."

Sirii hob müde die Hand. „Es war unser gemeinsamer Kampf. Ohne Bunduar und seine Freunde wären auch wir Elfen verloren gewesen. – Auch ich traure mit dir um deinen Großvater und deine Mutter. Salawin war eine besondere Freundin von Königin Mirasa."

Rowan zog aus seinem Umhang den kleinen, unscheinbaren Beutel Bunduars heraus, als Sirii fortfuhr: „Ich komme, um mich für eine längere Weile zu verabschieden. Du brauchst mich momentan nicht. Die Gefahren sind gebannt. Wir Elfen müssen Versammlungen abhalten und unseren Staat neu aufbauen. Zu viele Freunde sind gestorben, wir müssen lernen, damit umzugehen und die Lücken zu schließen."

Rowan nickte. „Wir haben ähnliche Aufgaben vor uns." Er lächelte verhalten. „Ich weiß, wie ich dich im Notfall rufen kann. Ich hoffe, du kannst dein Volk trösten und zufriedenstellen, König Sirii."

Der Elf fasste schmunzelnd an den Kopf und tat so, als ob er seine Krone richten würde.

„Du wirst den Sternschnuppengoldstaub benötigen." Rowan hielt ihm den Beutel hin.

„Du brauchst ihn selbst. Er gehörte deinem Großvater."

Rowan schüttelte seinen Kopf. „Er wollte, dass die Elfen ihn bekommen. Er ist für euch viel wichtiger als für uns. Außerdem ist es die Prüfung zum Obermagier, Sternschnuppengoldstaub herzustellen."

„Hat Bunduar es dir beigebracht?" Sirii schaute seinen Freund fragend an.

„Nein, aber er hat mich vor Jahren das Rezept lesen lassen."

„Aber die Bibliothek auf Wanroe ist ausgebrannt."

„Die wichtigen Bücher wurden schon lange vorher in Sicherheit gebracht. Wenn unser Volk wieder genug zu essen und ein Dach über dem Kopf hat, werde ich mich auf den Weg machen, nach den Bestandteilen des Sternschnuppengoldstaubs zu suchen. Erst danach werde ich von König Wilhar und den hiesigen Magiern zum Obermagier ernannt werden."

„Wenn du auf dem Weg zum Sternschnuppengoldstaub Hilfe benötigst, rufe mich. Dich zu beschützen, ist noch immer meine Aufgabe."

„Ich werde daran denken. Lebe wohl, mein Freund", verabschiedete sich Rowan. Der Elf nickte ihm grüßend zu und sein Bild verschwamm in der Dunkelheit.

*

Nachdem die wochenlange Staatstrauer beenden worden war, nahm Herzog Rolfar Ottgar in die Pflicht und führte ihn in die Geschäfte eines Königs ein. Ab und zu half Wilhar mit seinem Rat, doch er war ein gebrochener Mann. Müde und krank, denn obwohl Zwandir, Zonbuar und Rowan all ihre Kunst angewandt hatten, konnten sie ihn nicht heilen. Zwandir war bald nach der Trauerfeier abgereist, er wurde im Sumpfland gebraucht, zu viele Familien hatten Verluste erlitten und benötigten den Trost des Magiermeisters.

„Vielen Dank für Eure Geduld mit mir und dass Ihr mir so viel beigebracht habt", sagte Rowan, als er Zwandir an der Landesgrenze verabschiedete.

„Es war mir ein Vergnügen, einen so wissbegierigen und fähigen jungen Magier auszubilden", erwiderte Zwandir und lächelte. „Wir bleiben in Verbindung. Jetzt beherrschst du die Gedankenübertragung ausgezeichnet."

Rowan lachte. „Dank Euch und Eurer vielen Helfer. – Aber sagt, was hatte mein Großvater damals in seinem Brief geschrieben?"

„Er wollte, dass du erst ins Magierreich zurückkehrst, wenn der Krieg beendet ist, dass du die alten Bücher studierst und dass du deine ritterlichen Fähigkeiten übst."

„Aber er wollte doch nie, dass ich kämpfen lerne", wunderte sich Rowan.

„Die Zeiten hatten sich geändert. Wir erkannten, dass die Echsenwesen noch viel gefährlicher waren, als

211

wir vermutet hatten. Du musstest lernen, dich zu verteidigen."

„Warum war es nötig, einen Brief zu schreiben?"

„Weil Bunduar schon sehr früh erkannt hatte, dass die nordischen Magier unsere Gedankenübertragungen lesen konnten. Da erschien ein geschriebener Brief sicherer."

Rowan schüttelte den Kopf. „Trotzdem habt Ihr mich mit in die Entscheidungsschlacht genommen."

„Es gab keine andere Möglichkeit. Auch in Hilschand oder auf der heiligen Insel wärst du nicht sicher gewesen. Die nördlichen Meister konnten mit geeinter Kraft auch aus der Ferne töten. In meiner Nähe konnte ich dich besser schützen.

Dein Großvater lässt dir ausrichten, dass du erst einmal dein Haus einrichten sollst, bevor du dich auf den Weg machst, den Sternschnuppengoldstaub zu finden."

„Aber erst, wenn ich das erledigt habe, darf ich Obermagier werden!", widersprach Rowan.

„Besondere Zeiten verlangen besondere Maßnahmen. Bunduar hat es auch Sabastin und Wilhar mitgeteilt: Du kannst auch ohne diese Prüfung Obermagier werden. Lebe lange und glücklich!", verabschiedete sich Zwandir.

Sie umarmten sich noch einmal, dann wandte sich Zwandir mit seinen Begleitern um und ritt in den sumpfländischen Wald hinein. Rowan sah ihnen noch lange hinterher. Dankbar für die lehrreiche und gute Zeit bei den Sumpfländern.

*

In den nächsten Monaten wurde Rowan von Zonbuar unterstützt. Um den einfachen Leuten zu helfen, führten sie viele Gespräche mit Sabastin auf der Moorinsel. Die Bauern aus der Umgebung wurden zur Wiederherstellung des Damms verpflichtet. Aber Sabastin und Rowan achteten darauf, dass jeder nur wenige Tage arbeiten musste und dafür mit ausreichend Saatgut entlohnt wurde. Sie kümmerten sich um die Bewohner, besorgten über das Sumpfland und vom Ostreich Rinder, Schafe und Ziegen, und aus dem Südreich ließ man Getreide und Früchte bringen, damit niemand hungern musste.

An wärmeren Wintertagen und später nach der Feldbestellung wurden Arbeitskräfte von weither zum Ausbessern von Burg Wanroe herangezogen. Es würde noch lange dauern, bis alle Burgen und Städte des Magierreichs wiederaufgebaut waren.

Ottgar war so unsicher, dass er gern die Hilfe der beiden Magier annahm. Inzwischen hatte er die Überheblichkeit, die er sich im Ostreich angeeignet hatte, überwunden und bemühte sich redlich, seinen Aufgaben als zukünftiger König gerecht zu werden. Auch dabei erhielt Rowan Hilfe von Zonbuar: seine Rolle als Berater des Königs zu finden und die Uneinigkeiten, die die beiden Heranwachsenden in den letzten Jahren gehabt hatten, zu vergessen. Herzog Rolfar und Graf Warlon waren weise und weitsichtige Männer, die Ottgar unmerklich in die gewünschte Richtung leiteten.

Mardok stürzte sich voller Eifer in die Arbeit, junge Männer in der Waffenkunst auszubilden und Ritter um sich zu sammeln. Die ersten Monate lebten sie alle auf Landoe, doch schon nach einem Jahr war Wanroe so weit wiederhergestellt, dass die Burg bewohnbar war.

So dauerte es eine Weile, bis Ruhe im Reich einkehrte und alle ihre Rollen gefunden hatten. Währenddessen wuchs in Rowan die Sehnsucht nach der jungen Heilerin Haiwa. Aber immer war etwas anderes wichtiger, als sie zu besuchen, da er seine Aufgabe als Magier und Berater des Prinzregenten sehr ernst nahm.

Zum Glück spürte er, dass es Haiwa gutging, dass ihr nichts geschehen war, seit er sie verlassen hatte. Doch nach Wilhars und Ottgars Umzug nach Wanroe trieb es ihn zum einsamen Bergkloster.

„Geh nur, Ottgar hat sich gut eingearbeitet. Es wird Zeit, dass du dich um deine eigenen Angelegenheiten kümmerst", meinte Zonbuar lächelnd.

„Kann ich Ottgar und Mardok wirklich allein lassen?", sorgte sich Rowan.

„Noch bin ich hier, erst wenn du zurückkommst, werde ich wieder in die Berge ziehen", erklärte Zonbuar. Rowan spürte dessen Sehnsucht nach Einsamkeit in der Bergwelt.

„Ich muss noch den Sternschnuppengoldstaub herstellen", meinte er leise, obwohl er keinerlei Neigung verspürte, erneut zu einer Abenteuerreise aufzubrechen.

„Das kann warten. Bunduar hat uns wissen lassen, dass eine Ausnahme gemacht werden muss, da du in den nächsten Jahren erst einmal im Magierreich gebraucht wirst."

Als Rowan noch immer zögerte, meinte er: „Deine Brautwahl ist gut. Haiwa ist deine vorbestimmte Partnerin. Bunduar war auch mit ihr einverstanden."

„Aber Bunduar kannte sie doch überhaupt nicht", erwiderte Rowan verblüfft.

Zonbuar lachte leise. „Doch, er hat sie in der Kristallkugel deiner Mutter gesehen. Beide waren von ihr sehr angetan. Sie ist warmherzig, klug und beherrscht die Heilkunst."

Ungeduldig machte sich Rowan schon am nächsten Tag mit Morgus, den König Matrin ihm geschenkt hatte, auf den Weg.

Ottgar war es nicht recht, doch Mardok hatte ihm gut zugeredet, Rowan ziehen zu lassen. „Du bist nur neidisch, weil der Jüngste von uns als Erster heiraten will", spottete er. Ottgar lief rot an und ließ Rowan schließlich ziehen. Zumal auch König Wilhar ihm dazu riet. „Es wird Zeit, dass die nächste Generation gezeugt wird. Bunduar hat mir gesagt, dass Haiwa die richtige Braut für Rowan ist." Überrascht von der Fürsprache seines Vaters hatte Ottgar schließlich nichts mehr gegen Rowans Reise einzuwenden.

*

Nach einem mehrtägigen Ritt kam Rowan in dem abgelegenen Tal an. Dort ließ er Morgus frei laufen, das kluge Sumpflandpferd würde auf ihn warten und sich nicht entfernen. Der Pfad zum Kloster erschien ihm noch schmaler und steiler als Jahre zuvor. Er wartete eine Weile, sammelte sich und sann über ein Leben mit Haiwa nach, bevor er den Aufstieg wagte. Oben angekommen, saß er wie vor Jahren auf dem engen Felsvorsprung vor der Klostermauer und sang seine Lieder, bis ein Korb herabgelassen und er ins Kloster hochgezogen wurde. Wieder standen zwei junge Nonnen im Laufrad und hatten ihn damit heraufgeholt.

„Magier Rowan, wir haben Euch erwartet. Nachdem Ihr die Feinde vertrieben habt, wird es Zeit, dass Ihr Haiwa nach Hause bringt", erklärte die Äbtissin Holdwin. Ihre blauen Augen leuchteten in ihrem faltigen Gesicht.

Rowan nickte. „Ich hatte nicht gedacht, dass es so lange dauert. Aber wir mussten erst unsere Hütten erneuern und die Felder bestellen, bevor ich Haiwa holen konnte. Ihr habt gut auf sie aufgepasst. Ich bin Euch sehr dankbar dafür."

Die alte Nonne lächelte. „Sie ist eine gute Frau, klug und fröhlich. Sie beherrscht die Kunst als Heilerin sehr gut."

Rowans Gesicht strahlte vor Freude und Dankbarkeit. Er legte eine Hand auf sein Herz und verbeugte sich. Dann wartete er an der Mauer, bis Haiwa, die man gerufen hatte, erschien. Eine Nonne begleitete sie. Sein Herz klopfte stürmisch, als er sie erblickte. Sie war noch schöner, als er sie in Erinnerung hatte. Ihre schwarzen Haare waren hochgesteckt, was ihr ebenmäßiges Gesicht hervorhob. Ihre Gestalt war fraulicher geworden. Sie lächelte, ihre dunkelbraunen Augen leuchteten, und sie errötete, als sie ihn erkannte. „Rowan, Ihr habt mich nicht vergessen?", rief sie aus.

„Nein, ich habe dich nicht vergessen. Leider konnte ich dich nicht früher holen, erst mussten die Feinde besiegt und das Land soweit aufgebaut werden, dass wir nicht hungern müssen", erklärte er. „Komm mit mir." Er reichte ihr seine Hand, hielt sie fest und schaute ihr in die Augen. Er konnte seinen Blick nicht von ihr lösen. „Ich liebe dich!", stieß er unvermittelt hervor. „Die Göttin hat uns füreinander bestimmt. Ich spüre es schon seit langem. Willst du dein Leben mit mir teilen und als meine Braut heimreisen?"

Sie errötete und senkte ihren Kopf. „Ihr kennt mich doch gar nicht."

„Natürlich kenne ich dich. Du bist nicht nur klug und schön, sondern auch mutig und eine zuverlässige Freundin. Genau die richtige Frau für mich", erklärte er, zog sie an sich und hauchte ihr einen Kuss auf die Stirn.

Haiwa blickte auf und schaute fragend in das Gesicht der alten Äbtissin, die ihr wohlwollend zunickte. „Nimm ihn, ihr seid füreinander bestimmt."

Tränen traten Haiwa in die Augen. Sie nickte und konnte vor Rührung kaum sprechen, als sie die Antwort hauchte: „Ja, ja, ich möchte sehr gern an deiner Seite leben und dir eine gute Frau sein."

Natürlich musste Rowan am Abend im Gottesdienst, wie Jahre zuvor, wieder für die Nonnen und Mönche singen. Voller Inbrunst sang er wie eine Lerche.

Am frühen Morgen verabschiedete Holdwin ihn und Haiwa: „Ich werde für euch beten. Die Göttin segne euch und eure Kinder."

Rowan lächelte sie zufrieden an, während Haiwa auf die alte Äbtissin zutrat, sie umarmte und ihr dankte.

Dann stiegen die beiden jungen Nonnen wieder in das Laufrad, um sie mit dem Korb die Klostermauer hinabzulassen. Während der schwere Korb hinunterglitt, sang Rowan für die Nonnen mit lauter Stimme altmagianische Lieder. Unten angekommen, sammelten die beiden Verlobten als Dank essbare Pflanzen und Heilkräuter für die Klosterbewohner und legten sie in den Korb.

„König Wilhar hat vorgeschlagen, in vier Wochen eine große Hochzeitsfeier für uns auszurichten. Er meinte, das Volk brauche nach dem Elend der letzten Jahre ein Fest der Freude. Bist du damit einverstanden?", fragte Rowan unsicher und schaute Haiwa lächelnd an. Errötend nickte sie. Voller Freude ergriff Rowan ihre Hände und küsste sie sanft. Anschließend setzte er Haiwa vor sich auf das Pferd und mit leichtem Herzen machte er sich auf den

Rückweg. Heim zu Bunduars Hütte, ihr zukünftiges gemeinsames Zuhause.

Begriffserklärungen

Äbtissin - Vorsteherin eines Klosters

Brack – kleiner See, der durch eine Überschwemmung entstanden ist

Heer ausheben – Gibt es kein stehendes Heer, werden im Kriegsfall die Soldaten zum Wehrdienst gerufen

Hellebarde – Hieb- und Stichwaffe, langer Stiel mit einer Axt und eine Spitze

Höker – Kleinhändler

Kiepe – Tragegestell für den Rücken, um Lasten zu tragen

Knappe - mit vierzehn Jahren wurden aus den Pagen Knappen, die sich dann um die Waffen und Pferde ihres Ritters zu kümmern hatten. Sie halfen beim Anlegen der Rüstung und kämpften in Schlachten an der Seite ihres Ritters.

Laufrad – auch Tretmühle, Antrieb für Kräne und Mühlen, nutzte die Kraft von Menschen oder Tieren

Novizin - Probezeit/Ausbildungszeit einer Nonne

Page– adlige Kinder, die mit sieben Jahren zur Ritterausbildung an einen Fürstenhof geschickt wurden. Sie bedienten bei Tisch und halfen ihren Herren beim Ankleiden, dabei eigneten sie sich die höfischen Sitten an, zudem lernten sie Reiten, Tanzen, Bogenschießen, Schwimmen, Singen und Kämpfen, manchmal auch Lesen und Schreiben.

Prinzregenten – Angehöriger, der stellvertretend für einen Fürsten regiert

Prior - Vorsteher eines Klosters

Riemen - Ruder

Vorhut – Krieger, die ausgeschickt werden, um den Vormarsch zu sichern

Rowanreihe:
Rowan – Kampf gegen die Drachen
Rowan – Verteidigung der Felsenburg
Rowan – Verrat im Ostreich
Rowan – Flucht ins Sumpfland

Dystopie:
Abels Vermächtnis